陕西省委宣传部重大

U0609088

二月里来好春光

刘紫剑

著

西安出版社

图书在版编目（CIP）数据

二月里来好春光 / 刘紫剑著. — 西安 : 西安出版

社, 2019.2（2021.5重印）

（"陕西青年作家走出去"丛书）

ISBN 978-7-5541-3631-7

Ⅰ.①二… Ⅱ.①刘… Ⅲ.①中篇小说 – 小说集 – 中

国 – 当代②短篇小说 – 小说集 – 中国 – 当代 Ⅳ.

①I247.7

中国版本图书馆CIP数据核字（2019）第034078号

ERYUE LILAI HAO CHUNGUANG

二月里来好春光

著　　者：	刘紫剑
出版发行：	西安出版社
社　　址：	西安市曲江新区雁南五路1868号影视演艺大厦11层
电　　话：	（029）85253740
邮政编码：	710061
印　　刷：	永清县晔盛亚胶印有限公司
开　　本：	889 mm×1194 mm　1/32
印　　张：	8
字　　数：	186千
版　　次：	2019年2月第1版
印　　次：	2021年5月第2次印刷
书　　号：	ISBN 978-7-5541-3631-7
定　　价：	39.00 元

△ 本书如有缺页、误装，请寄回另换。

序

正是天寒地冻万物凋敝时节，读到十位青年作家的书稿令人欣喜与温暖。这批作家的写作有想法也有锐度，如同一道亮丽的风景，让人感受到文学的蓬勃力量。

陕西青年文学协会成立几年来，在团结文学青年方面做了很多实实在在的事情。"陕西青年作家走出去"丛书的编辑就是一项令人感动的事情。第一辑丛书我看过，整体水平高，社会影响大，在推动陕西青年文学写作方面起到了凝心聚力的积极作用，也向外界集中展示了陕西文学的新力量。如今，第二辑丛书再次推出十位青年作家，颇有长江后浪推前浪的气势。事实上，他们中的很多人在文学创作上已经取得了不俗的成绩。这次，"陕西青年作家走出去"丛书（第二辑）被列为陕西省重大文化精品扶持项目，就说明了他们的创作得到了认可，可喜可贺。静心翻阅十本风格迥异的作品，他们的文学才情令人感叹。这些作品无论是写乡村还是写城市，无论抒情还是言物都有显著的特点。他们对于现代化冲击下的社会突变、世相百态和复杂人性把握得比较到位，看得出是有深厚文学积淀

贾平凹

的。他们在写作技艺上的探索与尝试不拘泥于传统，精到而又大胆。既有传统的现实主义叙事，又融合了荒诞、象征等现代主义笔法。作品意象飞驰，胸怀远方，呈现出陕西青年文学富有时代活力的精神向度。整体阅读这十本书，很有冲击力。

有人说文学正在被边缘化，但通过一批批写作者不难看出，文学自有它的天地归宿。因为文学书写的是记忆生活，是一件打开灵魂通透人心的事情。文学的美是所有艺术形式里最能激荡人心的美。我想，即使在未来的智能化时代，文学的功用也不会被取代。

所以我们常说生活是文学的源泉。只有深入生活，才能创作出既有时代精神，又有思想深度和生活温度的作品，才能引起读者的共鸣从而产生社会影响。在互联网时代，信息的获取快捷丰富却又复杂多变。如何保持清醒的态度建立自己的文学写作观念值得大家思考。现在的一些文学作品的确精巧、华丽，读起来也有快感，但缺少筋骨和力量，说透了就是缺乏打动人心的感染力。我想，在这样一个众声喧嚣的思想体系里，写什么和怎么写不仅仅是青年作家面临的困惑和难题，也是我长久思考的问题。文学不仅反映生活，也要照亮生活。这大概就是文学的神圣与伟大之处。

当下，陕西的文学氛围非常好。省委、省政府高度重视文学事业，资助"百优作家"，号召文学陕军再进军。所以，耐下性子，静下心来，关注现实生活，关心国家命运，以甘于坐冷板凳的心态踏实写作，就一定能写出好的作品。我相信几十年后，再看这些作品，就会更深刻地理解"陕西青年作家走出去"的深远意义了。

（贾平凹，中国作家协会副主席、陕西省作家协会主席）

担当时代使命　勇攀艺术高峰

钱远刚

　　陕西是文学的沃土，青年是文学的希望。青年作家的成长成才一直是文学界重点关注的话题。陕西青年作家对文学坚持不懈的执着追求、扎实稳健的步伐、深切的生命体验与独特的审美意识展现出充满朝气、昂扬向上的蓬勃英姿。按照"出人才出精品"的要求，陕西省作家协会高度重视对青年文学人才的培养，不断完善工作机制，探索创新方法，千方百计地为青年作家的成长成才搭建平台、提供机遇，使陕西作家队伍呈现出文学发展新气象，成为文学陕军新生力量。

　　党的十九大描绘的"两个一百年"奋斗目标、开启中国特色社会主义建设的新征程，党和国家事业取得了历史性成就和历史性变化，为文学作品的创作提供了丰富的滋养，广大青年作家和文学工作者要与人民同在，与时代同行，与改革同向，与发展同步，自觉践行和弘扬社会主义核心价值观，坚持远大理想、提升思想境界、加强人格修养、拓宽文学视野，用心用情用功抒写我们伟大的时代，才有可能创造出展示时代风云际会、反映人民群众生活的优秀文艺作品！

气象万千的新时代属于每一个人，人人都是新时代的见证者、开创者、建设者。在习近平新时代中国特色社会主义思想指引下，陕西省委提出了大力推动"文学陕军再进军"的战略部署，我省文学事业繁荣发展，文学界精神面貌焕然一新，文学创作出现了前所未有的大好局面，这为青年作家提供了大有作为的用武之地。青年作家更要志存高远，克服"浮躁"，坚持以人民为中心的创作导向，深入生活，扎根人民，坚定文化自信，自觉向大师学习、向经典学习、向人民学习、向实践学习，守正出新，再创佳绩，努力攀登文学艺术新高峰。

去年，在省委宣传部指导下，在陕西省作家协会的支持下，陕西省青年文学协会面向全省青年作家公开征集作品，经过专家学者认真评选，共有十位陕西青年作家入选"陕西青年作家走出去"丛书第一辑，在文学界取得了良好的反响。今年，该丛书再次面向全省青年作家公开征集优秀文学作品，引起广泛关注，并被省委宣传部列入2018年度陕西省重大文化精品扶持项目。这是唱响做实新时代"文学陕军再进军"的一个重要举措，彰显出陕西新一代作家逐渐走向成熟，预示着陕西作家人才辈出，文学新人在具有厚重的历史文化、丰富的革命文化、灿烂的先进文化的三秦大地茁壮成长。

这次应征入选的"陕西青年作家走出去"丛书第二辑十本书摆放在案头，我一边翻阅着青年作家的辛勤之作，一边不禁为之欣喜。这些作品无论是描写现实题材的小说，还是抒情言志的诗歌，抑或是行文优美的散文、犀利尖锐的评论等等，无不体现出个人写作的进步与超越。他们不因为代际、职业和身份等问题，而缺少对世界的独特感受与敏锐观察。在不同的文学领域，他们表现出起点高、潜力大的特点，文学作品整体上呈现出丰富性和多样性。黄朴的小说集《新生》生动地描绘了城乡社会的众生之相，独特地展现了人性深处的幽微和光芒。武丽的小说《明镜》采用第一人称叙述，笔触精致，情节跌宕起伏，展示社会上特定群体不为人知的一面。刘紫剑的中短篇小说集《二月里来好春光》则多维立体地揭示了日常琐碎中各色人物的生存真相与悲喜故事。王闷闷的中短篇小说集《零度风景》用传统的文化底蕴和现代文本意识，表现当下社会高速发展下存在的问题，以及人与天地与万物的相抵触又相融合的矛盾复杂的心理。毕堃霖的诗集《月亮玫瑰》中一个个自然的物象，在她灵动的笔下，被赋予更生动更多义也更纷繁的诗学意义。穆蕾蕾的诗集《倾听存在的河流》折射出她精神探索的轨迹，随处可见她伫于一物一思而成的诗絮。刘国欣的散文集《次第生活》主要是对生活的内观活动，尤其对童年生活、民间陕北的文化记忆进行了观照。曹文生的散文集《故园荒芜》以故乡为载体，写乡人和事物在现代化冲击下的突变。王可田的评论集《诗观察》通过不同角度、整体性的观察、论述方式，对不同年龄段的活跃在诗坛上的陕西诗人进行了详尽、客观的解读和阐释。献乐谋的网络文学《剑无痕》以沈无眠为父报仇的桥段作为主线，体现出了天外有天、山外有山的感觉。这些作品在显露作者文学才华的同时，对于更新文学观念、传承与思索文学技艺、扩展文学疆域都做了有益的探索与尝试。

这是一个生机勃勃、千帆竞发的新时代，更是孕育文学作品、催生艺术精品的新时代。陕西的青年作家应该勇立潮头，敢于担当，肩负重任，坚持以人民为中心的创作导向，记录新时代，抒写新篇章。要抓住2019年中华人民共和国成立70周年、

2020年全面建成小康社会等重要时间节点，深入挖掘人民群众的豪迈激情和奋进历程，潜心创作出一批讴歌党、讴歌祖国、讴歌人民、讴歌英雄的文学作品，为实现中华民族伟大复兴的中国梦和陕西追赶超越提供强大的精神力量！

（钱远刚，陕西省作家协会党组书记、常务副主席）

目录

二月里来好春光

一

过了中秋，结婚就整三年了，二月的肚子还是平平的没有变化。要是放在大城市，可能没有什么，但在陕北的小镇上就不行，大家的干涉欲和好奇心都很强，弄得二月每次从外面回来，都要在门口拍打半天，好像那些异样的目光和好奇的问候，还粘在身上似的。她悄悄拖了钟良到市里去检查，两人都好好的。二月还是问来问去，大夫不耐烦了，说这事吧不能急，每次你放开了去享受，人舒服的时候才能怀上。不说还好，二月以前还时不时地有个高潮。这样说了，虽然钟良还是像以前那么辛苦，有时候忙得一头汗，二月的高潮反而来得少了。可恨的是钟良快要到的时候，二月总是喊着暂停、暂停，转身趴下，说这样能提高受孕的概率。连续几次，钟良不干了，明显消极怠工，因为他喜欢传统的男上女下式。钟良喜欢那种驾驭和征服的感觉，千秋万代，一统江湖。二月于是和钟良商量，一次趴着一次躺着。钟良说不行，两次我的一次你的。为了隐讳，也为了好听，他们统一称"钟良式"和"二月式"。两人有了自己的暗语，什么时候说起来，都有一点小小的兴奋。

中午的时候，二月的母亲托人捎话，让小两口下午回家去吃饭。两家离得不远，不到三里地。镇子本身就不大，两道小河一条西来，一条北来，到镇子的中心处握手言欢，胜利会师向东方；三座从远方连绵而来的山川，至此戛然收兵，紧急立定，这样夹出的小镇很不规则。三山夹峙出三条长短不一的川道，就是镇子的三条主干道；两水交汇处，就是镇子的中心。二月住在镇中心，父母住在镇西头。下班后二月收拾好了，喊钟良出门，看见钟良怪不情愿的，知道钟良心里还是不想去，走过去亲一口，说晚上咱们"钟良式"好吧。

凭良心说，二月每次回家，其实心里也不舒服，但不回去又害怕母亲伤心。不想回去的原因也很简单，就是父亲让大家都伤过心。父亲以前是电厂的中层领导，厂里最后一次实行子女接班顶替政策的时候，二月从技校毕业刚上班一年，还是个临时工，想着是挺好的一个机会。弟弟清明还在上高中，学习成绩挺好的，考个重点大学不成问题，看不上在这个小山沟里窝一辈子。所以那段日子，二月更加孝顺听话，私下里劝钟良不要到家里来。不想父亲当面不言不语，背地里却把这次机会给放弃了。他是这么解释的，他才五十出头，正是干工作的好时候，至于二月和清明嘛，年轻就是资本，什么不能干；再说了，儿孙自有儿孙福嘛。母亲哭闹了几次，背地里给二月说，你爸就是这么自私，当了个物资公司的经理，有人请吃有人请喝的，才舍不得拿他的官帽子给你换个普通工人。

父亲这步棋走得很臭，一来，在厂里失了威信和人缘，大家伙说起来，说老杨真能做出来，对你来说不到十年，对孩子可是一辈子的事啊；二来，也是更重要的原因，去年新换了个厂长，上任三把火，第一把火就撤了几个中层干部。二月的父亲也在其中。帽子一摘，人的精气神一下子不见了，走路耷拉着个头，弯腰驼背，看上去就老了几岁。二月是个孝顺的孩子，看了又很心疼，抹着泪劝父亲想开一点，坐轿抬轿都是一辈子，毕竟坐轿的人少，抬轿子的人多嘛。

这件事情过去好几年了，二月要求自己忘记，也几乎都忘记了，但钟良不行，对二月的父亲总是耿耿于怀。两人有时候斗嘴，二月说关你屁事啊，你应该还要谢谢我爸呢，要不是他，我接了班，成了正式工，还看不上你了。钟良翻着眼珠子问她，怎么你还准备离婚啊？二月说不是离婚是休夫，我要把你扫地出门，你这个没良心的，竟然还想着离婚。二月说着说着就生气了，完全忘记这个话题是她先挑起来的，一生气就要打钟良，小拳头挥舞得挺带劲。钟良转过身把背给她，让二月尽情地泄愤。二月打累了，就说不行，今晚你要补偿我，"二月式"，来一个。钟良转过头笑她，你个女无赖，加女流氓。

其实钟良对二月的父亲心怀不满，还有一点，就是老杨当初极力反对两个人交往，甚至当着二月面，抽过钟良的耳光，让钟良别再纠缠他的女儿。其实老杨不知道，两人真要分了手，最难过的是他的女儿。自从初中两个人有了感觉，二月就再没有正眼瞧过别的男孩一眼。老杨看着女儿一天天出落得如花似玉的，都扳着指头算计好几年了：厂长的儿子已经结婚了；书记的儿子听说特别好赌；生产副厂长家里只有两个姑娘；经营副厂长儿子倒挺般配，年龄合适，性格也好，但在市里工作，不一定就非能看上二月……不想二月技校一毕业，就把钟良给引到家里来了，可把老杨气得不轻。钟良也是电厂的职工子弟，不过因为他的父亲到内退的时候还只是个工人，老杨就不是很瞧得起。想着自己辛辛苦苦养大一朵花，结果让猪给拱了，就气不打一处来，本来见了钟良的父亲还打招呼的，成了亲家反而不想搭理了。钟良的父亲也生气，一个鸡巴小官有什么牛的。所以虽在同一个单位，两家的关系也不是很好。

电厂有子弟学校，从托儿所、小学到初中一应俱全。初中那三年，是男孩子们最疯狂的时候，整天想着法地折腾，不是捉弄女老师——男老师不敢捉弄，因为生了气是真打啊——就是捉弄女同学。有一次，钟良和几个同学捉了条菜花蛇，放在二月的课桌里，把二月都快吓死过去了。二月打开课桌，尖叫一声往后就倒。钟良看着形势不对，抢过去把蛇提起来一把甩出去。二月从此以后对课桌有了恐惧感，学业陡降，但从此，也对钟良有了好感。二月初中毕业，父亲托关系，让她上了电力系统内的技校。和正式考上的学生不同，二月这样的，毕业以后学校不负责分配。上学期间，老杨其实也一直在想办法，想把二月转成正式生，找了不少人，花了不少钱，但因为厂里和二月情况类似的子弟不少，没有哪个领导敢给二月开这个口子。毕业以后，因为明确了和钟良的恋爱关系，老杨对女儿的心思也就淡了。二月就只能在厂里当个临时工，检修班的工人，同样的辛苦，挣钱不到正式工的三分之一。每次到车间领奖金的时候，二月从会计手里接过薄薄的几张票子，一把就塞进口袋里，弄得会计还要追着她喊，数数吧你数数吧，出了错不管啊。

钟良高中毕了业，没有考上大学，本来想着补习一年，被他父亲老钟骂了个狗血喷头。按老钟的话说，也不看看咱家的坟，八辈上就没长那苗蒿；初中毕业蛮行了，非要再上高中，三年多花了老子多少钱啊，这三年不上学顺便找个什么事，要挣多少钱啊，里外里白糟践了老子六年钱……这账是越算越气愤。呸！老钟往地上吐一口，他小子有能耐，自己给自己找工作去。钟良也就真的提了两瓶酒，寻到车队的老徐，要跟老徐学开车。老徐开个破东风，负责拉厂里烧过的粉煤灰，整天灰里来灰里去，穿行在茫茫烟尘里。有个学徒挺好，不仅能帮他干活，还能帮着打扫卫生。要知道老徐是厂里最邋遢的一个，他和大姑娘小媳妇开玩笑，只要张开两手作势扑过去，就能吓倒花枝一片，所向披靡，势不可挡。二月看见老徐也怕，想着钟良以后也成老徐那样，还不头疼死，劝过钟良不止一次。钟良说你想想，现在学个司机得花多少钱？我跟老徐学，不仅不用花钱，还能挣钱呢。学了两年多，等到两人结婚前夕，钟良提出不跟老徐干了，想着自己买一个货车，从煤矿给厂里拉煤，一车煤十吨，来回四五天，除去油钱和过路费，能挣五百多块钱呢，一个月就是两千多，一年就是两万多。这账算得钟良浑身发热。二月也很兴奋，要知道她父亲当个经理，一个月也才挣一千多块钱啊。

新车太贵买不起，买个二手车吧。钟良看了个东风—Ⅱ，载重五吨，谈到五万多。两人就开始筹钱，把各自的家底凑在一起也不到一万。钟良实在没办法，给老钟开了口。老钟还行，帮衬了一万，但说得很明白，三年之内必须还清。二月没敢和父亲说，给母亲诉了苦。母亲悄悄给了五千。二月说妈你放心，我们挣了钱肯定还你。母亲叹口气说，只要你俩能过成日子，我也就放心了。再拿房子做抵押，贷了两万多。房子是厂里的福利房，两室一厅，不到五十个平方，分在老钟名下。老钟说得很明白，房子归钟良，工作归钟军。所以早在一年前，老钟就抓住了子女顶替的那次机会，自己退下来，让小儿子钟军顶替了他的名额。钟良内心也想要工作的，但没办法和钟军争，因为弟弟生下来母亲就走了，又是个残疾，左腿明显比右腿短了一截，虽然穿了特制的鞋，走起路来还是一顿一顿的。钟良每次看见弟弟晃悠来晃悠去，就把争抢的那份心思压住了。好处都让给弟弟，从小到大历来如此。

因为要买车，二月和钟良结婚就有点凑合。房子简单收拾了一下，墙壁用白粉重抹了一遍，地板用灰水泥找了平；家具只买了必需的几件；婚宴就选在厂里的食堂，同样八荤八素十六个菜，一桌比外面的饭馆酒店能便宜三十多块钱，还赠送一盆蛋花汤。婚礼前一天晚上，二月的母亲过来，在空荡荡的新房里转悠了半天，就转悠出两眶眼泪。第二天，二月的陪嫁一放进去，两厚两薄四床被子，两冬两夏四条褥子，大红大绿两床毯子，一大一小两个柜子，锅碗瓢盆、斧钺刀叉厨房用具一整套，暖壶便壶、毛巾茶缸洗漱用具一整套，再加上电视冰箱洗衣机，都用大红的喜字贴了，新房一下子变得满满当当、喜气盈盈。晚上先送走二月的一帮朋友，再送走闹洞房的一帮小伙子，二月和钟良大张旗鼓地颠鸾倒凤。完事了，钟良气喘吁吁地说，咱们挣钱了一定不能忘了你妈，看给咱准备了多少东西。二月说，也不能忘了我爸，电视冰箱洗衣机，这些我爸要是不同意，我们家能陪嫁过来吗？钟良兴致陡减，就从二月的肚皮上溜下来。

结了婚，二月继续在厂里干临时工。检修班有八个人，除了二月都是老爷们，干的活又脏又累。老杨当初让女儿进这个班，也是思量过的。二月这种情况，没有正式编制，不能上运行岗位，只能到厂里后勤服务岗位去，食堂呀，招待所呀，绿化班呀什么的，多是四五十岁老职工待的地方，适合养老。二月还年轻，在检修班干，累虽然累点，能学到技术，万一有机会转成正式工呢。正因为班里只有二月一个女的，大家都挺照顾她。即便到了检修现场，班长大老冯也从不让二月干那些出力流汗的重活，就让她递个扳手撬杠、接个螺帽油壶什么的。二月过意不去，就主动担起清洗工衣的任务。班组有个大水槽，二月把下水口堵住，放半池子水，倒多半袋洗衣粉，工衣脏啊，一大抱泡进去，都不带起沫的。二月喀喀喀搓半天才能搓出本色来。几个师傅在旁边看着，说二月真是个好婆姨，比我们家那口子洗得干净多了；说二月就是个好婆姨呵，钟良那小子烧高香了；说二月你要小心啊，钟良一年倒有大半年在路上跑，旅社那些女的，见了长途车司机扑上去就亲。二月心里在笑，手上搓得更带劲了。大老冯就喊起来，行了行了二月，工衣嘛，你洗那么干净当礼服穿啊。

　　设备大修或者有了故障的时候，班里比较忙。没事的时候，大家都闲下来，但车间有纪律，不让瞎转悠，要求组织政治学习。二月就给大家念报纸，念得一个个瞌睡打盹的。就有人提议打牌，忽然都睁大了眼，精神抖擞的，一边甩扑克一边说粗话，因为二月在旁边坐着，说得很不尽兴，说到一半嗤嗤地笑。大老冯又喊，二月这样吧，你坐到门口，给咱站岗放哨，小心被车间和机关的人逮住了。机关的管理干部轻易不来。车间那几个主任副主任啊，支书副支书啊，倒是常在厂区里溜达，被他们抓住，不光挨一通训，还要扣奖金的。二月就搬一把椅子，坐到门口，补政治学习笔记。二月笔记做得很认真，先是抄一段报纸上的话，再写上大老冯说什么，安全员说什么，技术员说什么，甲乙丙丁说完了，二月也得说两句，最后是大老冯再说，这次学习取得了很好的效果，大家端正了思想，统一了行动和步调，决心在车间魏主任的领导下，紧密团结在厂党委周围，不怕苦，不怕累，把每一次检修任务干好。政治学习笔记也不是每天都有，更多的时间，二月抱一本书，小说，言情小说。二月喜欢看言情小说，从厂图书馆借了一本又一本。二月专门撕下一个大书皮，《电力安全工作规程》，看什么书都把它包进去。老魏有一次看到了，在大会小会上表扬，说二月人家一个临时工，学习这么认真这么上进，你说说你们……手指头点得像抽筋。老魏是车间主任，小五十了，精瘦，歪脸，手老背在后面，走路脚拖着地，跋拉跋拉的，像个苦行僧。

　　钟良开着货车拉煤，三年下来，虽不像当初预料的那么好，但总还是挣了钱，还了银行的贷款和老钟的借款，只是二月母亲的五千块钱，还一时凑不起。两人也不着急，想着只要年轻心齐，年轻就有力气、就能挣钱，心齐就有盼头、就有希望。再说了，二月的母亲也说过，那五千块钱就当是给二月的私房钱，只要钟良对二月好，就不用还。二月却是不行，一边哭一边提醒钟良，我妈攒这点钱多不容易啊，要还，必须还，一定要还。说是这样说，钟良心里也犯嘀咕，开货车拉煤多累啊。煤炭装卸虽然都是自动化，但拉的时候总想着多装一些，卸的时候总想着卸个干净，这些都少不了人力。一同拉煤的其他几个老师傅，都雇了司机，装卸的时候有个帮手，开车的时候有个替换，一路上还能说话提提神。钟良就没有，一个人玩命地干，累是一方面，最害怕的是路上犯迷糊。有几次，钟良感觉自己都睡着了，一睁眼车竟然还在路上呼呼地跑，就吓出一身冷汗。有的老师傅也劝过钟良，说长途行车就不是一个人的事，人不是机器啊，总有个瞌睡打盹的时候；所以老话说得好啊，车上多了一个人，就是多了一尊神。钟良也盘算过，雇一个司机，行情是七百元，还得管吃管住吧，这样一个月下来，赚的钱差不多一半都给了别人，自己的小康生活计划就得推迟一倍的时间。

　　钟良和二月的小康生活计划，内容主要包括四项：房子要按照时下的标准，重新装修；给二月买一套"三金"（金戒指、金项链、金耳环），结婚时就应该置办的，那时手头紧，二月挡住不让买；换一个吨位大的新货车，旧车三年跑下来，毛病百出，爬坡的时候，气喘得比老徐都厉害；最重要的，就是生一个大胖小子，当然，龙凤胎更好，养孩子嘛，一个是养，两个也是养——还免得交计划生育罚款了。

这个小康生活计划，是蜜月期间就制定的，和国家经济发展规划同步，也是五年一个周期。现在三年过去了，四件大事一件还没着落，要是再雇个司机，"一五"计划肯定要泡汤。钟良很犹豫，雇个司机的话，到嘴边都溜达好几回了，没好意思给二月说。

二月只是催着钟良一起回娘家。母亲下午包了饺子，吃饭的时候，二月留神父亲的情绪，看见还可以。父亲主动问起钟良拉煤的情况。钟良的态度也很好，虽然话少，但也是有问必答，很有礼貌。二月的心情就很高兴，想着再过半个多月，就是父亲的生日，要好好买点东西，妈爱吃啥，爸爱吃啥，到时候早早和钟良过来；弟弟在外边上大学，老两口在家也挺寂寞的。但是看见母亲心神不定的样子，吃了饭，二月和母亲聊天。母亲果然说，你有时间的话，去看看你芳姐吧。二月问，我芳姐咋了？母亲叹一口气说，唉，这孩子，不知道怎么搞的，离了。芳姐离婚了！二月有点发愣。芳姐是姨妈的女儿，也在厂里上班，是个正式工，以前做姑娘的时候，花眼粉脸，细腰长腿，把厂里的小伙子迷倒了一大片。但芳姐眼高，在市里找个对象，结婚后家也安在了市里，上班来下班走，所以虽在一个厂里，但不在一个部门，二月也轻易见不着。

二月到芳姐的家里去过几次，内心挺羡慕的，那房子大，四室两厅，装修得挺豪华。姐夫听说在外边做生意，二月见过，样子长得排场，高个宽肩，背挺得溜直，眼睛炯炯地放着光，和芳姐站一起，谁见了都得夸，天生一对，地设一双；说话也风趣，二月每次见他，都被他逗得笑弯了腰。再说，两人在一起的时候，感觉挺亲热啊，芳姐的手基本都在姐夫的肘弯里挎着，还时不时地相互抱一下。钟良就看不惯，回家总对二月说肉麻啊肉麻啊。二月一巴掌挥过去，我就喜欢怎么了，你也肉麻一下给我看看。

为啥啊，芳姐和姐夫不是挺好的吗，怎么就离了？二月几乎是喃喃自语。母亲压低了声音，好像怕外屋的父亲和钟良听见，听说你姐夫赌博，赌得挺大，一晚上好几千地进进出出，外面还有女人，你芳姐就不让了，又哭又闹的……都折腾好几年了。这种消息总是让人沮丧，晚上躺在床上，二月就郁郁寡欢地说，咱俩——该不会也离吧……听说离婚是会传染的。钟良迷迷糊糊地说，哪儿的事啊，咱俩咋可能像他们一样。过了一会，好像说梦话似的又来了一句，其实离了也好。二月激灵一下，翻身把钟良压住，发了狠声，你说什么？再说一遍！钟良知道二月误会了，忙着解释，我是说你姐夫，赌博倒无所谓，改了就可以原谅；外边有了人，这是大问题，不可饶恕；所以对你芳姐来说，离了也好，她还年轻，样子长得又好，不愁没人要的。二月不赞同这样的说法，两手继续压住钟良，激动地问，有人要就行了吗？那还有孩子呢？那还有感情呢……

二月已经脱了衣服，两个奶子就在钟良的眼前晃来晃去。晃得钟良有了反应，翻身把二月压住了，说你真是闲吃萝卜淡操心，人家那么有钱，不会处理那些事？二月没有心情，就在下面扭来扭去，去去去，我不想要。钟良知道再坚持一会，二月才能投入，所以上下其手，一刻也没有停止，说你今天答应过的，晚上"钟良式"。

二

上午一上班，二月就到了芳姐的部门，没见到人，一问才知道，芳姐请假都半个多月了。二月有点不安，还是表姐妹呢，这么大的事，不是母亲说自己竟然一点也不知道；姨妈和姨夫都在农村，芳姐一个人，承受这么大的变化，心里该多难受啊。赶紧找了个借口，给大老冯请了假，赶到市里。市里离镇上也就二十公里，但是路不好，进一趟城得两个小时。二月坐在车上颠簸着，就想厂里住在市里的职工，包括芳姐在内，其实也不容易啊，每天光上下班就得在路上浪费掉四个小时，图个什么？所以住在市里说着有面子，看着挺光鲜，其实也有自己的苦楚啊。

到市里都过了中午，二月在街上要了一碗面，吃完，就用街上的IC卡电话，给芳姐家打电话，好长时间没人接。姐夫是有个大哥大，但二月不知道号码，即便知道号码，二月也不可能打，两人都离婚了，这不是自找没趣吗。等找到芳姐家都下午了，敲门的时候二月还在想，如果门开了，出来的是姐夫，该怎么说，还是什么也不说，扭身就走。幸好正敲门的功夫，芳姐从外面回来了。见面的第一眼，二月有点不相信自己的眼睛，芳姐一点也不见消沉的样子，打扮得花枝招展，脸上画得唇红齿白，比在厂里上班的时候还要漂亮。芳姐拉着二月的手进了门。二月却不知道从何说起，她本来是准备安慰芳姐的。

芳姐知道二月想说什么，就自己敞开了说，你也别劝我，我也不伤心；这种事，我也没有给谁说过，姨妈告诉你的吧。看二月点点头，又说，付大国这种人吧，我忍他不是一天两天了，做生意挣点钱，都撂在了牌桌上，还在外边勾搭别的女人，既然你不仁我也不义，他走他的阳光道，我走我的独木桥。二月脑海里闪出姐夫风趣幽默的样子，想起了钟良说过的话，就说，有了第三者，是婚姻的原则性问题，确实不可原谅；但是姐夫对你那么好，不像是外边有人啊……芳姐拍一下手，说傻妹妹，男人最不可相信，他外边有了人还给你通知啊；你只要观察，一个月回不了几次家，回来了连你都懒得看一眼；像你姐我这样的，躺在谁边上谁不动心，和尚也得跳墙吧——不是外边有人是什么？我再留心一查，果不然，让我抓了个现场。好吧，离婚！孩子归你，房子归我，存款一人一半。付大国耍无赖，说现金没有，没有就没有吧，亏了我以前抓得紧，不然喝西北风啊。

付大国是姐夫的名字。以前芳姐甜腻腻地叫他老公，在二月面前提起来，也是你姐夫你姐夫的；现在付大国付大国地叫着，听起来没有热情，也没有仇恨，完全在说一个陌生人。这样说着，听见电话铃响，芳姐就在随身的小包里，掏出一个大哥大。二月听见那边是个男声，好像是晚上要请芳姐吃饭。芳姐收了线，对二月说，今晚别回去了，钟良也不在家吧，姐请你吃饭，完了就住在这儿，咱姐俩好好说说话。二月心里不舒服，就说不了，我只请了半天假，明天还得上班呢。出门的时候，又说，芳姐把你的电话号码给我吧，以后有事，联系你就方便了……没有了姐夫，你现在一个人，养个大哥大挺贵吧？芳姐说，女人啊，一定要想开，有钱不花干什么？趁着年轻，该吃的吃，该喝的喝，该玩的玩。站在门口了，二月又说，芳姐你……多保重啊。毕竟是姨表姐妹，芳姐听出二月动了情，眼眶也湿了，抱住二月，好像二月来这里不是安慰她，而是求她宽慰的，说妹妹你放心，就你芳姐，吃不了亏。

站在大街上，二月心里堵得慌，就忍不住找个墙角，哭了一鼻子。二月不赞同芳姐的说法，但从此多了一份心。她想啊，结婚以后，钟良就开始跑车，四天、或者五天回来一次，回家也只待一夜。刚结婚那会，一回到家就缠着她，这儿摸一把，那儿揣一把，猴急的样子，把二月也惹得心慌腿软。但现在什么样，每次回来就是例行公事，完了转身躺在床上就是个睡；前期工作也不像以前那么用心，做得浮皮潦草，难怪怀不上孩子呢，大夫都说了，没有高潮怎么怀？这样一个人琢磨来琢磨去，可疑的地方就越来越多了。

二月有了心事，这心事就是两个小人在脑袋里打架。一个说不会的，钟良不是那种人，他对二月多好啊，苦活重活从不让二月干，每次回来时间那么紧，还帮着二月干家务；再说从小到大在一起，太了解了，他小时候闹腾，长大反而木讷了，长得又一般，说话嘟嘟嚷嚷的，谁能瞧得上他呀！一个说怎么不会，知人知面不知心，睡了一辈子的人还翻脸呢，你们才几年啊；听说路上有那种鸡毛小店，里边的女人就是给跑长途车的司机准备的，司机出门谁带婆姨呀，想了就住店，住店就有女人；钟良都在路上跑三年了，常在河边走，怎能不湿鞋。二月的这个心事折磨得她寝不安席、食不甘味。钟良再一次回到家里，晚上伸过手来，二月就推掉。钟良再伸过来，二月再推掉。结婚后，类似的情况不是第一次了，钟良认为自己能够辨别出，这个不配合是假意的推脱，还是坚决拒绝。钟良就问，怎么了？二月冷冷地说，烦，不想要。钟良再问，为啥烦呀？什么事？班上，还是家里……二月就说，别问了！谁都不为，就是累，行了吧。说到累，钟良有点相信，因为他确实是累了。钟良放心地躺下，说我也累了，那就赶紧睡吧。钟良就呼呼地睡了。二月本想着钟良再坚持一会，她就要问个究竟的，不想钟良竟然睡了。剩下二月一个人在黑暗中，任凭两个小人打了大半夜，听着身边钟良没心没肺的打鼾声，恨不得抽他两个耳光。

第二天睁开眼睛，钟良已经出车走了，留二月和两个小人在家中。又是四五天，这一个周期下来，两个小人也打出了结果，说钟良不好的那个占了上风。二月几次想让另一个小人翻盘，用力去帮他，不想一照面，就被那个小人一拳打得又躺在地上，扶都扶不起来了。这样的结果让二月魂不守舍。二月想找人说说心里话，找谁呢？母亲不敢说，怕她操心。高玉、霞霞、梅子、刘玲……二月在心里把几个朋友过了一遍，也不能说，捕风捉影的事，还不让她们笑话死！上班的时候，大老冯问起来，二月你不舒服？二月赶紧摇头，没事没事，好着呢。大老冯他们又要打牌，说二月你给咱放哨啊。二月搬个椅子，坐在门口，没有心情看书，抱着书发呆。秋天的天空就是干净，湛蓝湛蓝的，不见一丝云彩。一行大雁叫着飞过头顶，队伍排得很整齐。二月就想真奇怪啊，天上不像地上，没有路，大雁是怎么找回家的？

先不管大雁了，钟良回家却是吃了一惊，二月披头散发的，眼窝都凹陷进去了。钟良抱住二月声调都变了，二月你咋了？病了吗……二月忽然来了精神，噼里啪啦先是一通打，打完再哭，边哭边骂，钟良你这个没良心的你还问我你说你在外边干了什么见不得人的事！钟良口张得能把二月吃进去，说你说什么呀？我咋了我干什么事了我好好的啊；这一趟挣了三百多，今天是结算的日子，这三个月挣了四千多块呢，喏，钱在这儿呢。二月把钱一把打在地上，继续骂，你在外边有了人，你肯定是的，你上一次回来，动也不动我，你不是外边有人是什么？我是你老婆，我睡你旁边你都不动我，你说你是不是外边有人……钟良的心掉回肚子里，把二月抱得更紧了，说你这个傻老婆啊，我怎么会干那种事呢？！放着这么好的老婆不要，到外边找人，我有病啊。一边说着，一边就把二月剥个精光。二月先还反抗，越反抗越主动，紧紧地抱住钟良，完事了也舍不得放手，握住钟良的命根子说，你要外边有人，我一口咬断它。

说也奇怪，钟良一回来，两个小人的局面发生了根本性变化，那个说钟良不好的望风而逃，只留了一个影子。但是二月还不解气，躺在钟良的怀里又开始打，这次打的就温柔多了。打一下问一句，那你告诉我，路上是不是有那种黑旅社？钟良问，哪种黑旅社？二月说，就是那种嘛，里面有女人的。钟良说，旅社里都有女人，服务员嘛。二月说，不是那种打扫卫生的女人，是那种女人，听说都是给跑长途车的司机预备着的。钟良说，是。二月问，你是不是也去过？钟良说，是。二月声音就变粗了，你也去过！钟良说，你想什么呢，我去是住店，又不是睡女人啊。二月呼出一口气，那人家司机都要女人，你能忍得住？钟良说，也不是每个司机都要女人，看各人爱好吧；还有老高，他老婆跟着一起跑，都跑了好几年了，他怎么敢要；再说了，谁有你好啊，我有什么忍不住的。二月停一会，又问，那些女人漂亮吗？钟良就笑了，说你没见，见了能吓一跳，哪是女人啊？一个个皮松肉懒、五大三粗的。二月说，我不信，真有那样的女人，你们还喜欢？钟良说，我没喜欢过啊。二月说，我是说那些司机，他们还喜欢？钟良说，青菜萝卜各有所爱，各人有各人的口味；再说了，丑归丑，好歹是个女人吧。二月停一会，又问，上次回来你为什么不动我？钟良有点蒙，说上次，哪一次啊？二月用劲打一下，说你装什么糊涂，就是上一次，五天前。钟良想起来了，说你不是累了吗？二月说累个屁，人家心情不好，心累又不是身体累。钟良说，我哪知道那么多啊？我又不是你肚子里的蛔虫。二月说，不行！你必须当我肚子里的蛔虫。钟良说，怎么当啊？怎么进去啊？就拿眼斜斜地看二月的下身。二月踢他一脚，你个流氓！

又折腾了一回。钟良喊着饿了，二月禁不住惭愧起来。钟良辛辛苦苦跑了好几天，进门一口水都来不及喝，就被自己连哭带闹折磨了半天。紧忙着烧水，下了一大锅面，好几天了，二月自己也美美地吃了一顿饱饭。看着钟良狼吞虎咽的吃相，就说，慢点慢点，你饿死鬼托生啊，晚上吃这么多，咱们下楼转一圈吧。钟良放下碗，把嘴一抹，说你去吧，我要早点睡的，和老胡他们几个约好了，明天五点半就出发了。二月说，起那早干吗，不能多睡会吗？钟良说你不看天，日头越来越短了，早上多跑一会，空车跑得快，明晚就能到黄花砭，后天下午五点前要赶到煤矿的，过了五点，煤就装不上车了。二月也就放弃了下楼的打算，把锅碗洗涮了，看着钟良躺下，自己却是不瞌睡，精神空前地好，在房间里转来转去，想看一会电视，虽然不在一个房间，也怕吵了钟良，就一个人待在客厅看小说。看了一会，又舍不得钟良，就躺到床上，开了台灯看书。翻两页书，看一眼钟良。翻两页书，再看一眼钟良。钟良睡得跟猪一样。

　　钟良第二天却还是迟到了，闹钟丁零零地响着，就是叫不醒。二月心疼钟良，想着多睡一会吧，就把闹钟压了。直到老胡在门外哐哐哐地砸门，钟良起来就埋怨二月为什么不叫他，慌忙蹬上衣裤，脸也顾不上洗，到厨房抓了两个馒头，开了门就往外走。二月披着衣服送到门口，听见老胡在门外骂钟良，一边骂一边下楼，两个人的脚步声就越来越小，终于听不见了。再回到床上，二月也睡不着了，想着钟良多辛苦啊，一天一天地端着方向盘，连个囫囵觉也睡不成，这种日子什么时候是个头啊？翻个身想起枕头底下压的钱，那是钟良昨天拿回来的，又掏出来一张一张地数，心情就慢慢变好了。想着米还有半袋，面快完了，钟良爱吃面，得赶紧再买一袋；还有暖气费，虽然电厂的家属楼，供暖用的是汽轮机的尾气，没有多少成本，但厂里每年也要象征性地收钱的。冬天快到了，收取供暖费的通知在厂门口都贴出好几天了。还有镇上逢集的时候，记住买些大白菜，让母亲腌上一罐酸菜，一来钟良爱吃，二来冬天的菜是越来越贵了。这样盘算了一通，想着今年年底就能给母亲还上五千块钱，剩下的，买个电饭锅，还能给钟良添置一身新衣。结婚以后，钟良再没有买过新衣服。二月提起来，钟良就说，拉煤的，掏炭的，拖着棍子要饭的，我穿上好衣服给谁看呀。

　　钟良再回来，二月就忍不住说了自己的想法。钟良却是不同意，他认为小康生活计划到今年年底必须实现一项，就是给二月买一套"三金"，二月母亲的钱等等再还也不迟。再说了，你妈不是说过，只要我对你好，这钱就是给你的私房钱，我对你不好吗？二月说不是好不好的问题，再好也得还，我爸手头抠那么紧，你知道我妈攒这点钱多不容易，咱俩年轻，年轻怕什么？挣钱的日子在后头。钟良就有点牢骚，说咱俩是年轻，年轻也怕啊，就说了路上有几次开着车犯迷糊的事。钟良这么说着，二月唰唰地一身一身地出冷汗，这可是大事啊，常说司机手握方向盘，脚踩鬼门关，一不小心就是人命关天。二月说那怎么办？不行咱也雇个司机。钟良就再强调了一遍小康生活计划的重要性。二月就烦了，什么屁计划，国家计划都讲个调整，咱不会也调整啊。雇，马上雇。

司机挺好找，毕竟会开车的人多，买得起车的人少。就雇了个老徐，住在下通沟，离镇上四五里路。这个老徐和钟良学车的师傅一个姓，但比拉灰的老徐讲究，衣服洗得干干净净，头发还有摩斯打过，溜溜地闪着光。跟着钟良跑了一个月，老徐拿了七百块钱，就提出不再干了。钟良好像也巴不得老徐不干了。二月问起来，钟良就说，这个老徐太难伺候了，吃饭要点两个菜一个汤，晚上还要喝点小酒。二月知道钟良对自己太节省了，以前一个人跑车，进了饭馆总是一碗面就打发了自己，说那也行啊，你不能拿对自己的标准去要求人家师傅，人家是有技术的人啊；再说了，你也得吃好点，身体是本钱，不要怕花钱。钟良说，不光这样，有几次到了晚上，他还要找旅社里的那些女人；你睡你睡吧，睡完还等着我给他结账，哪有这样的事啊？！二月一听这话，就说是不能再雇了，看起来人五人六的，怎么这德行，早走早好。又寻了一个年轻的师傅小艾，家在城南一百多里的银子县。那个县名字听着挺富贵，其实穷得叮当响，男男女女多在外打工。小艾一脸憨厚的样子，看起来就是个能吃苦的人。不想跑了半个月，钟良自己就提出不要人家了，数了三百五十块钱，一拍两散。二月就认为钟良太挑剔，哪有这样的东家？一个不行，两个也不行，钟良你要找找自己的毛病。钟良说我有什么毛病，二月你是不知道，这个小艾太懒了，每天早上不到八点不起床，那你晚上早点睡吧——不行，晚上还不睡，不管多晚，缠着老胡他们几个要打牌——你说就这种司机，放到哪个车上，哪个东家受得了？二月知道跑长途拉煤，起草摸黑是常事，因为货车都超载，有的甚至超出负载一倍多。钟良就是五吨的车，拉十吨的煤。白天路上查得严，有路政管理所的，有车辆超限站的，查出超载了，不但要罚款，还要把超载的部分卸下来，重新找车装车。这样一折腾，不赔就谢天谢地，还挣什么钱。眼活手快嘴巧的司机，塞点小钱过关是最好的。像钟良这样的，塞了钱也不会说话，就只能自己吃苦，躲开白天的检查，多在夜里赶路。二月就说那怎么办？咱再找个司机吧，总有那种能吃苦、不怕累的好师傅。钟良说，算了吧，眼看快到腊月了，好多打工的都回家准备过年，这个时候不好雇，过了年再说吧。

三

不想刚进腊月门，就下了一场大雪。雪是半夜时分开始下的，等到天亮，都下了两指厚。二月踩着雪咯吱咯吱去上班，看见上学的孩子们在雪地里疯，一个个欢天喜地的，就忍不住发愁。想钟良这一次是昨天出去的，今天下午应该赶到煤矿装车，一般都是连夜往回赶；这么厚的雪，满满的一车煤，怎么拉回来呀？班上这段时间工作不是太多，例行检查完，又支开了牌场。二月搬了椅子坐在门口发愁，看着远处山头上，平日里一片一片黑黑的树木，都披上了一层银装，就在心里给老天爷祷告，盼着雪赶快停了，要下也等到钟良回来再下。但老天爷听不进二月的话，雪反而是越下越大。

　　这一下，就是三天。这三天可把二月愁坏了，喉咙也疼起来，咽口唾沫都钻心地疼。二月知道上火了，也没有心思去管它。按照往常的时间，今天晚上钟良应该赶回家。下午早早回到家，二月把面揉好，放在盆里醒着；又从酸菜缸里捞了半棵白菜，切了，想着炒个酸菜烩肉。肉是前天逢集买的，二月已经切成小块，做熟了，放在冰箱里。钟良在路上，从来舍不得吃荤菜，都是怎么便宜怎么来，要好好给钟良补补。二月在房子里转来转去，把面团拿出来揉了又揉，揉得像石头一样硬了，还是不见钟良回来，就再也待不住了，想着找谁去问。钟良常跟老胡老高他们一起出车，老高的老婆是跟车一起走的，只能到老胡家里去问。出了门，天已经黑了，就在雪地里一脚高一脚低地寻到老胡家。敲开门，不想家里烟雾缭绕，老胡老婆找了一帮老头老太太，正在家里打麻将，冬天门窗关得严实，有上几个抽烟的，家里就成了个大熏笼。老胡老婆牌正红火，手里腾不开，就一边忙着手里的一边招呼二月，说闺女坐吧，喝水自个给自个倒啊，婶正忙着呢……什么，你胡叔，没回来呢，钟良也没回来吗？他们一起的，别怕……什么，下雪，下刀子也不怕……闺女别担心，车上都带着防滑链的……再说了，路上车有多少啊，再大的雪，一会也碾没了。二月问不出再多的话，就在边上看着。老胡老婆手气过去了，让二月，闺女你来打两圈？二月忙说，谢谢婶婶，你们玩吧，我是真不会打。二月就退出来了，一边往回走一边自责，想自己这段时间怎么了？老是心神不安的，钟良以前下雪时也出过车，不是都平平安安地回来了吗。

二月一夜睡不踏实，迷迷糊糊中总是听到钟良在敲门，仔细听时什么声响也没有。二月劝自己，睡吧睡吧，钟良有钥匙的，他每次回来晚了怕吵了二月，都是轻手轻脚地自己开门回来的。但依然不放心，就这样眯瞪了一夜，等到天亮，钟良还没回来。二月就在心里骂，这个钟良，没有一点良心，也不知道别人替他操多大的心，回不来也打个电话报个平安吧，什么音信也没有。又想，也不能怨钟良，他给哪儿打电话呀？家里没有电话，二月的班上有一部电话，是厂里的办公电话，外线只能接不能打。对呀，钟良知道那个号码的，以前也曾经给二月打过。二月急忙洗漱了，打开门就是一个冷颤，好冷的天，俗话说下雪不冷消雪冷，果然啊，气温比前两天低了好多。又返回身加了一件衣服，想钟良这次出门穿的什么，也不知道冷不冷？到了班上，比家里都暖和，房子中间有个大炉子，火苗呼呼地蹿起一尺多高。二月就守在电话旁，说是看书，眼睛在书上一行行地扫过去，也不知道看的什么。大老冯他们又在打牌，荤段子还说，只是压低了嗓音，这么冷的天，他们也不能让二月到门口去啊。等了一天，电话是有几个，但都不是钟良打来的。二月离电话最近，一次次接起来一次次转出去，心里一次又一次地失望。

回到家里坐卧不安，二月也没有心思做饭，一个人越待心越慌，就跑到了高玉家。高玉也是电厂子弟，和二月一路同学到技校，但她的技校是考上的，所以毕业后就是正式工。找了个老公是厂里的机关干部，家离二月最近，同一栋楼上，不在一个单元。进了门，高玉正在做饭，还要照顾一岁多的孩子。孩子正是蹒跚学步的时候，精力旺盛，东跑西撞，一刻不得消停，高玉也就手忙脚乱。高玉说二月你来得正好，你把孩子看住，我给咱做饭啊；咱们吃麻食吧，面我都准备好了。二月抱了孩子，和高玉在厨房聊天。高玉问，钟良还没有回来？二月说，应该昨天就回来的，到这个时候了还不见人，你看这雪，能把人愁死。高玉劝她，没事的，钟良那么小心的人，不会有事的。又东拉西扯地聊了一会，高玉老公回来了，进门看见二月就开玩笑，说二月几天不见，越来越漂亮了，看你这消瘦的模样，真是教人心疼啊。高玉说，别说俏皮话，这不钟良出车还没回来，二月正发愁呢。几个人坐到饭桌前，刚把碗端到手里，二月忽然侧过头，说你听——钟良。高玉和她老公静下来，听了一下都笑了，说二月你神经啊。二月放下碗就往窗前走，趴在窗口一看，钟良正在楼下抬头叫二月呢。

二月打开窗户应了一声，忽然觉得全身无力，眼泪就涌了出来。高玉和她老公跟在后面，说回来就好回来就好，叫钟良一起上来吃饭吧。高玉趴在窗子上叫，钟良不上来，说他吃过了。二月知道钟良在说谎，也就没有心思再吃，穿了外衣准备回家。高玉抱着孩子送到门口，说二月我劝你一句，雪下这么大，还是别让钟良出车了吧，休息几天。二月说是啊，我也这样想的，雪下这么大。到了楼下，钟良接着二月，嘿嘿地笑，说回家不见你，我一猜就准，怎么老公都不管了，光顾你自己吃啊。二月不理他，腾腾腾地往家走，进了门却一把抱住钟良，眼泪又出来了，说钟良怕死我了，明天不准出车了，雪不消不准出车。钟良听见二月语气坚决，想着再争取一下，说不要紧的，这次路上走得慢，比往常就迟了一天；我想打电话的，但路上连个电话也没有；其实雪天跑车还好，路上车少……二月狠声说不行，我说不准出车就不准出车，你是没心没肺，我都快成神经病了。看见钟良低了头不吭声，又柔声说，这不眼看都快过年了，咱们还什么都没准备呢，休息几天吧，羊肉要赶快割几斤，到年底更贵了吧；还有粉条得十斤吧，猪肉也得几斤吧……钟良就说，那行吧，歇几天也好，我给老胡他们说一声。

　　这一歇就是五六天，老胡他们又跑了一趟。这是买车以后，逢年过节以外，钟良休息时间最长的一次，应该说是最清闲的几天，懒觉能睡到中午二月下班，中午饭吃过就出去溜达；但也是最难受的几天，晚上不管是"钟良式"还是"二月式"，钟良都是无精打采，草草收兵。二月说，你要认真点啊，你看高玉和咱们一年结的婚，人家孩子现在都满地跑了，我抱在怀里真是着急啊。钟良说我也着急，我把种子播进去，庄稼不收怨谁？这话二月不爱听，压住钟良又是一通打。中间有一天镇上逢集，二月抽空拽着钟良到街上，买了小半只羊九斤八两，一捆子粉条十斤多。又买了两只活鸡，钟良在家里烧开一大壶水，提了鸡到外边水池边折腾了一下午，杀了，褪毛，开膛，清洗，赶二月下午下班，就提回来两只白条鸡。二月着实表扬了一番，晚上又赏了个"钟良式"。猪肉没敢买，因为冰箱放不下了。

　　这天下午钟良出去转了一圈，回来喊着雪都化了雪都化了。二月就生气了，骂钟良你真是个贱骨头，生来就是下苦的命，今天都腊月十五了，过了年再出车不行吗？钟良说你是不知道，这段时间因为快过年，又加上下雪，路上难走，拉煤的车少了很多；电厂现在的存煤不够了，因为春节后煤矿还要放假到初五，就得多储备一些煤，所以就把运费提高了一倍，年前这几天拉一趟顶平常拉两趟的。二月说，顶三趟也不行，我说不能出车就不能。钟良就说，我不管，明天是肯定要走的。二月和钟良在一起，钟良是很少放狠话的，这一句话说出来，明显是生气了。二月就说，行，你走我也走，明天咱都出车。

　　这句话本来有点赌气，说出来了，二月细细一想，真的啊，为什么不能和钟良一起出车呢？人家老高婆姨不是一直就跟车嘛。晚上和钟良认真说起这个话题，钟良却只是摇头，说二月你能干啥呀，肩不能挑手不能提的；人家老高婆姨，人高马大，顶一个男人的。二月说，你别小瞧我，除了不会开车，我什么不能干呀，装车，卸车，我能帮你吧，路上我能和你说话提神吧，你不是最怕路上打瞌睡吗；对了，晚上还有人给你暖被窝——你高兴还来不及呢！钟良却是不行，说二月你是不知道跑车有多苦多累，路边的旅社有多脏多乱，完全不是你想的那么回事。但二月坚定了这个想法，她是宁愿和钟良一起在外边受苦，也不愿一个人在家里受煎熬。再说了，她在厂里上班，临时工待遇，一个月下来也就三四百块钱，雇一个司机得七百块钱，还不算吃住，用我多省钱啊。二月这么一说，钟良不反对了。他说那这样吧，明天我先跟老胡他们出车，总得五天后才能回来；这几天你给厂里把话说清楚了，是请假呀还是干脆辞了工作，把手续办好了，人家大老冯对你确实不错，不能一拍屁股就走吧。

第二天，钟良出车走了。二月想着这么大的事，应该先和母亲商量商量，下午下了班就回了父母家。趁着父亲不在的时候，和母亲说了。母亲好长时间不吭声。二月再催，发现母亲又哭得眼泪汪汪的，说都是你爸造孽呀，我这么好一个女儿，现如今到了跑车拉煤的地步；你爸这个老不死的，一辈子只顾着自个舒服，对自己的儿女都舍不得，我上辈子做了什么恶呀，要遭这样的报应……二月没想到母亲是这样的反应，她对父亲的怨气不能说没有，但总是越来越淡了；她这样做，也没有谴责，或者羞辱父亲的意思。但母亲这样哭着，哭得二月也是悲从中来，想着一同技校毕业的，刘玲和梅子分到了市里的供电局，高玉分到了厂里，霞霞虽然电力系统进不来，她爸又给她活动到一个采油厂，都是正式工；只有自己，工作不顺吧，孩子也没有，一个钟良，整天还让人提心吊胆的。娘俩于是好一通哭，哭完了还得说事啊。二月本来想着直接把工作辞了，现在母亲一哭，二月心软了，就想先请上一段假，试一试再说吧，给自己留一条后路。第二天，等到下班后其他人走了，留下大老冯就把请假的意思说了。大老冯瞪大眼睛琢磨了半天，说这样吧二月，现在到年底，也就十来天，厂里管得也松，我给你把考勤记上，你有事你去忙——我也就这么大的权限，时间再长做不了主，你就真得请假了；但二月话又说回来，和钟良一起跑车拉煤，你得好好想想，俗话说得好，宁为街头乞，不做车上妻，多脏多累啊。二月知道大老冯的好意，年底正是发各种奖金、福利的时候，现在请假得不偿失，就把腰弯得能挨到地上，噙着泪说谢谢师傅，谢谢冯叔。

钟良再出车，二月就兴冲冲地坐到车上。老胡老高看见了，说钟良你真舍得，这么个娇滴滴的小婆姨，你是拉上出门兜风啊还是受苦啊。二月笑着说兜风呀，受苦也是兜风呀。二月是这样说着，一天跑下来，就笑不出来了。他们家是旧式货车，驾驶舱只有一排座位，不像后来的货车，驾驶舱后排还有一个几十厘米的空当，可以当卧铺用。二月就只能一直坐着，以前也坐过钟良的车，都是短途，现在一天坐下来，比上班还累。路面上的积雪，向阳处是不见了，背阴的地方还有，白天被车碾化了，夜里一上冻，成了冰溜子，就比往日走得慢，早上六点发车，过了夜里十二点还在路上跑。中间两次停下来吃饭，钟良是一吃完就躺到驾驶舱里眯一会。好不容易到了睡觉的地方，二月在车上已经睡得昏天黑地，跟上钟良摇摇晃晃地进了房间，一进门，那种脏乱和臭味又让二月清醒过来。钟良以前都是住大通铺的，现在二月跟着，只能住单间。单间也就五六个平方，墙壁上满是打死的蚊子尸体、乌黑的手印、说不出颜色的各种污渍，还有签名，写着马二保、苟芳芳到此一游。房间里最打眼的是一张双人床，一个类似于床头柜又好像桌子的一件家具，铁质的洗脸盆架子上，放着一个锈迹斑斑的陶瓷脸盆。二月把墙壁和地面都清理了，又把自己带来的床单铺开，钟良迫不及待地一头倒下去。二月却睡不着了，压在身上的被子散发出一阵阵怪味，就想着下次出来，应该再拿床被子的。

到了煤矿装车的时候，二月的泼辣劲让老胡老高吃了一惊，虽然力气不大，但二月车上车下地折腾，不怕脏不怕苦，那种劲头让别的司机刮目相看，本来嘲讽的语气，现在都佩服了。有人就问钟良，雇个这样的帮工，一个月得多少钱啊？又有人说，这个雇工转让吧？钟良开个价。钟良嘿嘿笑着不吭声。如果是老胡老高开这样的玩笑，二月就说呸呸呸，你们是当叔叔的人，怎么能和侄儿说这样的话。如果是年龄相仿的司机，二月就说转让啊，一个月八千，你养得起吗？或者又说，看好了，我才是车老板，钟良是我雇的司机。装好了煤，和老胡老高一起相跟着，往回走，钟良就说，二月看不出啊，你在外人面前一点也不怵，挺能说的。二月说，钟良你是得好好和人交流，现在社会吧，会干还得会说，有时候说得好比干得好还重要；有句话怎么说来着——三句好话当钱使。钟良不赞成，说两片嘴上下一啪嗒，就能挣来钱，二月你现在给我说个——也甭多了——一块钱出来。二月抬手就是一巴掌，钟良你抬杠啊，好好开你的车。

二月坐到车上，钟良精神百倍，再也没有以前那种迷糊的情况了。二月一般是累了就睡，睡醒来笑眯眯地看着钟良，说老公你累吧。钟良看一眼二月，把手放到二月的胸前，说不累。二月把那只手打一下，说钟良你要专心开车啊。钟良把手缩了回去，说老婆对不起，让你受这样的苦。二月说，长途跑车确实是累，但和你在一起，真的钟良，我是高兴着的。钟良又忍不住，伸手过来在二月胸前掏一把。但是到了晚上住宿，钟良已经连手也懒得抬了，有时候脸和脚都不洗就准备上床。二月骂着，监督着钟良一一洗过。钟良是沾枕头就睡的。二月总要先和被子上的臭味战斗半天，才能睡着。

　　回到家已经腊月二十四了，洗漱过，做完饭吃了，二月又回了一趟父母家。弟弟清明上大学二年级，也已经放假回到家。母亲悄悄地问二月，这趟出车怎么样？你们一出去，我这心老提着。二月当然只拣好的说，妈你放心，路上挺好走的；其实钟良一个人出车，我的心也老提着；两人在车上，总比一个人好。等再回到自己家，都晚上十点了。钟良知道二月第一次跑长途，是真累了，就说年前还能拉一趟的，明天你别去了，搁家休息吧，也把过年的东西准备准备。二月说，有什么准备的，猪肉我也割了，一个后臀尖快有八斤；要休息就一起休息，要出车就一起出车，反正是要在一起的。钟良说，你算算啊，这一趟回来就到除夕了，咱家不能过年在路上过吧？二月说，这一趟咱装少点跑快点，争取除夕下午早早回到家。又说，鞭炮我也买了，还有几张年画。就把年画拿出来。钟良一张张地看，其中一个骑着鱼的大胖小子，爱不释手，说，争取明年，咱也能抱上这么一个大胖小子。又说，奇怪不奇怪，都好好的，怎么就怀不上呢？一个人琢磨半天，就扑过来把二月放倒，说要收获就要有行动。二月正收拾房间，喊着让我把桌子擦完不行啊，钟良你这个催命鬼。

　　第二天，两人就一起出车。二月还带了一床被子，钟良嫌带了。二月抢白他，让车拉又不是让你背。却只相跟了老胡。老高夫妻俩辛苦了一年，眼看就快过年了，什么年货也没准备，就给自己放了假。两辆车到煤矿装了煤，赶快往回返，等到除夕那天中午，打尖吃饭的时候，离家只剩下不到二百里路。二月在饭桌上问，几点能到家？钟良吃得快，已经吃完在抽烟了，想了一下，说应该五点多吧。吃完饭走出来，看看天说不好，好像又下雪了。二月抬起头，是阴沉而低矮的天，淡淡的微凉落在脸上。老胡说快点快点，别赶到晚上雪地里走路，上了车一脚油门就轰出去了。钟良紧跟上，说看这个年过的，不好。二月说，有什么不好的，瑞雪兆丰年嘛；咱们走慢点，只要安全到家就行了。钟良说那不行，总得赶六点要回去的，再迟了害怕电厂收煤过磅的人，回家去过年。二月说没事，磅房的赵姐挺好说话的；她家离磅房也近，真的回家去了，她负责叫人，怎么说也得今天晚上把车卸了。二月再看看外边的天，细碎的雪花在空中飞舞，就在心中盘算，一边盘算一边和钟良说，过了年，煤矿要放假，初六以前干不成活；初一，也就是明天，好好歇半天，下午到你家去拜年，初二回我家；拜年的东西都准备好了，一家两瓶隋唐玉液，一箱炉馍，一壶黄酒，再到街上抱一筐水果；初三咱们进城，到市里，百货大楼，给你挑一身好衣服，人家现在年轻人，都讲究穿名牌，你也不说名牌了，穿得总得能站到人前吧。钟良说，衣服的事以后再说，先给你买一套"三金"吧。二月却坚持要先还母亲的五千块钱。家里二月管着账，钟良说那你算一下，把你妈的钱还了，还能剩多少？二月掐着指头算过了，说不到两千块。钟良问，两千块够不够买"三金"？二月说，我哪知道啊，我从来不关心这些的；再说了钟良，你看见哪个拉煤婆姨是披金戴银的，不般配呀，还是不买了吧。钟良过一会才说，到时候再看吧，如果钱够，先给你买"三金"；我的衣服也不一定非到百货大楼去呀，桥头那个市场沟，衣服也不错，你看老胡身上那件棉袄，挺厚挺暖和，就是在那儿买的。二月想钟良对自己真是太苛刻了，但心里充满了感动，就忍不住在钟良头上抚摸几下。

车走的是一条省道，陕北的山多，一山连着一山，路就不是很直。弯曲的道路两旁，散布着三三两两的人家。不到五点，天已经麻麻黑了，离家还有三十多里路。但雪是越来越大，外边越来越冷，车厢里的温度也是越来越低。二月怕冷，就把被子打开裹住自己，又把帽子戴上。这种帽子是电厂发的冬季安全帽，在普通的棉帽子里面加了一层塑钢的头盔，质量挺好，就是戴上硬硬的，有点不舒服。老胡心急，走得就快，前面已经望不见他的尾灯了。二月劝钟良，咱们不着急，安全第一嘛，反正这么点路程，赶六点肯定能到家。钟良也说，就是，这会路面上最难走，上面一层是刚下的雪，底下是上次的积雪，又冻住了。这样说着，但还是把油门又踩重了一点。再走一会，路边有的人家开始放炮，放焰火，这儿啪的一声，那儿啪的一声，这儿轰的一下，那儿轰的一下。说也奇怪，平平常常的夜，被零零落落的炮声这么一响，被五颜六色的焰火这么一照，就有了过年的气氛。二月被那些焰火吸引了，侧身看着车外，说咱们也该买几个焰火的，我只买了鞭炮；不过还来得及，明天街上，应该有卖焰火的吧？忽然感觉车前有个东西一晃。钟良喊一声，猛一打方向，车子斜斜地飞出去，二月就什么也不知道了。

　　二月醒来，头昏昏沉沉的，摇摇头，左右看看，知道自己还在车里边，忙着看钟良，见他安静地趴在方向盘上。前挡风玻璃和钟良那侧的玻璃都碎了，风雪呼呼地卷进来。车子左侧撞到路边的山崖上，凹陷了进来。钟良被夹在座位和车头中间，两手还抓着方向盘，但头是耷拉着的，好像睡着了。二月推一把，叫一声钟良。钟良上身晃一下，头歪过来，满脸的血。巨大的恐惧一下子就把二月摄住了，嗓子发出的声音遥远而且陌生，好像不是自己的，一遍又一遍地喊，钟良，钟良，钟良……钟良就慢慢醒过来，抬起头看一眼二月，想要动一下，忽然喊起来，我的腿，啊……二月想把钟良拖出来，半跪在座位上，用力地拽。钟良喊着疼啊疼啊，自己也努力地想出来，一用劲又喊着胸口疼。二月又躺到座位上，两脚用力地蹬钟良面前的车头，想把夹住钟良的空间扩大一点，然而不起任何作用。这样折腾一番，钟良又晕了过去。二月束手无策，忽然看见一辆车飞快地驰过，赶快跳下车来，大声地喊救命啊救命啊。那辆车子丝毫未见减速，越走越远。二月一迭声地喊，救命救命救命。又有两辆车子驰过，都是小轿车，一辆南下，一辆北上，走到二月面前，看着减速了，等不到二月扑上去，又呼的一声跑远了。二月想着人家看见一个女的，应该会伸手相救吧，就把帽子甩掉，外衣也脱了，露出里面的粉红色碎花小棉袄，围着车子像疯子一样地转。天已经完全黑了，雪是越下越大，路上再不见一辆车。二月就绝望了，跪倒在雪地里，骂着老天呀，×你妈的老天，为什么呀？要这样对待我们啊，这么可怜的人……

　　1995年的除夕夜里，在中国的陕北山区，大雪纷纷扬扬。某一条省道上，一个披头散发、状若疯癫的青年女子，嘶声长哭，指天骂地。

四

　　付大国，也就是芳姐的前夫，救了钟良和二月。

　　二月后来努力回想当时的情景，但总不是很清楚，好像迷迷糊糊中看到一辆车停下来，有个人走下来，二月喊一声，姐夫，就一头栽倒在地。等到再醒过来，已经是第二天的凌晨，大年初一了。一大堆的脑袋挤过来，二月一个个辨认着，有父母和弟弟清明，有钟良的父亲和弟弟钟军，还有芳姐。二月忽然想起来，喊着钟良呢，钟良怎么样？付大国的脑袋就凑过来，说钟良没事，正在做手术呢。

大家七嘴八舌，问起出事的经过。二月也不是很清楚，还是后来钟良醒过来，才复原了当晚的过程。可能是农家忽然响起的鞭炮声，惊吓到了一只流浪狗，它从马路的右侧突然冲出来，钟良下意识地往左打一把方向，正常情况下再回一把轮，就能避过的。不想冰雪的路面太滑，一把方向打出去，载重近十吨的车子就失了控，一头撞到山崖上。钟良被车头一挤，左小腿粉碎性骨折；还断了三根肋骨，那是身体撞在方向盘上，惯性的力量太大了；满脸的血，那是头被破碎的玻璃拉伤，其实并不严重。二月因为在驾驶舱的右侧，又戴了安全帽，所以除了轻微的脑震荡，竟然奇迹般的毫发无损。她后来昏迷，按大夫的说法，是惊吓过度。

二月后来也问起付大国，当时抢救的细节。付大国说他打了120，在等待救援的过程中，找到了钟良车上的千斤顶，就用千斤顶把变形的车头撑开，等到120赶来，钟良已经被拖出来，剩下的，就是人家大夫的事了，把钟良和二月抱到救护车上，一路送到医院。付大国这样轻描淡写地说了，二月知道不是这么简单，付大国一直跟到医院，办了住院手续，又给芳姐打了电话，拉着芳姐到了镇上，通知了二月和钟良的家人，整整忙了一夜。第三天，也就是大年初二，付大国还托了他的一个朋友，把几乎报废的货车拖了回来。货车送到了修理厂。车上的煤，倒到另外一辆车上，送到电厂过了磅。二月对付大国说，姐夫，真是多亏了你啊，我和钟良欠你两条命。二月还是习惯性地叫付大国姐夫。付大国呵呵地笑着，说二月这叫什么话，我正好经过那儿，别说是自家人了，就是旁人家，看见能不救吗？又问二月，离出事的地方不远，就有两户人家，你怎么就想不起到那儿去叫人呢？二月发一会愣，说就是啊，我当时都蒙住了，怎么就想不到呢？

　　这个事出的，不仅钟良受了这么重的伤，而且又把他们拖回到刚结婚时的经济状况，积蓄全部垫进去，外债还欠了两万多。但也是万幸啊，钟良没有生命危险。听大夫说，钟良的肋骨虽然断了三处，但都没有伤到内脏；就是小腿的粉碎性骨折比较麻烦，做过手术，用石膏固定了，得静养半年，彻底恢复需要一到两年吧。二月着急地问，彻底恢复了，是不是就像以前一样？该干啥干啥。大夫瞧一眼她，说那估计不行吧，毕竟受过伤。二月又问，那是一瘸一拐了？大夫说，应该不会，这半年尽量不要动，只要恢复得好，正常走路是可以做到的。二月松一口气，想着别成了瘸子就好，自己和钟良还年轻，有一辈子的路要走呢。

　　二月劝家人都回去，坚持自己留在医院照顾钟良。母亲不放心，就把弟弟清明也留下来。清明个子高，都长到一米八了，也有劲，抱着钟良进进出出的，都成了他的事。钟良要大小便，二月搬不动，也是清明帮着弄。二月不好意思，说弟弟你这趟回来，年可是没过好啊。清明看着二月，说姐你别愁，有我呢。一句话说得二月的眼泪又忍不住打转。

　　但二月怎能不愁呢？晚上趴在钟良床头，她不止一次盘算过，姐夫付大国当天办住院手续掏了五千元，父母拿来一万，钟军拿了两千，芳姐送来三千元，这些都是大数。还起来，当然要按关系远近排个序，首先应该是付大国的钱，因为人家，就是个离婚的姐夫——严格来讲，现在和二月一点关系也没有了。钟良的父亲，也就是老钟，没有了工作，又爱喝点小酒打点小牌，没有积蓄，也就帮不上什么忙。钟良高中毕业以后，忙着学车拉煤，就和同学们断了来往，再加上性格内向，所以也就没有什么朋友。二月的几个朋友倒不错，都来医院看钟良，每人送来一百元；老胡和老高没有来，但是他俩的老婆都到医院来看了钟良，一人提了一筐鸡蛋，还送来五十元，这一共是七百元。这些都是人情。

初六是节后上班第一天，下午大老冯也赶到医院，送来五百块钱。二月推不过，接了，说谢谢师傅啊，我把账记住，将来是一定要还的。大老冯手摇得像风扇，说二月你可别这么说，谁没有个急处难处呢，这钱不用还，都是班上捐的。大老冯还说，他给车间老魏也说了，希望能给厂领导汇报一下，组织一下全厂捐款。老魏说难，因为二月是临时工，钟良虽然是给电厂拉煤出的事，但那是纯粹的市场交易，一车煤结一车钱，没有任何合同和雇佣关系。但老魏也挺仗义，说他和车间支部书记商量一下，看能不能在车间组织一下捐款。二月忐忑不安，说师傅可千万别这么干，我和钟良欠这么多的人情，啥时还得清啊！

不到正月十五，钟良就喊着要出院。大夫要求再住几天的，钟良不干，住一天就是一百三十多块钱，哗啦啦往外流啊。开了些药，回到家，安顿好了，钟良又催着二月去上班。二月不放心。钟良说，我成了这个样子，咱们家现在就只能指着你了，你赶快去吧。二月还是不想去。钟良急了，就骂，二月你赶快走赶快滚，我看见你就烦。钟良自受伤以后，脾气是越来越坏了。二月把电视打开，遥控器放在钟良枕边，便壶放到床头，说，我偷空就溜回来看你，你一个人要小心啊。到了班上，大老冯正好，我正准备找你，这是车间捐的一千五百六十块钱，你数数吧。又说，二月你不着急上班的，老魏说了，这个月正常给你考勤。二月抱着钱，一遍又一遍地说，谢谢师傅，谢谢冯叔。坐了一会儿，想着应该到车间给魏主任，还有其他领导道个谢的，就又跑到车间。老魏和办公室的几个同事看见二月，都围上来问钟良的情况。二月说谢谢魏主任谢谢领导，钟良手术挺好的，大夫说过段时间就没事了，就完全恢复了。一边说着，一边把腰弯了一次又一次。

这天晚上，母亲过来，提醒二月说，这一次多亏了人家付大国，跑前跑后的，还垫了那么多的钱；明天正月十五，你去谢谢人家吧，我来照顾钟良。二月想一想也是，付大国后来还来了两趟医院，钟良出院了，应该给人家说一声的。第二天就提了两瓶隋唐玉液，那本来是过年给两家老人拜年用的。烟没有拿，因为她知道付大国抽烟，都是十几元一盒的，她舍不得买那么贵的烟，便宜的又拿不出手。早早到了城里，满大街都是卖花灯和元宵的摊点，又买了两袋元宵，给付大国打电话。付大国说正好，他中午有时间，晚上要回家和父母一起过元宵节，就在电话里给二月说了他现在住的地方。

二月找过去，是一栋老的居民楼，院里杂七杂八地盖满了临建房，挤得过道只剩下窄窄的一溜。付大国住在三楼，开门看见二月提的东西，就开玩笑，说二月这是给我拜年吗？又说，钟良现在这个样子，你到我这来，还费这个钱干吗？进了门，二月留意打量了一下，房间不大，装修看起来挺烦琐，是过时的式样，客厅堆满了杂物，卧室没好意思进去看，想来也好不到哪里。付大国把沙发上的几件衣服收起来，让二月坐。二月说了感谢的话。付大国摆摆手，说我昨天去医院，才知道钟良已经出院了，怎么样这两天？二月说，现在就是静养，医院和家里一样，回到家还能安静一点；再说了，医院一天就得一百多。付大国说，我去医院，还有一层意思，就是你家那车怎么办？我修理厂的朋友说了，本来就是个破车，这一撞几乎报废了，不值当再修，还不如放到他那里，随便给几个钱的。二月有点为难，说我得回去和钟良商量商量，没有了车，钟良能干啥呀？他现在躺着，心急火燎的，还想着早点好了，继续拉煤的，不然啥时候才能还上姐夫你的钱啊？付大国笑了，说我的钱倒是不着急，只是二月你确定后要和钟良商量商量，拉煤倒是个事，但钟良半年动不了，这半年怎么办？即便半年以后好了，他那身子骨，还能下那么重的苦吗？看见二月不吭声了，又问，你现在还在电厂干临时工？二月点点头。付大国再问，一个月多少钱？二月说了。付大国说，我倒有个主意，挣钱不少，也没有风险，二月你看行不行，就是在学校旁边开个托管班；现在一家就一个孩子，家长把教育的事看得比天还大，都想着上个好点的学校，村里的孩子往镇上挤，镇上的往城里挤，城里的学校现在是人满为患，好多孩子中午没地方吃饭，晚上没地方睡觉，就红火了托管班，也有叫小饭桌的；我也是去年秋天，给阳阳（付大国和芳姐的孩子）小学报名的时候，才知道这个情况。

　　二月想一想，心里有点胆怯，说姐夫你知道，我从来没有干过这个的，那么多的孩子，要吃，要住……付大国打断她，谁干过这个！你算一算，一个孩子，一个月，只吃饭收八十，吃住一起收一百二，咱们按二十个孩子算——当然，孩子是越多越好——平均下来一个月两千；你在学校附近租个房子，一百平方大小，一个月也就三四百的租金，买菜吃饭再花去四五百，还剩一千多，不比钟良开车拉煤强？累死累活不说，主要是危险啊；这个多好，坐在家里就把钱挣了；当然，跟孩子打交道嘛，是要多操心一点；还有个先期投资的问题，需要弄一些小桌小凳什么的，不过下来也花不了几个钱。二月想不到付大国这么用心，因为感动，信心也足了，说姐夫，我回去就和钟良商量，这确实是一个好机会。付大国说，那就这么着，眼看中午了，走我请你吃饭。二月死活不答应，逃也似的走了。她想啊，怎么能让付大国请她呢？但要自己掏钱，一来付大国会不高兴，那是个要面子的人；

二来即便让自己掏了，谁知道付大国会吃些什么，鸡鸭鱼肉的，一顿饭好几百，二月也掏不出来啊。

到了街上，随便吃了点，时间还早，想着再去看看芳姐吧，就又买了两袋元宵，称了五斤多橘子，找到城里最大的百货大楼。芳姐离婚后就再也没有上班，请了长假，在百货大楼承包了一个柜台，专卖女士高档时装。芳姐正在吃饭，托着一个塑料饭盒，半边装的米饭，半边粉条烩菜。一边吃饭一边还要招呼客人，饭也就吃得有一口没一口的。二月看见那菜都凉了，粉条凝成一坨一坨的，就有点心疼芳姐，想着干什么都不容易。芳姐问过钟良的伤情，看见二月提的元宵，说不是你提醒我，几乎忘了，今天都正月十五了；瞧这一天忙的，像打仗一样。二月说，上班多轻松，这忙不是自找的吗。芳姐笑了，说傻丫头，忙是忙钱啊，又不是忙别的，所以我是越忙越快乐。二月把想办托管班的事说了。芳姐说好，我也曾经想办一个来着，但性子急，怕受不了孩子们的闹腾；二月你可以的，性子好，有耐心……对了，你怎么能想到这个主意？二月吞吞吐吐地说了付大国的名字，害怕芳姐不高兴。不想芳姐一点也不在意，说难怪，你一天窝在小镇子上，两耳不闻窗外事，一心只过小日子，怎么能想到这种机会。看着二月笑了笑，又说，二月我提醒你，离付大国远点，该帮的忙还要他帮，但不能让他占你的便宜。二月脸红到脖子根，说芳姐你瞎说什么呀！我看付大国不是那样的人；再说了，他好歹跟你也是夫妻一场，他帮我和钟良的忙，就是在帮你——说不定，他通过这件事，是给你传话，还想着复婚呢。芳姐说，好马不吃回头草，我和付大国能走到离婚这一步，就不可能再复；现在社会上，好男人一抓一大把，何必吊死在一棵树上。又说，付大国是个什么样的人，我比你了解，不能说是个小人吧，但也绝不是个君子；无利不起早，他要不图着什么，这么热心地帮你。二月心里就有点不舒服，本来想着通过自己的努力，让两人重归于好的，芳姐这么想，弄得自己也是左右为难。

不想回家给钟良一说，钟良头摇得像拨浪鼓，车不能报废，报废了拿什么挣钱啊；托管班就是个孩子王，还一家伙准备招二十个，累不死也吵死了；不行不行，二月你就安心上你的班，等我好了，咱好好雇个司机，连轴转，一年半载的，也就把账还清了。二月急了，钟良受伤以后第一次发火，说钟良你从不考虑一下别人，车放在修理厂是要收费的，现在都放了半个月，光停车费就是好几百，靠着付大国的面子，修理厂的老板一个子的话也不提；再说了，就你那破车，一堆破铜烂铁，撂大街上也没人捡，还想着连轴转，拿你这伤腿转呀？说到钟良的腿，由不得又落泪了，说钟良，咱真得别再受这样的累了，不开车能把人饿死呀，天下就再没有活路了？钟良看见二月连哭带骂的，长叹一口气，拿被子把头一蒙，再也不说话了。

二月有了办托管班的想法，还是不放心，又悄悄问了市供电局的两个同学，刘玲和梅子。刘玲孩子也到了上幼儿园的年龄，深受其苦，一听就说这是个好主意，二月要把托管班办起来，她第一个就把孩子送过来。梅子的孩子还小，没有亲身经历，但也说挺好的，她是常听同事们说起，现在最难上的就是幼儿园和小学，好不容易上了学，一天三次还要接送，家里要没有个老人，简直拉不开栓。二月坚定了想法，就常找借口请假。大老冯因为钟良的情况，对二月格外关照，几乎是有假必准。二月到城里去联系了付大国，看学校，看房子，看家具……学校当然是挑那种名气大、成绩好的，孩子多呀，就选中了市里的实验小学，在校生两千多人，一到上学放学的时间，门口乌泱泱一片，挤得水泄不通。房子当然是越大越好，容纳的孩子多呀，就选中了一套新修的单元楼，离学校不到三百米，就在一楼，一百四十多平方，四室两厅两卫；房东是一个基层乡镇的政府官员，买这套房子为的投资，不为自个住，所以房子就没有装修，但要的租金也不贵，一个月才四百。家具倒好，付大国不知道通过什么渠道，找到郊区一家关门停业的托儿所，一屋子的桌椅板凳，挑了三十套好一点的，又选了十五个架子床，很便宜的价格就定下来了。

这样忙忙碌碌的，就到了四月份，陕北正是春意正浓的时候，红的粉的花，开满了山山岭岭；枯萎了一冬的树枝，又抽出了新的叶条。这一天，雇了两个工人，把家具拉过来。房子是已经简单装修过了。二月站在房间里指挥，四个房间，她和钟良占一间，其他三个，各摆五个架子床，做孩子们的卧室；客厅里，三十套桌椅摆下来，虽然是孩子们用的小桌椅，也是密密麻麻的；既当书桌也是饭桌。二月在房间里，这儿转转那儿转转，兴奋得不知道干什么好；扭头看见窗外的景色，满腔的喜悦，多不容易啊，这两个月跑下来，没有留意春天都来了。就站到窗口，给正忙着归置家具的付大国指点，说姐夫你看，咱们这个窗子正对着后山，这么一大片花，孩子们见了，该多高兴呀……忽然收了口，却是付大国的双手搭在了二月的肩上。

这几个月相处下来，虽然芳姐提醒过，但二月眼里的付大国，中规中矩，玩笑话是说，分寸掌握得挺好，从不让二月难堪。反而是二月，一肚子的歉疚，想着付大国是做生意的人，自己这样一次又一次地麻烦，要耽搁人家多少事情？二月曾经也问起付大国，付大国说不要紧，做生意讲的是机会，机会来了，一次够吃两三年的；又不是靠时间来熬，所以他的时间，说有也有，说没有也没有。二月好奇，问做什么生意啊？这么大的利润。付大国不说话，只是笑。二月不放心，说姐夫你可别干违法的事啊!付大国不笑了，看着二月，说难得你操这份心。付大国其实说得也对，总是一到晚上，就忙了起来，电话一个接着一个。二月看见他把那大哥大刚收了线，放进包里，丁零零又响了。二月隐隐地听到几句，反正不是酒场就是牌场，就说姐夫，你老这样喝酒打牌，身体哪受得了啊；再说了，你要有改变，我也好劝说我芳姐，再走到一起，也不是不可能的。不想一句话说得付大国冷笑起来，说即便你芳姐现在回心转意，我还不乐意呢。扭身提了包，往门外走。留下二月在身后喊，阳阳这么小，就没了妈，你就不为孩子想想……咚的一声，付大国把门掼得山响。二月知道付大国不喜欢提起芳姐，也就不敢再说起两人的事。

现在付大国的手一搭上来，二月的呼吸好像都停止了，脑子一片空白，整个身体变得僵硬，听任着那双手一点一点收紧，一点一点下滑，几乎都被付大国抱到怀里了。二月有一瞬间的晕眩，靠着那双臂膀静静地休息了一会，幸好很快的，又清醒过来。二月就这样一动不动，调整了语气，尽量平静地说，姐夫，你不能这样，你要对得起芳姐。付大国的手没有松开，说我和你芳姐，现在一毛钱的关系都没有，我为什么要对得起她？二月说，但是姐夫，我不能对不起钟良。付大国的手依然没有松开，说你怎么对不起钟良了？你不嫌他穷不嫌他残的，我又不是让你和他离婚。二月说，你这样做，就是逼我对不起钟良。付大国笑了一声，那双手犹豫了一下，松开了；也就和二月并排站到窗口，看着外边，好长时间不说话。一阵风吹过来，树叶哗啦啦地拍手，山花们整齐地摇头晃脑。反而是二月沉不住气了，还想说点什么，付大国就把手举起来，一字一顿地说，二月，我是个混蛋，你是个好女孩，你可能都不知道——你有多好！说完，转身走了。

　　二月站也站不住了，瘫在椅子上发愣，一会想芳姐说得没错，狐狸的尾巴终于露出来了；一会想，付大国说不定就是开个玩笑，他那么风趣好乐的一个人，但玩笑……也不是这个开法啊；一会又想，付大国其实挺好的一个人，救过自己和钟良，又帮了这么大的忙，这一下闹翻了，以后可怎么见面？这样胡思乱想着，不想窗外已被暮色覆盖，惊醒过来，着急乘车往回赶，钟良还在家里等她做饭呢。好在从镇上到市里这段公路，已经修补拓宽，重新硬化了一次，走起来轻松多了，半个多小时就能到家。回到家，吃完收拾罢，二月想早点休息，刚躺到床上，钟良的手伸过来。

　　自钟良受伤以后，他们就再也没有亲热过，也没办法亲热啊，钟良的肋骨也伤了，腿也伤了，只能平躺着。再加上，二月一到城里去忙活托管班的事，钟良就没有好脸色，说话总是阴阳怪气的，一会说杨老板你那生意怎么样，快开张了吧；一会又说，我现在是个废人，就等着老婆养了……弄得二月心情也不好，所以这段时间，两人没少了磕磕碰碰。难得钟良现在主动示好，二月想着得好好和钟良交交心，就说，钟良你不要不高兴，不是非要开车拉煤，托管班的事真的不错；现在准备得也差不多了，我想这两天，就给厂里把话挑明，辞了这份工作，赶五月份，咱们就办起来；到时候，你也去，伤筋动骨一百天，现在都三个多月了，我看你还行，拄着双拐也能下地了，你就给咱看门，帮着打扫卫生、做饭，我负责买菜、接送孩子……钟良说，你不想想，五月份开张，又不是开学的日子，前不着村后不着店的，哪儿能招到孩子？二月说，我也这样考虑过，但这个房子的主家着急要租出去的，咱们不租，就租给别人了；这个房子是真好，我一眼就看上了，离学校也近，面积也大，最满意的是就在一楼，多方便呀；你算算啊，三十个孩子，光吃是八十，吃住一百二，一个月是三千块钱的收入，支出呢，房租是四百，米面肉油菜，一千块钱打住了吧；这样一个月下来，咱们能净落一千五百多呢，不比你开车强？！二月越说越兴奋。钟良不接话，但手上是越来越忙活了。二月就翻身骑到钟良身上，小心翼翼地动起来，本来想着钟良不方便的，也就暂时解解渴，给自己也给钟良。不想一朝到了上面，这样一个全新的动作，激起二月从未有过的兴奋。再加上今天因为付大国的事情，二月心底对钟良有一丝隐隐的愧疚，所以就加倍的奉迎，直感到全身的热流一股股地往下身涌，就累出一身大汗，完事躺下来呼呼地喘气。钟良说，知道我以前多累了吧，这是个体力活啊。二月说，你的伤没事吧？钟良说没事，看来恢复得差不多了……哎对了，你说这个，算什么式？二月笑了，说，叫"解放式"。

第二天，二月就给大老冯把辞职的事说了。大老冯看着二月沉吟了半天，说好事啊，人往高处走，水往低处流，二月你能有这样的野心，大家伙都为你高兴，毕竟临时工不是长久之计；这样吧，晚上咱们班凑到一起，吃个饭，送送你；这一转眼，在一起都五年多了。二月推脱不掉，也就答应下来，不想晚上，老魏也来参加。大家在酒桌上先还说得挺好，但一杯杯烧酒灌下去，掏心窝子的话就出来了，一个人说两句，说得二月泣不成声，菜是没有吃多少，酒倒喝了不少。二月是第一次喝这么多酒，很快就醉了。

五月的第一个星期天，随着一串爆竹噼噼啪啪地炸响，二月的"好春光托管"开张了。二月其实不知道，那一天是一个特殊的日子，在中国，从此开始，有了双休日。

五

"好春光"这个名字是付大国起的。二月没想到付大国像什么事也没发生过，以前还是二月主动联系他，现在不用叫就来了。二月也就只能像什么事也没发生过，还是姐夫姐夫地叫。关于名字，二月想得很简单，就叫"二月托管"。付大国说不行，你这个名字太平淡，现在正是春天，孩子是啥，就是春天，就是希望；咱们叫个"好春光"，又响亮又有寓意，多好。二月眼睛亮亮地看着付大国，想不到他还有这种见识。

但名字起得再好，抵不住经营惨淡，开张了半个月，才招到七个学生，还只有两个住宿的，其他的孩子，就是中午和下午吃两顿饭，晚上也就被家长接回去了。二月算一下，收的钱都不够房租，就有点沮丧。给付大国打电话，付大国劝她，好生意不挣头三月，万事开头难，这个时候坚持住了，挺过去了，就离成功不远了。还真被付大国说着了，第二个月，增加到二十一个孩子。等到第三个月，二月就只能给迟来的家长道歉了，对不起对不起，房子实在太小，一个，一个也不行……真没地方了，不信你自己看。那个家长也就真得背着手，每个房间转一遍，摇着头走了。

"好春光托管"之所以这么受欢迎，说来其实也简单，二月对孩子们是真用心。先说吃的吧，二月从来都是赶早市，买新鲜的肉和菜；早上是稀饭馒头鸡蛋小菜，中午和下午，一顿饭要炒四个菜，两荤两素，一个个用大脸盆盛满了，热气腾腾，尽饱吃；主食必须准备三样，白米饭晶莹剔透，热面条香气四溢，大馒头松软暄乎；每周还蒸一次包子，包一顿饺子；水果是换着花样的，今天苹果，明天橘子，后天梨……。每次孩子吃完了，二月和钟良才吃剩饭。住的呢，被褥由各家自备，二月要求孩子们自己学习叠被子，要像豆腐块一样的，一次叠不好，两次叠不好，一周下来，差不多都叠好了。学习呢，二月是技校生，钟良高中生，虽然毕业好几年了，但小学的知识，想一想，还是能想起来的；孩子们做完了，二月或者钟良检查完毕，签上名字，给那个孩子的名下贴一朵小红花。二月还买了五颜六色的彩带，形形色色的儿童招贴画，把房间打扮得比新房还热闹。本来准备在楼道里也绘上儿童画的，给小区的物业说了，被一口回绝。

但在一楼楼道的门口，安装了一个招牌，高不到一米，宽约一米五，上面是一幅放大了的摄影作品，画面就是托管班后面的风景，山势从右侧平缓地铺下，五颜六色的花朵开满了整个山坡，左上方还垂下几丝垂柳，画面正中间五个童体大字，好春光托管。这个招牌是开业那天，付大国送过来的，说算是他送的礼。二月没想到付大国这么用心，心里对付大国就不只是感激，简直有点愧疚了。想一想，有什么好愧疚的？赶快挣钱，到时候给人家还上六千块，多出来的一千，就算利息吧。二月也想着付大国不会要，要不要是他的事，咱们是必须给的。二月这样给钟良说了，钟良脸呱嗒一下拉下来，说哪有这么贵的利息？二月说你不想，人家付大国跑前跑后的，多操心啊，也算辛苦费吧。钟良哼一声，操什么心？黄鼠狼给鸡拜年。二月不高兴，说钟良你怎么这样？谁对你好一点，就想着人家图你什么，你有什么呀？钟良吭哧半天，说，我看付大国不对劲，瞧他看你那眼神——我气就不打一处来——色迷迷的。二月想一会，付大国没什么出格的地方啊，就有点生气，说钟良，真没想到，你这么小肚鸡肠。开业那一天，二月忙前忙后地张罗，是真没感觉到什么。但可能，付大国感觉到了钟良的戒备和不善，开业那天转了一圈之后，就再也没来过，有事也只在电话里说，还得是二月主动打过去。二月本来还想着，托管班办起来了，自己要和钟良一起，好好请付大国吃顿饭的，看到钟良这个样子，这话就没办法说出口。

为了和家长联系起来方便，二月咬着牙，再掏了一千多，给托管班安装了一部电话。为了这事，钟良没少嘟囔，一个托管班，屁大的利润，这法子铺张，日子不过了。他嘟囔归嘟囔，二月不理他。电话装起来，丁零零响起来，过一会，丁零零又响起来，再过一会，又响起来，都是家长打来的，谁谁，昨天有点感冒，给他带着药呢，吃了吗？那谁谁，今天表现怎么样？老师可说了，这段时间学习有点退步……二月一个个接了，放下电话，回身看钟良。钟良眼睛都不往这边瞟。

最主要的，二月好像天生和孩子们有缘。她也从来不大声说话，孩子表现好了，二月摸摸头，抱一下；有调皮捣蛋的，二月静静地看着他，孩子头就低了下去，二月于是再摸摸头，抱一下。有好多让老师和家长头疼的孩子，在二月的托管班里，都变得乖巧听话。孩子回家，有一天一回的，有一周一回的；一天一回的是日托，一周一回的是周托；日托的十三个，周托的十七个。家长就问，托管班好不好？孩子奶声奶气地答，好。家长再问，托管班的老师好不好？孩子奶声奶气地答，好，二月老师最好。这样一传十，十传百，"好春光托管"有口皆碑，俨然成了实验小学校外托管的首选品牌。

但二月多累啊，别人不了解，钟良最清楚。早上不到五点半，二月就出门去买菜，鼓鼓囊囊几大包提回来，赶紧挽起袖子下厨房，要赶着七点前让孩子们把饭吃了，又领着孩子们，整整齐齐地排成一队，送到校门口。回来不敢停顿，紧着忙乎中午饭。十一点半，到校门口把孩子接回来，监督着一个个洗完手，坐好，分发饭菜。吃过了，又督促着孩子们休息。下午一点半，再把孩子送进学校，回来才敢眯一会，也就一个小时吧，又得准备下午饭。晚饭过后，就有家长陆陆续续来接孩子，二月又要和家长们交流孩子一天的表现——钟良嘴笨，见了生人更是没有话。二月恰恰相反，以前没有表现的地方，上了班是几个大老爷们，回到家钟良又是行动多于言语，一直发挥不出来。现在连她自己也吃惊，竟然有这么好的口才——孩子眼巴巴地看着二月，直到听到的都是肯定的话，等着二月摸过头，抱一下，才兴高采烈地牵着父母的手离开。到了晚上，还要指导孩子们的家庭作业，总得等到九点多，孩子们一个个睡下，二月还得再把房间收拾一下，所有的桌椅抹一遍，地板拖一遍，等躺到床上，总在十点以后了，嘴里还在念叨，明天得买三斤肉四棵白菜五斤洋芋……说着说着，悄然入梦。钟良怜惜地看着二月，再看看自己的伤腿，就禁不住叹一口气，把自己的头哐哐砸几下。钟良这样懊悔，不能多帮二月分担一点，还有一重原因，说起来，是一个天大的喜讯，那就是，二月怀孕了。

　　其实到了五月下旬，二月就有所感觉。她的例假一直是比较准的，前后相差也就一两天。这一次，过了三天，过了五天，过了一周没有来，二月犹豫不定地给钟良说了。钟良说不可能，受伤以前，那样折腾还怀不上，受伤以后只做了一次，就怀上了？钟良盯着二月看，二月盯着钟良看。钟良说奇怪，二月也说奇怪，她从书上看过的，女上男下式，是最不容易怀上的。钟良说，你这肚子神奇啊，顺着灌不进去，倒着还吸进去了。二月说，知道这样，我应该早点在上面的，"解放式"，一举成功。钟良说，你该不会……外边有了人吧？虽然钟良是半开玩笑的口气，二月还是气得脸都变了色，骂钟良，你个没良心的，我整天把心扑在你身上，扑在这个家……你竟然这样想！钟良就忙着回话，老婆我错了，其实也就顺嘴一说，逗你玩的。把二月哄好了，两人商量着要确认一下，听说有一种试纸，通过尿液就可以测出来的。二月买了一个，回家一测没有。再买一个测，还是没有。就想着到医院去，到医院只花了一块钱挂号费，就打道回府了。大夫说了，太早，查不出来，过一个月再来吧。二月回家的路上，一气买了一袋试纸，隔两天测一次，隔两天测一次。一袋十根，测到第七根的时候，二月就在卫生间里，锐声喊着，钟良钟良，快看快看，有了有了。钟良抖搂着手跑过来，把那根试纸放到鼻尖，左看看右看看，恨不得塞到眼睛里。二月还不放心，第二天再测，第三天再测。试纸上的那道绿杠是越来越清晰，宛如春天的勃勃生机，让二月和钟良兴奋不已。母亲有一天进城，到托管班来帮忙。二月就给母亲说了，把老太太高兴得，泪眼婆娑，阿弥陀佛念了半天。

二月买了一本孕期知识，有空就看，重点处拿红笔画了线，折了页。没几天，一本书，除了封面和封底，差不多都被折了角。还一字一字地指给钟良，仿佛钟良不识字似的，说你看这儿，怀孕前三月是最危险的，严禁同房——你昨天晚上还想干好事！哗哗哗翻几页，说你看这儿，孕期要有一个愉悦的心态——你早上还惹我生气！哗哗哗又翻几页……钟良一把夺过去，说求求你，我自己看行吧。二月说不行，不能看，要——学习，要理解领会，要严格贯彻，坚决执行。

一转眼，就是七月中旬，小学到了放暑假的时候。不料放了假，要求托管的孩子更多。毕竟家长没有假期，把孩子一个人锁在家里，还不如交给托管班放心，有吃，有住，有孩子玩，还有人帮着监督暑假作业。这个时候，钟良已经扔掉双拐，可以自如行走了。虽然钟良说没事没事，挺好的，还伸出腿弯两下。二月却是不放心，只让钟良在家里打扫卫生，帮着剥葱、捣蒜、择菜、淘米，出了门也只让在小区转悠，把钟良憋得，心情郁闷，浑身难受，整天就苦着个脸。二月不理解，想着钟良可能又想干那个事了，就懒得理他。

其实钟良心情不好，最重要的原因，就是他和二月从相识以来，他一直是两个人的主心骨。他说往东，二月绝不朝西看一眼；他说打狗，二月拎起棍子就冲上去了，哪怕鸡把油瓶都蹬倒。现在二月走到前台，这个家完全掉了个个，钟良发现自己原来那么窝囊，百无一用：炒菜菜糊，蒸饭饭生；揉个面，不是太软就是过硬；洗个碗筷吧，二月也数落，你瞧瞧你干的活，比不洗还脏。钟良不服气，比不洗还脏！怎么可能？二月就把碗翻过来，戳到钟良眼前，碗底趴着几个干硬的米粒，还有两道黄色的油迹。二月喊着脏不脏你说脏不脏！钟良无话可说，把手头正干的活一撂，躺到床上生闷气。但不到三分钟，二月又冲进来，上来就拧住钟良的耳朵，你要累死我啊，就这么一个老婆，还怀着孩子，这两天反应的，吃啥吐啥……你也不知道心疼。

到了晚上，钟良更生气，那些家长进了门，只寻着二月说话，眼里根本没有他——连个招呼也没有。二月也奇怪，对钟良一天都没个好脸，见了家长，脸上就开出一朵花。尤其苑文露和同颖倩的爸爸，和二月挨得那么近，有说有笑的，有几次，还趴在二月耳边说悄悄话。二月也不知道回避一下，笑得咯咯咯，腰都直不起来了——有那么好笑吗！以前整天和付大国混在一起，钟良心里就不舒服，现在更厉害了，当着我的面就这样，背地里还不知道什么样子！

当初在小镇上，二月不管是在电厂上班，还是跟他一起跑车，钟良都是放心的；为二月，为这个家庭付出得再多，心里也是舒坦的。但现在，完全不一样了，先是付大国，再是这些家长们，这么多男人围着二月。二月成了大家的二月，不再只是他一个人的。钟良有一种不祥的预感，隐隐的恐惧，虽然整天待在一起，但总觉得二月离他越来越远了，心里就越来越憋屈，干什么也都带了气，说话走路硬邦邦的，呼呼地扇着风。二月一来是忙，二来孕期反应正严重，竟然看不到身边有个火药桶，刺刺地冒着烟。

这天晚上，同颖倩爸爸一进门，就把二月拖到一边，叽叽咕咕地说了半天。钟良在旁边没事找事地转了两圈，两人完全无视他的存在，火腾地一下就起来了。刚好有个孩子做完作业，二月正忙，摆手让钟良看。钟良接过作业本，看都没看，一把甩出去。纸张在空中快速地划过，发出很大的声响，刚好砸到一个孩子的头上。钟良大声骂，做的是个屁，你看看你的字，张牙舞爪的，要上天呀……两个孩子就哭了，一个是兴冲冲要求检查作业的孩子，一个是被作业本砸到的孩子。二月和同颖倩爸爸转过头来，一脸的惊愕。二月顾不上理钟良，先把两个孩子搂到怀里，一边哄着一边看孩子有没有受伤，就抬起头来骂钟良，你要死呀——对孩子发什么火！钟良脸色乌青，眼瞪得比铃铛还大，一拳砸在桌子上——桌子卡啦啦几乎散了架，激起更多更大的哭声——喊着是呀，我要死了，我不想活了……二月你弄死我吧。二月扑过来打钟良，钟良轻易地就把二月挥舞的两只手捉住。同颖倩爸爸和其他几个家长赶紧上来，把两人拉开。拉开了，那些家长也几乎都围着二月，一句句地劝。二月哭得上气不接下气。钟良骂一句，他妈的，门一甩，出去了。

自到城里三个多月，钟良第一次出小区门。满大街的人流车潮，往来不息，灯红酒绿，笑语喧哗，但都和钟良没关系。钟良漫无目的地溜达，特别想抽支烟，自托管班办起来，二月就严禁他在家里抽，说一根烟有多少有害气体，二手烟要伤害到多少孩子。钟良要抽也只能到小区院子里抽，现在浑身摸了一遍，一根烟没有；想着买一盒吧，再在身上摸一遍，就更气愤了，想着他妈的，老子把日子过成什么样了——一个大男人，身上一分钱也没有。

　　人这一生，真是有太多的想不到啊，钟良想。二月作为当时学校里，不，整个镇上最招人看的女孩子，忽然选择了他，想不到。婚后三年多怀不上孩子，想不到。出了车祸，想不到。车祸之后只亲热了一次，竟然就怀上了，更想不到。车祸都没有影响到家庭，影响到夫妻间的感情，想不到一个托管班……钟良长叹一口气，忽然感到受伤的左腿隐隐作痛，看路边小店里的挂钟，都快十点了，才一步一摇地往回走。进了小区门，一眼就看见家里已经关灯了，看来二月和孩子们已经睡下，就想怎么办，连钥匙也没拿，回家是砸门啊，还是敲门，敲不足以表达自己的愤怒，砸——十七个孩子啊，吵醒了可是了不得的事。

　　小区的树影里却忽然传出二月的声音，钟良你过来。钟良吓了一跳，不情不愿地摇过去。二月坐在长凳上，指着让钟良坐下。钟良不想坐，但受伤以后第一次走这么长的路，心里也有点怯，呼呼地喘着气坐下了。二月就问，钟良你怎么了？钟良听见二月的声音，沙哑低沉，知道二月哭了不少，心里由不得一软，但还是硬着嘴皮子，说怎么了你说我怎么了！见二月还想说话，就把手一伸，说你把家里钥匙给我，我要抽烟。二月从兜里掏出半包烟。钟良一看，就知道二月从他床头柜上拿的，又由不得心软了一下，点上烟，紧抽几口，脑子有点清醒了，说，看看这个家吧，现在什么样子！一天到晚，忙得团团转，四脚朝天，就是为这些孩子活着的，我受够啦！二月不说话，眼睛直直地看钟良。钟良抽口烟，再说，托管班要办，你办，我走，我还开我的车，拉煤，没有车，借钱买。二月还是不说话。钟良就说，你不是问我吗?你怎么不吱声?二月说，这不是你的真心话。钟良一惊，说行啊，你都到我心里啦，那你说说，我的真心话是什么?二月的眼泪就流出来，呜咽着说，钟良你怎么这么不懂事，咱们受的苦还少吗;好不容易办起个托管班，好不容易怀上个孩子，日子正一天天往好处走，我有多操心你知道吗，但再累再苦，我心里是高兴的，我的老公就在我身边，我的孩子就在我肚子里，身边还有一大帮孩子;活到快三十了，真的钟良，我才发现自己的价值，我不知道我这么喜欢孩子们，喜欢孩子们围在我身边吵;如果说最初办托管班是为了赚钱，那么现在，我觉得最大的意义是能跟孩子们整天待在一起;你看他们多单纯，多可爱啊，赵明录和史文元（那两个被钟良吓哭的孩子）还劝我，说二月老师你别哭了，你一哭肚子里的小宝宝也会哭的——钟良你惭不惭愧，你都不如小孩子，整天就想着夫妻那点事，我不都给你说过多少次了，怀孕期间，尽量减少性生活;你怎么能为了这点破事对孩子们发那么大的火;还有，那么多家长看着，对咱们托管班怎么看?人家还放不放心把孩子交到咱们手上?

钟良一听，知道二月想到另一处去了。虽然几个月没有亲热，是憋得难受，但钟良还不至于生气到这个程度。钟良就说，屁!这是我的真心话?二月啊，你根本就不了解我。二月吃惊地瞪大了眼睛，她想不到钟良还有别的想法，就说，那你说，什么是你的真心话?钟良想一想，说什么?说二月以前和付大国，现在和男家长交往太密切，说这个家里没有人重视他——这话是没法说出口。钟良就把烟头扔在地上，狠狠地碾碎，说，算了吧，夫妻都不知心，还说个屁。站起来摇摇晃晃往家里走，弄得二月跟在身后，反而理屈词穷。

　　两人躺在床上，第一次相对无言。以前闹了别扭，都是二月使性子，等到晚上，钟良死乞白赖地往身上一爬，所有的问题都烟消云散。但这一次不同，二月是满肚子的伤心和疑惑，钟良是一脑门的官司和愤怒。两人都僵着，谁也不理谁。二月感到这个夜这么漫长，翻来覆去的，总是等不到天亮。忽然惊醒，闹钟震得山响。

　　话没有说透，疙瘩就搁在心里。尽管两人还像以前那样，各忙各的事，但关系就隔了一层，谁也不主动张口，家里的气氛沉闷而冰冷。二月小心翼翼地，尽量不去惹钟良，但对孩子和家长，因为昨天钟良闹事，心中有愧，反而比往日更多出一份热情。钟良看着，眼里呼呼地冒着火，想他妈的！自己昨天那样子闹腾，二月竟然无动于衷，没有丝毫的收敛，看她对家长那副骚情样子，没有见过男人吗？简直，简直就是个——贱货……对了，还有那肚子里，不知是谁的种？付大国最有可能！自己那段时间在家里躺着，两人整天在一起，机会太多了。瞧付大国看二月的眼神，再想想以前，二月每次提起付大国，说他这个也好那个也好，好个屁！好人能离婚啊！付大国为什么离婚，就是因为花心，外边有了人啊！

　　二月突然怀孕，如果说钟良起初有疑惑，也只是猜测，不敢确定，现在这样琢磨来琢磨去，就几乎，不，坚定了自己的想法。你想啊，一个流氓一个贱货，两人搁一起，不出事就不可能，出了事是必然的。钟良再看二月，她和那些男家长说话的样子，咯咯笑的样子，处处透出那么一股轻浮。钟良很痛苦，也很伤心，想一想，办托管班以前那个二月，那个一心一意只围着自己转的二月，那么温柔那么痴情……就想着再争取一下。晚上孩子们睡下，等二月收拾完，回到床上，钟良把门关好了，点上一支烟。二月看看钟良，不说话，扭身准备睡。钟良说二月你起来，咱们好好说说话。一天来，钟良摔东摔西的，二月也是憋了一肚子的火，本来不想理他，但听出钟良是商量的口气，就把身子转过来，说你说。钟良抽口烟，慢悠悠地说，二月我问你……肚子里的孩子……到底是谁的？二月没想到钟良有这样的疑问，呼地坐起来，狠狠地盯着钟良，心里堵得难受，眼泪就忍不住流了出来，说钟良，你……你说是谁的？钟良再抽一口烟，说我不知道。二月长吐一口气，说钟良……我真没想到，你这么无耻。钟良低头沉思了一会，说好吧，就算是我的；那我再问一句，我和托管班，你要哪一个？二月仍然被巨大的愤怒笼罩着，不说话。钟良以为二月没有听懂，又说，如果，咱们要继续过下去，就把托管班停了，回家，我给咱继续拉煤，挣钱养家；如果，你还想着办这个托管班，那么对不起，咱们只有一条路，离婚。二月的眼泪已经被愤怒烧干了，冷冷地看着钟良，说，钟良这话是你说的，离！明天就离！谁不离谁是孙子！

话说到这种程度，钟良反而犹豫了，看二月气愤的样子……也许，是自己多心了；毕竟，二月和付大国，自己什么把柄也没有，都是一个人琢磨出来的。第二天上午，二月送走孩子们，回到家里，就给母亲打电话，没说别的，只让母亲到托管班来一趟。母亲在电话里说，清明放假也回来了，他想看看姐姐办的托管班。二月说，那就一起来吧。放下电话，看着钟良，说走，咱们现在就去办离婚。钟良早上看到二月红肿的眼睛，知道二月也是一夜没睡，心里本来有几分内疚的，现在听见二月打电话，就生气了，哪个夫妻还不吵架？哪个夫妻气头上还不说离婚？都这样说离就离，满中国尽是光棍和寡妇了。钟良不理二月，埋头干自己的事。二月就去拖钟良，一拖不动，一拖不动，再拖，钟良就想着他妈的，这个女人，看来是铁了心不和自己过了。脑子一热，膀子一用劲，二月就飞了出去。

房间里横七竖八摆满了桌椅板凳。钟良用了多大的劲，自己不知道，二月可是转了差不多半圈，肚子正正地撞到桌子上，又坐到地上。二月摇摇晃晃地站起来，忽然抱住肚子，又瘫倒地上，抬起头来，脸如金纸，说钟良，快，快，叫人……钟良反应过来，一把抱起二月就往门外走，走到门口，想起来，又回到电话旁，把二月放在椅子里，两手哆嗦着去拨电话，一个号码拨了四遍，拿起来就喊，120嘛，快来人，救命啊……

六

二月醒过来，张开眼睛看一看，知道自己是在病房里，但身边没有一个人；想要坐起来，一使劲，肚子钻心地疼，忽然想起孩子，肚子里的孩子……孩子！二月就喊了出来。母亲和父亲，还有清明、芳姐一股脑地涌进来。母亲抱住二月的头，说二月，没事的，孩子没了不要紧，只要你好好的。二月问，孩子没了吗？母亲再说不出话，头埋在二月胸前，身子哭得一抽一抽的。芳姐就说，二月不要紧，大夫说了，手术做得很成功，子宫都清除干净了，以后再怀，没有任何影响。二月脑子有点发懵，愣愣地看着芳姐，再看父亲和清明，忽然就呜呜地哭出声来，哭了一阵，想起什么，再抬头看清明。清明的头发是凌乱的，左脸肿得老高；衬衣也破了，左胸前撕开一大片。二月问，清明你怎么了？和人打架了……

清明刚要张口，被父亲一把拉住了。父亲说没事，二月你安心养好身子，别操那么多的心。就拉着清明退了出去。母亲端出一个饭盒，是西红柿鸡蛋龙须面，手颤抖得半天捞不出一根面。

芳姐接过来，喂二月吃。二月一口饭在嘴里嚼了半天，咽下去了。芳姐再喂过来，二月就避开，说芳姐我真不想吃。芳姐说，这都下午几点了，大半天了，怎么能不饿？你强撑着吃一点吧。二月忽然想起来，说哎呀！还有托管班呢，托管班怎么样？那么多孩子，还要吃饭啊！一边说着，一边就准备起身下床。母亲赶紧挡住了。芳姐说，你放心，我们刚从托管班过来，孩子们已经吃过了。二月看母亲，母亲不看她，看着输液瓶，点点头。输液瓶里还有多半瓶液体，一滴一滴，不紧不慢地注入二月的身体中。二月就半躺下来，一口一口从芳姐手里吃饭。

门外忽然传来说话声。二月听见有两个陌生的声音，好像和清明在争论。清明大声喊着不去不去，我姐都快死了，你们看不见吗？其中一个声音就说，我们也知道，但孩子们已经被关了大半天了，再关下去，只怕要出事的……清明就喊着，出什么事能出什么事？钟良他个狗日的，今天没打死他，算他小子幸运。二月忽地坐起来，瞪大了眼睛，说钟良怎么啦？孩子们怎么啦……

钟良给120打过电话，就抱着二月往出走，出了小区没几步，救护车呜呜地拉着喇叭过来了。医院离得也不远，也就十来分钟的车程。送到医院，二月却还清醒，因为下身已经出血，大夫简单检查过，就被担架直接推进手术室。钟良跟到手术室门口，被拦住了。护士催着缴费。钟良好像听不见似的，只是连声问没事吧没事吧？护士说，大人应该不要紧，孩子可说不准。钟良急了，那怎么行？孩子也一定要保住；你们这么大的医院，肯定可以的，求求你们了！护士是在救护车上知道了出事的经过，很不以为然，就说你现在后悔了，没见过像你这样的，老婆都怀孕了还敢动手；别说那么多了，赶快缴费，钱交了才能安排手术。钟良在身上摸一遍，一个子也没有，就说你们先抢救吧，千万不要等，我马上回家取；你放心，肯定不会少了你们的，我现在就回家取。一扭身，看见二月的母亲和清明站在身后，脸色乌青，却原来他们是先到了托管班，一看门大开着但家里没人，到小区的门房一打听，听说被救护车接走了，打了个车就赶过来。

钟良说，妈你来得正好，清明也来了，你们在这守着，我回家去取钱。这样一边说着，一边往外走，刚出了医院门口，清明赶上来把他堵住。清明问，我姐咋了？钟良不敢看清明的眼睛，就说二月自己不小心摔倒了。清明说放屁！摔一跤能摔到肚子上，到底怎么回事？钟良心虚，又急着回家取钱，就有点不耐烦，说就这么回事，你要不相信，去问你姐呀。清明说，我姐要是能说话，我来问你？钟良心急如焚，再不说话，推开清明往前走。清明被推了一个趔趄，站定二话不说，一个大耳刮子就抡了过来。钟良起初还反抗了两下，可哪是清明的对手啊。清明也是手下留情，想着钟良腿和肋骨都刚受过伤，没敢打身上，只往头上打，咣咣咣几拳砸过去，就把钟良打倒在地。钟良倒下去了，嘴却不饶人，一句一句地骂。骂得清明火起，扑上来又补了几拳，踢了几脚。

钟良头被打得嗡嗡响，一阵一阵地晕眩，眼睛也挨了两拳，看什么都不是很清楚；趴在地上喘了半天，想着他妈的，清明你有什么资格打老子，我一刀捅死你；左右看一看，找不到刀子，干干净净的马路上，一块砖头，一根棍子也没有。站起身来，忽然感到鼻孔里热热的东西往下淌，拿手一抹，一张脸抹得都是，原来是鼻血，止也止不住，就任它流吧。医院门里门外站了几拨人，对着钟良指指点点。钟良想今天丢人丢大了，这事不能算完，拿把刀子找清明去，非要个说法不可，就气冲冲回到家里。不想孩子们在校门口等不到二月来接，自己排着队形已经回来了，回来一看，托管班的门是开着的，二月老师却不在家，厨房也是冰锅冷灶，一个个大眼瞪小眼，小眼瞪小眼。看见钟良满脸鲜血、一脸狰狞地回来，小一点的孩子直接就被吓哭了；却有几个胆大的不识好歹，还敲着碗筷，叮叮当当的，喊着开饭了开饭了。钟良从厨房提了菜刀出来，孩子们闹腾得更凶。钟良发一声狠，把菜刀咣地砍在桌子上，大喊一声，闭嘴！孩子们一时吓得噤了口，不敢再喊，哭出声来的却更多了。钟良想一想，自己提着刀子，也不见得是清明的对手；再说了，一刀子下去，没轻没重的，今天的问题，关键在二月身上，只要她不离婚，自己就忍了这口气。钟良就指着两个大一点的孩子，说你们两个，赶紧到医院去，告诉你们的二月老师，就说家里有事，让她马上回来。那两个孩子侧身正要出门。钟良又拽住了，说对了，你们二月老师身体不好，可能回不来，回不来也不要紧，让她给家里打个电话。

两个孩子一面哭，一面往小区外跑。家里这法子闹，门口早围了一大帮人，看见两个孩子出来，挡住一问，好家伙！不得了，这家托管班的男人，拿着一把刀子，把孩子们控制了。有人就拨打了110，有人撒腿往不远处的警察岗亭跑，嘴里喊着出事啦出事啦！另外一些勇敢的，涌进小区，围在楼道门口，喊着出来，你出来，不许伤害孩子……钟良都快气疯了，想着他妈的，咋回事？夫妻闹别扭，小舅子和姐夫打架，全天下都跟自己过不去，推开门冲出来，站到楼门口，扬起刀子喊，滚！操你妈的！有你们什么事！又用刀子对着几个冲在最前面的，喊着来呀来呀，有种的来呀，老子砍死你……

钟良现在这样一个形象，他是顾不上找个镜子去看：破烂的衣衫上沾满了尘土；头发是凌乱的；两个眼圈乌黑，肿得跟熊猫一样；脸上青一处紫一处，还涂满了血迹。这样一个凶神恶煞冲出来，前面的人哗啦一声往后退，后面的又往前挤，就形成了一个半圆形的包围圈。但人是越来越多了，就来了两个警察，一人提一根警棍，挤到最前面，离钟良不到十米，用警棍指着钟良说，把刀放下，不要激动，你先把刀放下，有话好好说。钟良还顾不上说话呢，旁边的人七嘴八舌骂上了，跟他说个屁呀！警察往上冲啊！里面还有孩子呢……后面的喊，上，大家都上，这种只会欺负孩子的恶棍跟他说什么？有几个手里拿着东西的，矿泉水，包子，书本，装了东西的塑料袋……就砸了过去。钟良把刀子左右挥舞着，头上身上还是挨了几下，一边忙着招架一边对警察喊，你们赶紧让这些人走，这是我家的事……但砸过来的东西越来越多，就扭身退回了房间。

屋里有孩子，投鼠忌器，外边的人都傻了眼，仍然鼓噪着，但没人敢往前冲。说话的功夫，就来了一辆警车，不久又来了两辆，下来一大帮警察，把小区里围着的人往出赶，有几个好事的不愿意出来，警察脸都变了，好不容易把人赶出来，就在小区门口拉了警戒线。这个时候，门口总围了有上千人，交通都堵塞了，着急的车主嘟嘟地压着喇叭，但没有人理，交警就过来了，骂着要死啊，再压喇叭我把你驾驶本收了啊。好多孩子的家长也来了，一看这架势心都提到了嗓子眼，就在门口连哭带骂，一时骂声四起，哭声震天。

钟良在房间里，一方面是气的，一方面也是吓的，浑身发抖，脑袋两侧的太阳穴蹦蹦地跳着，想他妈的，把事闹大了，怎么办？现在让孩子出去，不行！剩下自己一个人，那帮人冲进来，还不把自己撕得吃了。最好的办法，是给警察把话说清楚，就是自己夫妻间闹矛盾，跟孩子不相干，自己也没有想控制孩子的意思，但找谁说呢？钟良抬眼看，孩子们一个个躲在角落里，一边发抖一边哭；有的孩子从窗口看见自己的家长，更是连哭带喊，没有一个是能把话说清楚的。钟良颤抖着点一根烟，抽几口，越抽脑子越乱，就听见外面有声音喊，里面的人出来，局长来了，你有什么要求跟我们说吧，千万不要伤害孩子……钟良想出去，又害怕外面的人拿东西砸他，看见离他最近的张舒雨倒还镇静，一个人默默地流着眼泪，就扶住张舒雨的头，说张舒雨你不要怕，你和钟老师一起出去，咱们给警察说一下，让你二月老师回来就没事了，好不好？张舒雨两手蜷在胸前，不吭声往后退。钟良拉住她的胳膊，说你别怕，你和钟老师出去一下，咱们把话说清楚就回来了；你放心，钟老师不会伤害你的，我怎么会伤害你呢？张舒雨哇的一声哭了出来。

钟良叹一口气，拖着张舒雨一出门，由不得叫一声苦，这家伙人多的，小区的墙上，外面的树上，对面的楼上，都挤满了密密麻麻的人。小区院子里围满了警察，门口几辆警车上警灯一圈圈地转着。看见钟良拖着一个孩子出来，所有的警察都往后退，只一个中年胖警察还往前走，两手空空，态度却还好，走到离钟良四五米的地方。钟良站在楼道口，左手把张舒雨搂在怀里，右手把刀对住他，喊一声，站住！胖警察就站住了，脸上还带着笑，说钟良吗？钟良你好，你有什么事，和我说，我是咱们市公安局的张建；不要紧张，你有什么委屈，有什么想不开的，都跟我说，我肯定能帮你解决的……钟良喊我有什么事我能有什么事？都是你们惹的事，本来跟你们屁不相干，一下子来这么多警察，引来这么多人，干什么？抓我！杀我！我犯了什么罪？胖警察说，没事就好没事就好，你没有犯罪，我们也不是来抓你的；你看这样行不行，咱们能不能让孩子们先出来？都饿了一天了，剩下的事，咱们再慢慢商量。钟良喊商量个屁，我就是夫妻间有了矛盾，自己家里的事，跟别人都不相干；你说你能办事，好，你先让外边围的那些人都散了，让警察都散了，咱们再说……胖警察脸色有点为难，说你放心，只要孩子们一出来，这些人就散了，其实都是担心孩子们……钟良喊有什么担心的，我是他们托管班的老师，我还能把他们吃了？你问张舒雨我对他们好不好？张舒雨这会儿看见了她的父母，两手往前伸，哭喊着爸爸妈妈。钟良生气了，拿刀在空中虚劈一下，说张舒雨你喊什么喊，让你给警察说话的……胖警察赶紧摇着手往后退，说行，行，你不要激动，你不要激动；这样吧，我让他们撤。

忽然老钟从警察堆里挤出来，蹬蹬蹬地往钟良跟前冲。又有一个人跌跌撞撞地冲出来，一把拖住老钟，却是钟军。老钟喊×你妈的钟良，你个龟孙子，一辈子没出息，倒是给老子惹这么大的事，你想找死呀，赶快把孩子放了……钟良不见老钟还好，一见老钟更加疯狂，喊着是啊，我是没出息，我不是你的儿子行了吧，你没有我这个儿子行了吧。刀抖得都快要握不住了，喊着你这个爹当得好啊，当得有出息啊，我上学你不让上，我找工作你不管，我结婚吧，你借点钱整天跟黄世仁似的，搁屁股后面要账，我出了车祸都快要死了，你两手空空来看我，你还有我这个儿子吗？老钟想不到钟良有这么一说，气得站不住，跪在地上用两手轮番抽打自己的脸，鼻涕眼泪都流出来，粘在胡须上，喊着我是出息啊，我生了这么一个儿子……又往钟良跟前爬，说钟良你把我杀了吧……钟军拖住老钟，眼睛看着钟良，都快要哭出来了，说哥你疯了嘛！你怎么能这么说……钟良喊着我是疯了，我能不疯吗？从小到大，什么好吃的都是你的，什么好玩的都是你的，连工作也是你的，我有什么呀？！我不是你们钟家的人行了吧，你给我滚！滚！滚！

　　警察一看这父子俩出场，钟良情绪更加激动，上来几个人，连拖带抱的，就把老钟和钟军弄回去了。钟良却是更加气愤，又对那个胖警察喊，你们找这么多人干啥？你以为他们一来，我就把孩子放了，做梦！你们人不撤——又拿刀子划了一圈——这些人不撤，我是不会放孩子的……胖警察退回到小区门口，摇着头对身边的人说疯了，疯了，这家伙看起来是疯了！又问旁边一个戴眼镜的，二月接过来了吗？那个警察拿起对讲机，说快了快了。

　　二月坐在警车里，一边是母亲，一边是护士。护士手里还举着输液瓶。二月只催着司机快点快点，但是小区门前人山人海，司机喇叭连声压，又把两边的车窗都摇下来对着外边喊，外边也有警察帮着畅通道路，好不容易开到小区门口。二月准备往外走，母亲看见这个阵势，早已是瘫软如泥，就推另一边的护士。护士说等一下，我给你把针拔了，拿出一个药棉，说你把针孔压住，多压一会啊，不然会出血的。这个时候，二月就看见车外有个胖子说，通知二号和三号，不敢让犯罪嫌疑人把刀举起来，刀举起来就开枪。旁边一个声音说，是……可是局长，上边有命令，不让滥用枪支。胖子骂，滥用你妈个×！二十多个孩子啊，二十多条人命，大半天了，出了事你负责，天一黑就看不见了，再开枪，你有把握啊？

　　二月一脚跨出去，整个世界忽然都安静了下来。二月像是踩在云朵上，一步一步软绵绵的。夹在钟良怀里的张舒雨一看见二月，又哭喊出来，二月老师二月老师……但二月是看不见张舒雨的，也看不见夹在警察中的老钟和钟军，看不见挤在外边人堆里的付大国。整个世界在二月的眼里，只剩下钟良一个人。

　　这个时候的钟良，眼睛肿得只剩下一条缝，喉咙嘶哑，头发都竖了起来，像一头发狂的野兽。不过这野兽一见二月就哭了，喊着二月你可回来了。二月说，钟良你听我说，赶紧把刀放下。钟良说我不放，这么多人，一直喊着要打我，我放下了，他们能把我打死。钟良可怜的样子让二月心碎。二月就说钟良你放心，有我呢，他们不会打你的。钟良说怎么不会？你弟弟就打了我，我现在头还是晕着的。二月说是吗？我回去就骂清明，让他给你道歉。钟良就说，道不道歉也无所谓，你还和我离婚吗？二月说不，我怎么会和你离婚呢？不会的。钟良的眼泪都流到腮帮子，说你骗我，你昨天晚上就说离婚，你今天早上还给你们家打电话。二月说，钟良，我怎么会骗你，我说离婚，也是说的气话，我怎么会和你离婚啊；你听我话，把刀放下，咱们好好过日子。钟良哭得气都接不上来了，说，二月……那，咱们的孩子呢？二月已经快要走到钟良跟前，听到这句话，伤心得腿都软了，话都快要说不出来了，说钟良啊……咱们的孩子……没了……

钟良喊着，我这是做了什么孽啊！一声甫毕，把刀扬起来，就往自己头上砍去。二月尖叫一声，张开两手，飞过去，她是多么想把钟良手中的刀夺下来，多么想完完全全地把钟良罩住啊。几乎同时，她听见身后啵啵两下低沉的声音，像是有一年过年的时候，钟良放炮仗，受了潮气的爆竹没有飞起来，就在地上沉闷地炸开。

门口的招牌上，那满山遍野、五颜六色的花朵中间，忽然就增加了几朵鲜红鲜红的花。那花是活着的，慢慢地，慢慢地，一点一点，往下淌。

午夜铃声

　　起这个名字没有哗众取宠的意思，也不想跟系列恐怖电影《午夜凶铃》扯上关系，只是在想到雷老师的时候，下意识地就蹦出了这个词。包括前几天和白玉山的朋友一起吃饭，酒桌上谈起这个人，大家印象最深的也是这个词，西西里、新生、雨果都劝我：写写吧，这个雷……挺有意思的；小说名字也别费劲了，就这挺好——午夜铃声。

　　还有对于雷老师的称呼，褒的贬的，各种都有：雷记者、雷老、老雷、雷无涯（牙）、雷无耻（齿）……我在文中统一用雷老师，因为雨果当时介绍他的时候，用了这个称呼，我就跟着一直这么叫下来。

一

　　大约十年前，我第一次认识雷老师的时候，其实心里是瞧不起的，后来交往一多，更瞧不起。

当时他以白玉山日报摄影记者的身份，跟着我们一起行动。省电力公司一把手莅临白玉山市调研电网建设情况，随行的省局各部门主任、办公室秘书及服务人员一大堆，市政府还来了一个副市长和几个工作人员，人员虽然多而杂，但井然有序，不论是开会、走路、乘车、下现场，大家都小心而熟练地突出于总和张副市长两个主要位置。起初没有注意到他，也难怪，一米六多一点的身高，微胖，穿着邋遢，其貌不扬，放到人堆里，是不起眼。雷老师引起大家注意，是在工地上，张副市长给于总说一个工程上的事，两人正在指手画脚，雷老师忽然冲上来，不管干净与否，直接往地上一躺，两手端着相机，挤上一只眼睛，一副很专业的样子，嘴里喊着：你们忙你们忙，别看我别看我，随意点随意点。相机是那种很大的炮筒，想想十年前，在省城也多是傻瓜机，何况白玉山，这个机子端出来，还是相当唬人。

然而面对一个躺在地上的摄影师，领导们无法随意，于总和张副市长交流正到酣处，忽然面前躺一个人，两人都有点出神有点找不到感觉。于总先是笑着给张副市长指点，后来就伸手去拉：起来吧老雷，随便照几张就行。

雷老师在起来的时候顺便做了一个前滚翻，逗得于总哈哈大笑。一个成年人在地上打滚能有多可笑？更多是无趣无聊，大家本来都在冷眼看，但见于总乐不可支的样子，于是也跟着笑。笑声给了雷老师很大的鼓励，他又做了一个孙悟空的经典动作，就是——我也不详细描述了，总之又博来一阵笑声。笑声中张副市长眉头微皱，转身问市政府的其他人员，于总忙解释：这个老雷，我的朋友，白玉山报社的雷无涯。张副市长"噢"的一声，好像明白了。雷老师紧着把双手伸过来，张副市长看着那手怔了片刻，才把自己的手递过去握了握。

雷老师更加兴奋，摆出专业摄影的动作，上下左右拍了不少，每拍完一张都要把相机端到胸前打量一下，嘴里兀自念叨着，一副尽职尽责、业务娴熟的摄影师形象。

当天把于总伺候得睡下，已过了夜里十二点，周局长给我交代：尽快把这个雷老师了解清楚，什么来头？和于总什么关系？周局长是白玉山供电局的局长，我的顶头上司。于总这次来，说是调研地区电网建设情况，更是对周局长工作的一个检查和考核。

来头好说，我部门小孙的父亲就是报社的副社长，一个电话就问清了。雷老师全名雷无涯，本地阳周县人，两年前从阳周毛纺厂调到市报，文章写不了，主要是摄影。至于和于总的关系，这时候，省电力公司来的领导基本都睡了，我一个地市供电局的办公室主任，问谁？

第二天早八点，我和周局长等候在酒店于总的房间门口，趁着这个空当把了解到的情况做了汇报，末了补充一句：和于总的关系，我今天再了解一下。周局长手里捏着一份当天的《白玉山日报》，不无嘲讽地问我：这就是白玉山日报的水平？这就是雷老师的水平？我细看，于总赫然出现在头版右下角的一张图片里，文字介绍：4月18日，省电力公司总经理于淳全现场调研白玉山电网建设情况。图片应该是雷老师躺在地上照出来的，照片中的于总高大伟岸，左手指向前方，目光随着手指的方向看出去，一副运筹帷幄决胜千里的架势。但是问题也很明显，因为摄影角度太低，领导下身大上身小，人体比例相对有点失真。我于是小心翼翼地笑笑，不吭声。作为一个办公室主任，少说话是基本的职业操守。

周局长等不到我的意见，于是点明：你看看，我竟然是半个身子，这个图片你们昨天没审吗？——噢，问题原来在这里——我紧着解释：雷老师气势比较盛，我们这些小科长，他都不放在眼里，雨果选了另外几张照片，但雷老师说，这张照片是他征求过于总的意见……话说到这里，于总的房门忽然开了，周局长笑呵呵地进去，双手把报纸呈上：于总早上好，您关心白玉山电力发展的消息一早就登在报上，白玉山人民欢欣鼓舞，社会各界高度重视哇。

于总把报纸接过去，也很高兴：这个老雷，工作效率还是蛮高的嘛。我心里有点不舒服，昨天的消息，今天一早见报，别说宣传科，我这个办公室主任也做了不少工作。于总昨天来，虽然他是省电力公司的一把手，但按照惯例，企业的领导，市上只派对口业务的分管副市长接待。而地市副职领导的消息，一般来讲，不能上地市日报的头版。但周局长下了硬任务，必须上一版。周局长是于总手上提拔的干部，以前是另一个建设单位的副经理，性子直，当了七八年都没动，不想忽然时来运转，碰到于总这个贵人，提拔到白玉山供电局当了局长。其中奥妙无人知晓，但周局长对于总自然是感恩戴德，好不容易盼得恩人来到自己地盘上，接待规格和要求比以往就高出了好多，全然不知我们在执行中的艰难。比如这个头版，做了好多工作，报社后来折中了一下：头版只出现于总的照片，二版上发详细的报道，并且为了权衡，在报道和二版照片中着力突出张副市长。

现在把成绩都归到雷老师头上，说实话，他也就提供了几张图片。随行的宣传科科长雨果也拿个照相机，不光是我，昨天晚上选照片的时候，包括报社的值班主编和责任编辑，都认为雨果照的比雷老师好。

值班主编姓王，问我：为啥要挑这个雷无涯给你们领导照相？

我解释：不是我们选的，这个雷老师，好像是你们报社推荐随同张副市长过来的。

王主编很肯定地否决了：不会。这个雷无涯，我们不会派出去。

我猜测：那可能是他自己来的吧？听说，他认识我们省上的一把手。

王主编鼻子里哼：你们一把手也是，竟然认识这样的人！

牵涉到我顶头上司的顶头上司，我于是知趣地闭上嘴。但在心里边，对雷老师的印象，又低了几分。你想想，一个单位的同事，这么评价一个人，或者两人有过节，或者，这人素质极差。

就像是为了证明我的推论，当天晚上吃饭的时候，雷老师已经看出了我的身份，特意把我叫出去：小刘，你给我准备两条烟，好一点的，软中华吧。

还"软中华吧"！一个报社的记者，这么大大咧咧地给我布置任务，还是第一次。我压抑不住心中的反感：不知雷老师，有什么用途？

我要给你们于总送。多年的老朋友了，难得见一次。

我没有这个权力，单位的每次接待，都由接待办统一负责，我只负责统筹协调。我没有客气，一口回绝，其实内心的潜台词没有说出来：你给朋友送礼，为什么要供电局买单？

雷老师没想到我这么不给面子，眼睛瞪圆了，拿手指着我：你知不知道我和你们于总什么关系？你知不知道牛主任也不敢这么和我说话？

牛主任是省电力公司办公室的主任，祖籍白玉山，父辈上就到了省城，这次也随同于总一起来，不只是我，包括周局长有好多接待上的安排，都要听他的意见。雷老师这样说，我相信，因为我昨天就注意到牛主任对雷老师的态度，不是一般的客气。而这个牛主任，在省电力系统，是出了名的架子大和难接近。

雷老师一激动起来，就口吃，这两句话说得结结巴巴。我放缓了脸色，给他解释：我说的是实情，没有回绝你的意思。你和于总好关系，我当然知道。想给好朋友送点礼，我也理解——但我真的没有这个权力。

那你说，谁有这个权力？

我想一想，不管是把问题上交给周局长，还是牛主任，都不对；把问题下放给接待办，或者酒店，他们也都拿不了主意。因为这本来就是我职责内的事，但还是故作沉吟：这样吧，我给你想办法解决，实在不行，我自己掏钱。

这样说，其实是为了让他难堪。不想雷老师一点难为情也没有，转怒为喜，把我肩膀一拍，竖起大拇指：好兄弟，一看就是爽快人，你放心，哥认准你了，有前途。

我转身离去，内心哀叹：这些领导们眼睛都瞎吗？怎么和这样的人交朋友！

二

本来可以悄悄把这两条烟处理了，但我心里极度恶心这种行为，找个机会，周局长和牛主任都在的时候，把这个事说了，当然是汇报的口气。周局长也很生气，当然只能训斥我：他有什么权利问你要东西？供电局成他们家了！

牛主任扫我一眼，再扫周局长一眼，垂在沙发扶手上的手往外摆一摆：给吧给吧，多大点事。又看定我，其实话说给周局长听：雷老师这个人，上面关系很硬，于总很器重他，以后他在白玉山，少不了要麻烦供电局，只要不是多出格，你们就想法给他办了。

借这个机会，周局长就问出心中淤积已久的问题：这个雷老师，到底什么来头？和于总什么关系？牛主任不说话，抬头再看看我。我赶紧退出来。

周局长总算问清楚了，原来这个雷无涯有个哥哥很厉害，是新华社的高级记者，可以通天的那种，因为一篇内参稿子，认识了国家能源局的高层，进而认识了省电力公司的于总。这个哥哥在老家也就留了个弟弟，大概他也知道这个弟弟的为人，所以特意做了交代，让于总多关照。周局长给我复述完了，最后总结：这是位爷呀，咱们以后小心点。

我还是不理解：雷无涯这么厉害的，怎么地方上一点也不抬举他。

周局长也奇怪：应该地方上没有求他办的事吧。但你看，他能从县里到市里——说是摄影记者，水平这么差的——说明地方上还是给他哥面子的。

这个话题我和报社的王主编聊过，借机全盘托出给周局长：报社是公务员编制，人员进出归市上管。雷无涯怎么到的报社，报社领导都不知道，来了问他能干啥？他说能照相，就当了摄影记者，拿的是报社最好的机子，出的是报社最差的作品。而且在报社，大家背地里都叫他无耻（齿），他不是名叫无涯（牙）嘛，牙齿牙齿，一个意思。

周局长就笑：这帮文化人，骂起人来都这么讲究。

周局长还暗自庆幸，没有把这个人安排到供电局上班，要不然，一粒老鼠屎坏掉一锅汤。

但就像是为了打周局长的脸，于总回到省城三个月后，就到了七月中旬，也就是每年新进员工的时间。按照惯例，新员工毫无疑问都是应届大学毕业生，但今年名单里多了一个成年人，四十多岁的田彩芳，一了解才知道，雷无涯的老婆，以前在县城计生委上班。

一个县城计生委工作人员的档案，怎么能转成一个地市供电局职工的档案？没有人清楚。牛主任专门给周局长打电话，交代给田彩芳安排个轻松点的工作。

周局长放下电话，问我：哪儿轻松？等不到回答，自己扳着指头盘算：工会？不行，超编了。离退办？不行，那帮老头老太太事还不少。后勤科？不行，那儿都是体力活。对了，就放到你们办公室。

我一听头就大了，坚决反对：宁愿不干这个主任，也不要这个人。再说了，办公室多忙呀，要她来干啥？

周局长安慰我：说不定他老婆比雷无涯强，不会一家子都那么讨人嫌的。就放到你们档案室，你不是一直喊着档案室缺员吗？

我还是不松口：档案室缺员，是缺干活的人，不是缺大爷。

周局长就翻了脸：那你让我怎么办？就是大爷你也得留下！

看我一脸的拧巴，周局长又开导我：小刘，如果连你也不理解我支持我，我这个局长还怎么干；我知道你的难处，但你也想想我的难处。

一个处级领导、顶头上司，能和你这样交心，还能怎么办？我只有心里暗自叫苦：档案室本来就安排了一个副局长的老婆，三天打鱼两天晒网的，档案管得一塌糊涂，又来一个关系户，以后的工作怎么搞？

一个和尚挑水吃，两个和尚抬水吃，但如果两个和尚都不想动呢？为了避免两个人相互影响，我把档案工作分成工程、管理两类，安排了两个办公室，让她们分开办公，并提前和两个人单独谈了话，说了档案分头管理、各自考核的话。尤其是田彩芳，她以前没有干过档案管理，专门联系了市档案局，安排她去学习了一个月。

然而田彩芳上班没两天，雷老师找到办公室来，气冲冲地问我：为什么要安排我老婆管工程档案？你们供电局工程这么多，她一个人哪干得完？

我给他解释：工程是不少，但工程档案相对好管理，一个套路；假如是管理类档案，行政、政工、财务、营销、审计等等，分门别类，工作强度更大，要求更多。不行的话——我给你老婆换过来？

雷老师赶紧做个手势打住：照你这样说算了。我就说嘛，小刘是我看中的年轻干部，怎么着也得帮着你嫂子说话。你嫂子回来也给我说了，说一个办公室主任就是一个企业的大管家，说你这个管家不得了……

得！一转眼，他老婆成了我嫂子。

周局长和我办公室门对门，本来门虚掩着，不知何时悄悄闭上了。雷老师是下午五点来的，这一通闹下来，就到了五点半下班时间。送他出了我办公室，不想他一转身，一把推开了周局长的办公室：周局长这都下班了，还忙呢？

周局长再不能装着视而不见的样子，赶紧起身、握手、让座，安排我倒茶。雷老师拦住了：喝什么茶？这都到饭点了，到你们供电局门上，不会连顿饭也不管吧？

怎么会！周局长把桌子一拍，问我：饭还没有安排吗？

哪儿呀？都安排好了。我赶紧响应：这不和雷老师正准备去嘛，上好的30年白玉液……

单位的定点酒店就在隔壁，熟门熟路，我紧着安排了几个快一点的凉菜，免得桌子上空荡荡的难看。等把酒拿进来，还没有打开，雷老师说话了：哎呀，咱白玉山的酒，就算了吧。说句话不怕你两位笑话，这个茅台的味，我都快忘了。

单位接待有规定，一般是重要领导或者重要客户来了，才上茅台和五粮液。但雷老师这么指名道姓地要酒，我也是头一次遇到，只能把酒换过来。这酒一喝开，才发现雷老师除了脸皮厚，还有一个长处：酒量大，起码一斤以上。

等到两瓶茅台下肚，热菜上了一个又一个，还不见雷老师有任何停杯的意思。周局长就急了，他本来酒量小，雷老师又拉住他一杯一杯硬碰硬，早已不胜酒力，只能一个劲给我使眼色。

时间不长，援军拍马赶到。西西里是工程科主任，新生是人事科主任，雨果是宣传科主任，既是我的好哥们，也是周局长一手栽培起来的中层干部。三个生力军一上手，形势陡转，雷老师再没有主动出击的能力。你想呀，这三个都是年轻人，口才也好，先是叫"雷老师"，叫着叫着就成了"雷老"，什么"著名记者"、"德艺双馨"、"报界宗师"，什么"白玉山第一笔"……我赶紧给大家解释，雷老师是摄影记者，拿的是个炮筒子，结果又成了"白玉山第一炮"。

场面煞是热闹，等到第五瓶酒打开，雷老师有了醉意，说话更加结巴，更加难以听懂，瞪着血红的眼珠子，给大家讲他的社会关系。中央的谁谁谁，省上的谁谁谁，市上的……他没有兴趣。又说到电力系统，你们北京的谁谁谁，省城的谁谁谁……你信不信，我现在就给他打电话。

众人赶紧拦：这都半夜十二点了，电话就别打了。我们信，信信信……

但拦不住，雷老师酒后的力气还很大，把我们一个个推开，把电话一个个拨出去。这里边，除了于总和牛主任，还有几个省电力公司的副总经理、部门主任，甚而至于，还有一个国家能源高层的领导。看见电话通了，雷老师爬在话筒上喊：没事……我喝酒了……想你了……打个电话……

说完这几句，挂掉。下一个，如法炮制。

周局长和我面面相觑，要知道这些人的手机，周局长都不敢随便打，甚至有的手机号码，他压根就不知道。周局长脸都吓白了，强按住雷老师，叫我安排个房间，让雷老师醒醒酒，不行就睡在酒店里。雷老师一边挣扎一边喊：把手机给我……醒什么……这么好的酒……

我哑然失笑，不由就想起了傅彪在《不见不散》里的一个镜头：抱着酒瓶子醉倒在台阶上，嘴里兀自嘟囔着……路易十三，我舍不得吐……

三

经过这一回折腾，都知道雷老师确实关系广，但也都怕了和他一起喝酒。你想呀，谁半夜被电话吵醒能高兴，还是个醉汉，屁事没有，就为了给别人显摆。

还好直到年前，雷老师再没有来单位骚扰。按照以往的规矩，供电局每年给省公司、市里及有关部门的领导，都要准备一份过节礼，只不过分了几个档次。我把礼单排好，送周局长过目，他特意在市领导后边加上雷无涯。看我一脸的无所谓，解释：是庙都得烧香，是神都得磕头。

礼还没有送出去，当天晚上，我陪着周局长在工地上慰问，晚上和施工方谈得比较晚，快到十二点还没有说完，忽然周局长的电话响，接起来，是雷老师含糊不清的问候：周局长嘛，没事……我想你了……打个电话……

　　周局长的电话刚挂，我这边又响了，还是雷老师的声音。我叫住他问：你在什么地方喝酒？

　　刘主任嘛……我回家了……给老人烧纸……

　　果不其然，他正和阳周县电力局的一帮人喝酒，估计又喝多了，拿出电话给人家表演。阳周县电力局是我们的下级单位，白玉山市有九县一区，类似这样的下级单位，我们当然就有十个。第二天，周局长给我安排：你给咱这十个区县局的局长和书记都交代一下，碰见雷无涯上门，好吃好喝好招待，就是跟他喝酒时加点小心，别让他天南地北地胡招摇。

　　我一个个打电话，这些基层单位的领导一个个诉苦：哎呀，这个人，酒量太厉害了，我们几个人愣是没陪住他……这人能耐太大了，中央都认识人……这人也太好意思了吧，拿着一沓发票让报销……

　　放下电话，我给周局长苦笑着汇报。周局长气得来回转：真是人不要脸，天下无敌，别给钱别给他报账，惯出毛病还了得，这是个无底洞啊……

　　周局长这边苦恼，我这边也不得闲，年前省公司组织档案检查，十一个地市供电局，我们得了个倒数第一，责任追查下来，扣了部门一千元奖金。我是主任，担了一半，剩下的，田彩芳和另一个档案员，一人扣了二百五。上午奖金发下去，当天下午，雷老师就杀上门来兴师问罪：嗯哼，看不出你呀，扣我老婆钱！什么意思？扣就扣吧，还扣个二百五！什么意思？

　　我试着给他解释这其中的道理，但是说不通，雷老师就咬住个"二百五"不松口，一个劲问我什么意思。能有什么意思！我只能掏出三百块钱，赔礼道歉。当天晚上，又是一场酒，雷老师直喝得七荤八素，完了又把电话掏出来嘚瑟，我不再客气，直接给他把电池卸了。即便这样，他还是抱着电话，一个个认真地往出拨：……没事……我想你了……

周局长这次看见形势不对，早早溜走，第二天批评我：怎么这么不省事！以后就是扣我的奖金，也别动他老婆一根毫毛。

这样的职工，这样的部门，我还怎么管理？幸好转过年来，有个事得好一阵忙活，就把这些烦心事抛在脑后。什么事呢？就是省电力公司破天荒的要组织一次招聘，招聘条件刚好我都符合：大学本科以上学历，正科级两年以上管理经验，中级以上职称，三十五岁以下年龄……给周局长说了，他知道我老家在省城附近，一直想到省城去，一方面尽孝，一方面给孩子创造一个好的就学条件，所以他很支持，看看时间，特批了半个月假，让我关起门来好好学习，准备参加省公司统一组织的考试。

头悬梁锥刺股，玩命学了半个月，赶到省城去考。一共18个岗位招聘，应聘者几百人，每个岗位笔试前五名进入面试，面试前两名再由省公司派人下到每个单位，查阅个人档案，给出最终分数，确定入选名单。我的成绩还不错，笔试是第二名，面试成绩加起来又排到应聘岗位的第一。一周后，当我从省城回白玉山时，已经有了八成把握，志满意得，心情特别好。不光是成绩排在前面，我还特意去求见了牛主任，他是本次招聘领导小组的组长。进了家门，我把烟酒礼品搁在过道里，说了一通客气话，临走的时候，又把装了两万块钱的信封放在茶几上。两万块钱现在看是不多，但想想十几年前，我一个月才四千多块，半年都攒不下这么多。牛主任始终是不冷不热的一副表情，直到看到信封，才有点反应：这是干啥？拿走拿走。不等他站起来，我赶紧退出门。

大概过了四五天，新生忽然给我打电话，说省电力公司人事部带队，来了三个人，专门查看我的档案，头天下午来，第二天上午看完，就到另一个地市供电局去了。你小子这次估计差不多，以后，就成了省公司领导了……哎，一起喝酒吹牛的机会就少了。说到最后，新生忍不住伤神。

机关的一个蚊子，飞到基层就成了苍蝇。能从地市供电局，一跃到省电力公司工作，是多少人梦寐以求的好事。那段时间，我虽然还坚持正常上下班，但单位内部已传得风风火火，大家见面都是恭喜和道贺。老婆那段时间情绪也非常高，每次亲热完了，还要爬在我身上叨叨半天，孩子的学校怎么选择，省城的房子怎么买，她的工作怎么考虑……

就在这样喜悦的日子里，时间又过去了十多天。一天夜里，我被电话吵醒，醒来先看表，两点半，靠！这么晚，谁打来的？再一看号码，忍不住上火，又是雷老师！

不耐烦地接起来，不料对方一句话让我睡意全无：你最近，是不是参加了你们省公司的招聘？

……是！

这个刚刚，牛主任给我打来电话……什么事呢，就是问你这个人……到底怎么样？

那您怎么说？情急之下，我没有忘了把"你"换成"您"。

还能怎么说，那当然有好有坏了……

别——雷老师您不能这样害人呀！这关键时刻，好话都说不完，哪有什么坏话！

哈哈哈……骗你的，这样吧，咱俩见一面，就放到"夜色"，详细把这事说说。

放下电话，我理理思绪。雷老师住在市中心，他家楼下就是白玉山最大的KTV"夜色"。我住在城边上，离他那儿起码有五六公里。怎么去？那个时候，我还没有买车，只能打车了。

白玉山的三月，夜里还非常冷，我在小区门口等了十多分钟，总算等到一个出租车。等风风火火赶到"夜色"，雷老师已经找了一个小包间，叫了一堆啤酒和小吃，和两个小姑娘在里边唱上了。我坐下，就想把那两女的赶走，雷老师不高兴了：怎么的，你不要我要……给我好好坐着好好唱。

我心急火燎地坐在边上，看他左拥右抱，一边唱一边在那两女孩身上上下其手，直到折腾累了，给我招手：来来来，给这两个"公主"把钱付了。

我愣愣神，想起来KTV里都不叫"小姐"改叫"公主"了，每人两百块钱打发走，正色问他：您和牛主任，我的事，到底怎么说的？

这次雷老师好像喝得不多，神智还清醒，说话也还利索，先是批评我：你招聘到省公司，这么大的事，为啥不提前跟我打个招呼？

我不是怕您忙吗？再说了，这个事，他主要是考试……

什么鸡巴考试！你还当真了。就这个事，你给我说了，试都不用考，想去就去，想到哪个岗位就是哪个岗位，小菜一碟！

我知道他又在吹牛，但不敢拆穿，只好顺着他的意思来：是是是，应该早点给您说来着，早点听听您的意见。

我什么意见呢？雷老师坐正了，认真给我分析：你现在的情况是，百尺竿头，还差一步；万事俱备，只欠东风。

您具体说说，这"一步"和"东风"是什么？我往他跟前凑凑。

就是，怎么说呢，这个牛主任啊，喜欢古董，你家里有没有什么古董？

连想都不用想，我和老婆都出身平民，家里怎么会有这种东西。我摇头：没有。

我有！雷老师从脚下的一个袋子里抓出来一个纸包，两三层报纸拆开，是一个巴掌大的青铜镜。

我吃了一惊，这种东西，以前只在电视和省城的古玩摊上见过，第一次这么近距离地接触，KTV里虽然光线不好，我还是翻来覆去地看了半天，问他：这个，多少钱？

五万！雷老师伸出五指，给我比画了几下，往沙发上一躺：你小子有福气啊，刚好赶上我手头有这么个东西，可给你救了急啦。

四

第二天和老婆捧着这个青铜镜，琢磨了半天，一个一个问题解决。第一，牛主任为什么要给雷无涯打电话问我的情况？应该是我的招聘有望，给牛主任送的两万块钱没有喂饱他，借雷无涯这个角色再来敲诈一笔。第二，雷无涯为什么要给我出这个献古董的主意？应该是雷无涯也想着趁这个机会捞一点，说起来还给我帮了忙。第三，能不能不送这个礼？也太贵了——不行，不能因小失大，说是招聘，但还不是牛主任的一句话。第四，即便要送，能不能不送古董，直接送五万块钱？好像不妥，雷无涯既然出面了，绝不会空手而归——像这种人物，还是不要惹的好，不能帮你成事，但肯定能给你坏事。第五，即便送这个青铜镜，但这个玩意到底是真是假，值不值五万块钱？不敢给牛主任送个假古董，还把事给办砸了。

两人盘算了半天，最后就定了一件事：赶紧找个行内人，鉴定一下青铜镜的真假和价值。

老婆有个远房亲戚就是个古董贩子，打电话联系好。他一上手，就看出来了：这个呀，真的。你们从哪儿弄来的？

我简单说明了。这个亲戚反倒笑了：说实话，这个镜子还是从我手里出去的，我在乡下六千块钱收的，在鬼市上倒手卖了两万八。这个雷，什么来着，无涯，要你五万块钱是有点多，但这种玩意，又没有谁给指定价格，不过就是在黑市上来回炒。

回来的路上，老婆愤愤不平：这个雷无涯，真是无耻，屁事没干，一倒手，就想讹两万多块钱。别理他，就只给他三万块，也给他把话挑明，我们是找了专家鉴定过的。

我只能耐心开导老婆：水至清则无鱼，人至察则无徒，把话一挑明就没意思了。这个雷无涯，摆明就是要钱来了，你给三万块，和不给钱是一个结果——肯定把他惹了。

老婆长叹一声，默认了这个事实。两个人于是又紧着盘算，家里有多少现金？存款有多少？什么时候到期？怎么处理损失能少一点？最后实在没办法，给岳父母打了电话，借了一万多块钱。

好不容易筹齐，我把五万块钱的纸包交出去的时候，动作迟缓，心情复杂。雷老师一把抽过去，拍拍我的肩膀：小刘放心，你到省公司这个事，成了！

过了没几天，一大早刚上班，雷老师打来电话，说他已经到省城了，并和牛主任约好时间，当天晚上一起喝茶，顺便谈谈我的事；让我带着青铜镜，立即出发。并特意交代，万一牛主任问起这个青铜镜的来历，就说是自己祖上传下来的。

牛主任一看就是个懂行的人。当天晚上，在省城的"上岛咖啡"雅座里，他把青铜镜捏在手里远远近近地瞧，又打开手机上的手电功能，爬在镜子上细细地辨别花纹和文字，最后满意地吧嗒吧嗒嘴：好东西，品相不错，看样子，是个唐末的玩意。这个镜子，小刘呀，咋来的？

我按照雷老师的交代，小心翼翼地赔着笑脸：家里传下来的，老东西。

牛主任做个推却的手势：那是传家宝了，我不能要。

雷老师适时插话：宝剑给好汉，香水给美女。这个已经算文物了，就适合牛主任你这种懂行的人拿着，才能让文物发挥它最大的价值。

我只能频频点头：那是那是，雷老师说得对。

牛主任于是把青铜镜收进自己的包里：那这样，小刘呀，我先帮你收着吧。

我也知道这一"收"，肯定是肉包子打狗，但心里的一块石头，还是落了地。果不然，再回到白玉山不过一个礼拜，接到省公司电话，招聘结果已通过党委会审议，让我尽快交接，下周一到省公司上班。

得到消息是星期三，对我来讲，有效的时间也就是三四天。幸好提前都安排妥了，不管是单位上，还是家里边，所以那几天，主要就是喝饯行酒，有朋友的，有同事的，中午喝了下午喝，晚上还要加班喝，每天都排得满满当当。人逢喜事精神爽，我那几天状态也特别好，白天几场酒喝下来，夜里还能坚持和老婆亲热。想想白玉山是省里最边远的一个地市，离省会六七百公里，还不通飞机，汽车火车都得多半天。老婆和孩子短时间还到不了省城。老婆的工作好办，她是个幼儿教师，全国都获过奖的，到哪都不愁工作机会。问题是女儿才上小学三年级，总要等到一个学期结束，才能考虑换校的事。所以，一家人要面临一段时间的两地分居。

中间还接到过一次雷老师的电话，差不多也是半夜，差不多也是喝多了，说他和几个朋友喝酒，说到我的事，很高兴，大家都想认识我，让我过去陪他喝酒。不巧那夜我睡得沉，老婆接的电话，她本来就对雷无涯没有好感，"喝醉了，起不来。"一口回绝。我第二天醒来，听她一复述，吓一跳，赶紧把电话拨过去，还好雷老师昨夜真喝多了，竟然忘得一干二净，只是在电话里强调：你小子这下成了省城人，可不要吃水忘了挖井人，喝酒忘了我老雷。

我赶紧表白：肯定不会！忘了谁也不能忘了雷老师！这点您放心，不管走到哪儿，一个电话，随叫随到。放下电话，看看老婆一脸的不屑，我也无力解释，只是在心里发怵——这家伙跟个狗皮膏药似的，看来以后要扯下来，还不是个轻松的事。

最后一天是个星期日，本来答应了下午和西西里、新生、雨果三个喝，喝完酒直接上火车，一夜睡下来，天亮刚好赶到省城。不想中午，周局长给我打电话：小刘呀，晚上一起坐坐？你给我当了两年多的办公室主任，还没好好谢你呢。

周局长虽然比较亲民，但主动邀我喝酒还是第一次，我当然一口答应，确定了地点以后，再建言：领导呀，能不能把西西里他们几个也叫上，人多热闹一点。

周局长沉吟片刻：行，你看吧。

实话实说，要没有周局长，气氛会更好一点。虽然周局长一再让大家放开，虽然大家都是周局长手里提拔起来的干部，也算是嫡系了，但和自己的顶头上司喝酒，大家还是不敢过于放肆，直到周局长把自己面前的分酒器一口干了，喊着：你们几个，别在老子面前装，都给老子好好喝。分酒器里总有二两多吧，我们几个不敢再装孙子，硬着头皮把各自面前的酒干了，一时三刻，酒力一发作，桌子上的等级观念和忌讳就小多了。

酒过三巡，菜过五味，桌上五个人周局长最早有了醉意，问我：小刘呀，你这一到省城，就成了上级机关领导了，可要多操心咱们白玉山供电局了。

我还清醒：您永远是我的领导！在您手上我才进步的，到哪儿我都忘不了。再说了我算是什么领导，不过机关里的一个小办事员。

虽然在包间里，周局长还是压低声音：那你说，你这次能到省公司，这个，雷无涯起了多大的作用？

大家都静下来。我有点莫名其妙，左右看看：我是应聘上去的呀，大家都清楚——新生负责人事，他最清楚，笔试，面试，实地考察……一步一步走过来的……

周局长把手一挥：那雷无涯怎么给人说，是他给你运作成功的。本来笔试你就被刷掉了，他帮你找人活动，花了十几万。

那三个也频频点头：是，是，我们都听说了。

我气急反笑：雷无涯的话也能信？！这个无耻之徒！他真以为省电力公司是他们家开的。

新生最先反应过来：对了，雷无涯这么给人宣扬，不外乎一个目的，借机敛财。

省电力公司地处省城，待遇好，级别高，对于地处偏远的白云山供电局来说，吸引力更大。但白玉山供电局成立十多年来，直接调入省公司的人员极少，凤毛麟角者，不是北京有熟人，就是省上有过硬关系。包括周局长他们这种正处级别，干得好了，一届任满，调出白玉山，到个自然条件较好的供电局继续干；干得不好，调到另外的山区，反正省里除了省城周围是块平原，东西南北都是山区。

我也明白了周局长请我喝酒的用意。他到白玉山任职已经四年多了，按照不成文的规矩，一届任期已满。但于总任职这五年间，干部调整频率太快，基本上两三年一动，有的热门岗位，几乎一年一换。大家也都理解，坊间传言：要想富，动干部。周局长的家在省城，父母年事已高，不能身旁尽孝；妻子如狼似虎的年纪，却只能夜夜独守空房；孩子一样啊，都上高中了，周局长也没开过一次家长会。他虽然是于总提拔起来的，工作认真负责，白玉山供电局在他手上有了很大的起色，但一来性格耿直，做事有自己的底线，应该不会被于总纳入自己人的圈子；二来于总调整干部，从来不考虑政绩的，所以四年多了，纹丝不动，是全省十一个地市供电局任职时间最长的局长。他可能也活动过，但一直没有结果，竟然病急乱投医，想到雷无涯这条路子。

新生、雨果、西西里也都不是白玉山土著，何尝不想到省公司，所以大家都跟拜神似的，对雷无涯的话宁可信其有不敢信其无。我知道，要说真能花钱就能调到省公司，白玉山供电局能下狠心掏出这钱来的，不在少数。

我端起一杯酒，态度真挚，言辞恳切：各位不是我的好领导，就是我的好兄弟，我只能这么说一句——不要惹雷无涯！所谓"成事不足，败事有余"就是指这种人，你想弄成一个事，他帮不了你；但他要想坏你这个事，绰绰有余。

五

我到省公司应聘的岗位是总经理工作部秘书，部门主任就是牛主任。第一天上班，先到他那里报了到，转手就被交给秘书处处长，安排了个办公桌，开始干活了。原来在地市供电局，整天说累。一到省机关，才发现，以前的日子就是度假。机关的工作太忙了，尤其秘书处，每天写不完的稿子，开不完的会。

整天忙得晕头晕脑，晚上还要加班政治学习，听牛主任念完报纸念文件，实在没啥可念，就叨叨自己的人生感悟。我在后排百无聊赖，又不敢和老职工一样睡觉看手机，只能在笔记本上胡乱涂抹，小时学过几天绘画，就玩速写，画完会议室中间排放的几盆鲜花，又给每个人画肖像。坐我旁边的是个小姑娘，早我一年多进入省公司，看了我的画，还跟老师一样，在底下画了朵小红花，留了评语：刘同学画功不错，继续努力呦。

部门这种政治学习，也是牛主任的独创，机关其他部门没有的。听说牛主任已经是连续几年的厅级后备了，上一次考察时，有人说他政治素质有待加强，"领导有病，群众吃药"，所以他就加强到部门全体员工身上了，一周两个晚上政治学习，每次两个小时，整得大家苦不堪言，盼着老天开眼，早一天把牛主任提拔了。

我对牛主任的这种做法更觉好笑。每次看他一本正经地在会上谈心得、谈体会，就想起他把我那"传家宝"往兜里塞时候的表情：那这样，小刘呀，我先帮你收着吧。

有天晚上七点多，牛主任正带领大家学得起劲，忽然接到一个电话，放下电话宣布学习结束，高兴得大家一个个抢着往外挤。我也往外走，被牛主任喊住了：老雷下来了，等会你和我出去见一下。

哪个老雷？我一时没有反应过来，话一出口想起来了：雷无涯。到省城虽然不到一个月，但繁忙的事务已经把以前的记忆赶到角落里，不经提醒几乎都想不起来了。

牛主任对我的迟钝很不满意：还有哪个老雷！白玉山报社的雷老师，你的恩人！

我靠！牛主任是当时招聘领导小组的组长，他最清楚我应聘的细节，连他都这么认为，看来雷无涯真成了我的恩人了。我不敢再吭声，跟在牛主任后面去赴约。

说实话，和牛主任一起工作这么长时间，但和他一直亲近不起来。一来牛主任是个极难接近的人，整天板着脸，不说话则罢，一张口就是大道理，不是国际形势怎么不好，就是国内形势怎么复杂；听说有一次到省上开会，有个政府领导直接把他的发言打断了，说行了吧，你说的这些我比你更了解，你们就是个买电卖电的二道贩子，扯这么多没用的干啥？二来我也不是个能和领导套近乎的人，脾气相投还好说，比如原来的周局长；遇见那种气场不合的，只想离得越远越好。所以到省公司机关以后，和牛主任没有一起单独待过，更别说一起出去了。

这个时候领导叫，肯定是吃饭，好事坏事先不说，肯定是个花钱的事。我摸摸兜里，虽然工资卡随身带，但里面也就剩了三四千块钱，不知能不能应付下来？一路忐忑不安，到了地方一看，还好，酒店的档次不是很高大上，酒水也是30年白玉液。

桌上除了雷老师，还有六七个都不认识，听他们一张口，都是浓重的白玉山口音。经雷无涯一介绍，不是煤矿老板就是油矿老板，都是近些年涌现出来的暴发户。白玉山地面上山穷水瘦，但底下矿产资源丰富，近些年政策允许，当地老百姓圈山开矿，一夜暴富的不在少数。雷无涯着重介绍牛主任：省电力公司的大管家、白玉山的骄傲，指日可待的厅级领导……顺手一指我：这个也算咱白玉山的人了，小刘，牛主任的手下——对了，他能到省城来，就是牛主任一手办成的。

这些所谓的农民企业家虽然有了钱，但对权势还是保持着一贯的尊重，毕恭毕敬地和牛主任握过手，又过来和我握：小刘不错嘛，有牛主任这样的老乡给你当领导，前程大大的呀。

我就像牛主任和雷老师联手做出来的一件成品，被拿出来展示，小心翼翼地赔着笑，布茶倒酒点烟，几乎没有好好吃过一口菜。听他们说了半天，大意是想合资开个电厂，找牛主任了解一些政策和程序上的问题。我暗暗嘀咕，这些老乡胆真大，岂不想电厂是能轻易开的，虽然国家从政策层面放开了，但前期工作就有几十项，水土环评、污灰排放、煤炭运输、输送通道……随便哪一个流程都涉及几个政府部门，随便哪一个流程走下来都得扒你几层皮，再说了，即便建一个小电厂，也得几个亿的投入。哪有开矿那么容易：把地一圈，买几个抽油机或掘石机，就能开工赚钱了。

端坐在首席的牛主任还没有开口，雷老师却是信心满满：干事一定要天时地利人和，三者缺一不可，你说说……咱们这缺啥？电力系统内部的事，有牛主任给咱张罗；白玉山地面上的事，有张副市长给咱撑腰；北京的事，我来跑……咱是谁？怕过谁？干！

于是一众人情绪高昂：干！一杯杯白酒倒进不同的喉咙里，再吐出一串串豪言壮语。只有牛主任保持了难得的冷静，扳着指头给大家历数建设的不容易：一要请电力设计院的专家进行建设初评，是不是具备土地、水、排污排灰这些必须的资源，土地面积？土地性质？水够不够用？煤从哪儿运……啊，那是坑口电站呀，坑口电站好，成本低；发电输送的通道问题我来协调。第二，就是向国家发改委申请项目立项，这是关键，要到北京去活动，同时还得经过国家环保总局审核批准。第三，咱们前期能筹多少钱？向银行申请贷款，拿什么抵押？哦，对，大家手头都有矿的。

但雷老师很兴奋，胸脯拍得啪啪响：只要钱到位，那都不是事……今天先把话撂这儿，搭起个架子，赶明专门开个会，把这章程一定，咱就真刀实枪干起来。雷老师左右看一看：我提议，牛主任就当这个白玉山发电厂的筹委会主任，也就是将来这个发电厂的董事会主席，怎么样？

大家伙热烈鼓掌，看来是提前商量好的。好在牛主任混迹官场多年，对这个所谓的"主任"兴趣不大，推让了半天，坐在牛主任右手侧的一个瘦子，被大家称为"白玉山首富"的一个做了主任，雷老师当了秘书长，牛主任一番推脱之后，被冠以"名誉主任"的身份。牛主任正色道：不是我不热心老乡们的事，是中央和上级都有要求，不让党员领导干部兼职干私活。这个借口被大家一致推翻：现在哪个干部不在外兼职，你给我说说……于是板起指头来，张三李四王麻子列了一堆。我其实听出了牛主任的弦外之音，他作为一个万事俱备、静待提拔的后备干部，没必要因为这事影响了自己的前程。要知道在他这个位置，关注的人还是很多。

既然成立了班子，是个组织，总得有个秀才吧。满座都是大老粗。雷老师眼睛看着我，话却说给牛主任听：牛主任呀，你把小刘从白玉山弄下来，可算是给咱办了个好事，怎么样——让他给咱把这秘书干上？

我一瞬间大脑短路——靠，我自己人生中的一个重大变化，难道只是他们安排的一步棋！

几乎不容我表态，牛主任呵呵一声应承下来。作为"秘书长"的雷老师立即对我这个"秘书"发号施令：小刘呀，你给大家敬个酒，你虽然不是白玉山当地人，但好歹也在白玉山工作了十多年，对这个地方总有点感情吧，要为白玉山的电力发展、经济发展贡献力量。

一个公司的秘书就把我累得半死，现在又来个什么"白玉山发电厂筹委会"的"秘书"。不论从感情上，还是从心理上，我都没有把自己和雷老师、牛主任这帮人融为一体，再加上对这个事一点兴趣也没有，所以下意识地一口回绝：我干不了！

这个态度出乎大家的意料，当然，首先是雷老师。他这会酒喝了不少，舌头明显大了，用手点着我，含糊不清地质问：你个小刘……你不知道你咋来到省城的了？

我看向牛主任，他正冷冷看着我。我赶紧赔笑解释：我不是不想干，是真的能力一般、水平有限，怕给大家把事误了。雷老师还在翻肠搅肚地找词，牛主任就来了一句：说你行你就行不行也行，说不行就不行行也不行。行不行，不是你考虑的事。以后你记住了，在我手下干活，在工作面前只能回答一个字：是！

牛主任不怒自威，声音不高，但很有气势。桌上一众人愣了片刻，掌声四起：这才是干大事的架势呀，牛主任是个帅才呀！说的就是这个理，经典。有人还重复了一遍：说你行你就行，不行也行；说不行就不行，行也不行。哎呀，人家当领导的就是厉害，水平就是高，总结的真到位。

我臊得满脸通红，一句话接不上来。好在这些白玉山的土豪们心地良善，一个个帮着我说话：人家小刘也是好心，怕误事嘛……好了好了，不说了，喝酒喝酒。

白玉山人喝酒，都是"N+1"或者"N-1"的阵势，说白了就是几个人喝几瓶酒，状态好了多一瓶，状态差了少一瓶。一时三刻，一箱六瓶酒下肚，话越说越多越说越大，在大家争先恐后的描述中，白玉山发电厂已经冒着白烟开始发电了。最后大家归结为一点：关键还在北京，只要北京给咱把手续批了，电厂一转起来，那钱就哗哗哗地流呀。雷无涯故技重施，电话掏出来，直着眼睛拨号码，拨通了，竖直一根手指在嘴边：嘘！北京的……

于是大家安静下来，听他口齿不清地絮叨：张司长嘛，想你了……王部长嘛，没事，给你打个电话……

看见牛主任使眼色，我赶紧到前台结了账，还好不到两千块钱，身上的钱够用。之所以花钱少，一来酒水是他们自己准备的，二来得归结于白玉山人的性格，这帮土豪们虽然有钱，但舍不得吃舍不得穿，唯有在一个事上舍得：买房子。听说这帮人买房产，都不是一套一套买，而是一层楼一层楼、一个单元一个单元的整。广为流传的段子是：某个白玉山土豪看中了一个楼盘，顺手一比画，"这一础础（从上到下一溜子）全要了。"打开汽车后备箱，拎出一蛇皮袋子，里边是整捆整捆的人民币，扔给心花怒放的售楼小姐，点钱去吧。所以当地房产界盛传一句顺口溜：来了白玉山，房价往上蹿；看见白玉山，人民心喜欢。

六

自那晚当上"白玉山发电厂筹委会"的秘书，第二天就起草了一个成立组织机构的文件，交牛主任审阅，看见他把排在第一位的"名誉主任"拉掉，又看了几遍，收起来，对我交代：再有什么事，我叫你；对了，一定要有政治觉悟，这个在外兼职的事，一定要保密。牛主任喜欢把大小问题都上升到"政治"高度。

时间忽忽过去半个多月，工作一忙起来，我几乎把这差事都忘了。这期间，新生到省城开会，带来一个信息：雷老师以"白玉山发电厂筹委会秘书长"的身份，在当地号召大家集资，年收益高达百分之二十。听说这个电厂背后老板是白玉山几大土豪，他和西西里、雨果都有点心动。

我俩坐在街头吃烧烤。我给他介绍了这个筹委会成立的背景，说明自己的态度：还是不要参与，项目当然好，但主要是雷无涯这个人太不靠谱。

新生不认同：那些土豪都是吃素的？一个个身价千万，说不定还有过亿的，哪一个不是人精？！

我说：我不是怀疑土豪的智商，我是怀疑雷无涯的人品——我和他打过交道的。

新生坚持：雷无涯充其量就是个捎客，从中赚点零碎。人家这么大的工程，不会让他当家的。

我给他分析：不要小看雷无涯的能量。这帮土豪们虽然靠着政策提供的便利，爆得大利，但大多社会关系简单，很少有雷无涯这种北京、地方、电力系统三者通吃的这么一个人物；而雷又是一个虚张声势、胸无城府、唯利是图的小人，所以，这个项目，说实话，我不看好。

新生灌下去一杯生啤：好吧，听你一回。再把一个烤腰子塞进嘴里，一边嚼一边哼哼：耽搁了大家挣钱，再找你算账。

谁料我当天夜里就接到雷无涯电话。因为和新生吃烤肉有点多，肚子胀，睡得不是很好，好不容易刚睡熟，被电话吵醒一看时间，半夜一点多，忍不住无名火起，再看来电，雷无涯，火更大了，直接挂断。不到一分钟，再响，再挂断。

翻个身，却是睡不着了。手机再响起的时候，我已经无法遏制自己的愤怒，想着去他妈的，再不给雷无涯留面子了，接通的瞬间，瞄了一眼来电显示，吓得一哆嗦：牛主任。

牛主任的火气比我还大：怎么回事？为什么不接电话？你到底想干啥？

我战战兢兢：哎呀牛主任，我没看清是您的电话……好像是……雷老师……

雷老师的电话就可以挂吗？！

……真是雷老师的电话嘛？睡得迷糊……没看清，顺手就挂了……

我告诉你，下不为例。再有一次，你试试！

是。不会有下一次了……我嗫嗫嚅嚅地表态完，听电话那边牛主任的气喘匀了，就问：那……牛主任，这大半夜的，您有什么指示？

一句话又把牛主任的火逗起来了：大半夜就不能下指示了！大半夜就不能布置工作了！

我朝自己嘴上狠狠一巴掌，他妈的太不会说话了。还得继续给领导道歉：牛主任，我真没有这个意思……我就是觉得吧，您这么大半夜的操劳，肯定是要紧事……

嘟——那边直接把电话挂了。

放下电话，一身冷汗，睡意是一点也没了，点上一根烟，把前后过程反思了一遍，自己有什么错？好像没什么呀。但按照公司历任秘书口口相传的"金科玉律"：第一条，领导永远是正确的；第二条，即便领导错了，请参照第一条。还是给自己搜罗了几条罪状，准备第二天一大早，到牛主任办公室请罪。

秘书这个岗位很辛苦，也很微妙，一般来讲，只要不出大错，进步比别的岗位要快一点。公司前几任一把手都非常重视秘书工作，时间不长，都给身边的秘书安排了大小不等的职位。所以在以前，办公室的秘书处，又被戏称为公司的"后备干部基地"。前有榜样，我们这一届三个秘书，也都在憋着劲玩命干，期望沿着既有的惯性，能有一个好下场。那两个秘书时间长，一个五年，一个四年，之所以进步不了，一方面是性格耿直，不善交际，只知道埋头干活；当然更主要的原因在一把手于总，用人风格不一样，在他手上，将秘书分为生活秘书和文字秘书两种。生活秘书只有一个，主要是给他提供贴身生活服务，坐班时通风报信接人送客，外出时端茶倒水提包打伞等等。文字秘书就多了，三四个不等，整天就趴在电脑前码字，写"八股公文"。别人不理解，一个省级的电力公司，有多少公文要写呀？我在基层时也不理解，到了这个岗位才知道，如果用一个词来形容公文量，那就是：无穷无尽。因为一来会议多，二来不管大会小会，领导都离不了稿子。最经典的念稿，就是吃饭时候，一种是和外面的来客吃饭，人家的领导端着酒杯，三言两语就完了，于总不，很正式地捧两张稿件：尊敬的×××，在全党全国人民×××的日子里，我们很荣幸地相聚一堂……事后于总很得意：一顿饭上见高低，咱们这祝酒词，有高度，有深度，有广度，显示出了咱们国有骨干企业的胸怀和气派。一种是和自己的职工聚餐，于总的稿子更长，大家眼巴巴地看着饭菜变凉，下来埋怨我们这些写稿子的：不会给领导写短一点吗！但于总不行：我就这样的水平吗？两页纸，先不说质量，数量就不达标，没有数量哪来的质量？也有人委婉地提过意见，不要动不动拿着稿子念半天。于总态度坚定地反驳：战士能离开钢枪吗？厨师能离开菜刀嘛？作为一个领导干部，稿子就是菜刀、就是钢枪，我们就是要一刀一枪管理企业，真刀实枪建好电网搞好服务。

　　我第一次听到这个观点差点笑出来：靠，真刀实枪，又不是抢银行。当然，也只敢在肚里转转，连屁也不敢放。

　　于总任上五年多，生活秘书换了三个。当然，于总很注意舆论和形象，这几个秘书都是男性。但文字秘书命就苦了，五年基本没动过，几个人整天给公司"定方向"、"搞规划"、"谋思路"，个人的方向却是越来越迷茫。

虽然迷茫，但好歹还有个希望。当然，这个希望是建立在领导认可、或者说不反感的情况下。这个领导，不只是于总，还包括你的直管领导。我到机关时间不长，和牛主任又无深交，就这样得罪他，所以心里十分忐忑。

好在第二天一早，牛主任完全没有心思理会我。我给他检讨，他头也不抬摆摆手：以后再说以后再说。一肚子纳闷回到办公室，听那两个老秘书一说，才知道北京传来消息，于总即将调回公司总部任职。这对公司来讲，是个天大的事，一朝天子一朝臣，一个猴王一群猢狲。一时三刻，消息风传，公司上下就乱了。基层老百姓、机关的干事还罢了，乱也只是议论纷纷。各级领导可不一样，有于总手上问题没有解决的，有想借此给于总找点事的，还有想给领导临走时表示表示的，也有多方打探新任领导籍贯爱好的，等等，人生百态，于此集中展现。

说到这里，介绍一下机关的作风。我到省公司虽然只有不到两个月时间，但和长达十多年的基层相比，还是有好多感触。一是人情味淡了，办公室只有工作关系，私下的友谊少之又少；虽然相互之间很客气，但感觉心里很遥远。二是等级森严，每个等级对应的权责很明确，你工作干得好坏、多少无所谓，最主要的一点，不要越界。越界就是越权，牛主任在部门会议上一再强调，办公室只有一个声音，那就是"先民主再集中"后经他发出的声音；任何人越级行事，都是党性原则不强、政治素质不高、工作作风不实的表现。三是相当"唯上"，领导说"一"没有人想"二"，领导说"干"没有人想"为什么干、值不值得干、能不能干好"等战略问题，只去考虑"怎么干"。公司把这叫"执行力"，我不以为然。我性格本就大大咧咧，遇事常有自己的想法，有时还和领导较真，原来在基层还行，现在一到机关，感觉处处受制。有个大学同学在政府机关也干秘书，听了我的描述后很吃惊：感觉你们很现代的一个企业呀，怎会这样集权和官僚？甚至比政府都有过之而无不及。我正告他：普天之下莫非王土，率土之滨莫非王臣。

究其原因，领导掌握着干部提拔的绝对权力。在这点上，机关都不如基层透明公开，基层单位每年对后备干部还有个考核排名，提拔谁不提拔谁基本不会有太大的出入。因为基层百姓敢说敢闹。机关不，人员素质"高"，多不靠谱的事发生了，都能"沉住气"。这些年来，于总看上谁了，一纸通知"因工作需要"就被提拔了，比如于总的小车司机，给于总在酒店服务的管理人员，陪于总健身锻炼的乒乓球高手，陪于总喝酒喝出一身毛病的接待处处长，公司驻北京的办事处主任，等等，都得到了重用。相反，那些只会埋头干活的人，少了在领导面前表现的机会，就多年如一日地"坚守"在自己的岗位上。就以我们三个文字秘书而言，没有节假和双休日，没有上班和下班之分，整天泡在文字里研究琢磨，给领导"出谋划策"，为公司"顶层设计"。但于总看见的，只是牛主任呈给他的稿子，他看不见这些文字背后的辛苦和付出。所以我们在于总手上，得到的唯一好处，就是在他调离这段时间，因为各级领导人心惶惶，没有了心思开会，我们也就有了几天难得的清闲。关起门来，三个人叹气，想想于总这五年政绩：电力市场萎缩了，优质服务退步了，业绩排名下降了，员工收入降低了……但也有两个向上的指标，一个是干部数量，大幅增加，一个安全事故，逐年攀升。想想这样的领导，竟然还能调回总部任职，上面用人，也真是，唉唉唉……

不到一周，尘埃落定。新任领导到岗以后，工作又恢复到以前的状态，我又继续忙了起来。不料牛主任有了时间，这天下班后留住我，劈头盖脸一通收拾，我听了几句才反应过来，还是那天晚上挂电话的事，心里默默念叨两句话：不要高看领导的肚量，不要小看领导的记性。

牛主任训完了，总结一句：看你这样子，白玉山发电厂筹委会的秘书，你就不要干了。

我点头哈腰，铿锵有力地回答：是！

七

说起来，还得谢谢牛主任。他的这个决定，无意中救了我。

于总于淳全一走，雷老师好像也消失了。不光在省城看不到，新生他们几个偶尔下来开会，或者电话联系，说在白玉山也好久没看到过雷老师，下面的各个县供电局，也没有被雷老师骚扰。夜里大家的手机，也好长时间没有响起。

奇怪呀……西西里开玩笑，看来我们已经离不开雷老师了。

雨果分析：也就于淳全这个"愚蠢全"买雷老师的账，换了这个新来的领导，才不管你有涯无涯（牙）、有耻无耻（齿）。

雨果的分析不无道理。公司新来的一把手到任后，先集中进行调研，时间不长，就推出了"三个创新、两个依靠、一个提升"的"321"发展战略，以前于总提出的"三种精神、三种意识、三个抓手"的"三个三"发展战略被抛在脑后。我在一篇稿子中提到"三个三"，被牛主任又收拾了一通：连这点政治觉悟都没有，怎么能干好秘书？！

我觉得"帽子"有点大：这不能叫政治觉悟吧？

牛主任对下训话，很少有人反驳，一听我竟然敢辩解，怒火中烧：都改革开放了，你还念叨计划经济的好；现任领导都上台了，你还念前任领导的经，这不是政治觉悟是什么！！！

我长吁一声，无言以对，第一次觉得牛主任说得对。捡起被牛主任扔在地上的稿子，心里满是羞愧——学无止境啊。

时间不长，就到了夏天。女儿这个学期一结束，老婆就带着孩子风风火火赶到省城来，其时我已经租好了房子，给女儿的学校也联系好了，上了班忙得一塌糊涂，下了班家人欢聚其乐融融，我几乎忘记了还有雷无涯这么一个人。忽然有一天，牛主任叫我到他办公室，关起门来，神色紧张：雷无涯这段时间和你联系没有？

我摇摇头。

你和他联系过没有？

我再摇头。

牛主任说：那你现在给他打个电话。我刚把手机拿出来，牛主任又换了主意：算了，别打了，你就记住一点，不管谁问起来，我和雷无涯，你和雷无涯，都是一般的朋友关系，因于总而相互认识，没有什么特别的交情。

我丈二和尚摸不着头脑，看着牛主任发愣。

牛主任明显提高了声音：听明白没有？

我赶紧用力点头：是。

牛主任叹口气：跟你说也不要紧，什么事呢？就是这个雷无涯呀，卷了一笔钱跑了，活不见人，死不见尸，这个雷——无——涯。后三个字几乎是咬着牙发出来的音。

我有点反应过来：是那个，白玉山发电厂的事吗？

牛主任把桌子一拍：还能有什么事！这个，该死的……

我不知该说些什么，只能继续保持沉默，看牛主任再无指示，准备退出去。牛主任又补充一句：雷无涯失踪这个事，谁也不要说，一定要有政治觉悟，绝对保密。

我再一次用力点头：是。

回到办公室，心神不定，想找个僻静的地方给新生他们几个打电话，问问情况，但想起牛主任的交代，还是没有打。

牛主任找我谈话，是上午的事。当天下午，单位属地派出所来了两个干警，先关起门来和牛主任谈了半天，再来找我，问我和雷无涯是否认识。

我第一次和警察打交道，心里有点发毛，尤其那个年轻的警察把本子打开，问我姓名年龄籍贯经历等等，一一登记在册，一本正经地告诉我：你要对你说的每句话负责任。

但静下心来想想，我能有什么事？我只说认识但并无交往。警察给我交底：我们接到报案，说你们牛主任和你，一起成立了个"白玉山发电厂筹委会"，雷无涯是秘书长，牛主任和你在其中都担任职务。

按照牛主任的吩咐，我只说在一起吃了饭，但并不承认任职的事。

看来警察对我的兴趣也不大，谈了也就十几分钟，就准备偃旗息鼓。让我签了名字押上手印，合上本子问：你还有什么要说的？

我说：我本来就没有什么要说的。雷无涯和我，充其量也就是认识而已，在我的生活中，类似这样的交往，有成百上千个。至于你们所问集资一事，我真不知情，遑论参与——你们可以查我名下所有资产。

警察走后第二天，单位纪检部门又来了两个人找我谈话，问的还是同样的问题，说他们接到举报信。

我有了和警察打交道的经历，更不把单位纪检干部放在眼里，一推六二五：胡说，我从来没有参加过这个事。至于牛主任，我不清楚。

公司纪检干部都是一个单位的熟人，也就不客气：那举报信里，人家说得有鼻子有眼，说你是牛主任和雷无涯一手操持进省公司机关的，碍于牛主任的面子，你当了这个筹委会的秘书。

一说到这个，我真得来气：我是通过招聘进的省公司，光明正大，这是公司党委的决定，是一级组织的决定，跟任何个人没有任何关系，你们可以查我的应聘资料。

纪检部门当时也参与了招聘全程的监督。"走关系"这个说法他们也觉得站不住脚，看我真生气了，于是站起身：那就这样吧——我们也就是走个程序，收到举报信，领导交办下来，要回复的。

牛主任再找我时，我把两次谈话内容简要做了汇报，当然，牵涉到牛主任的言辞，我添油加醋加了好多正面的信息。牛主任沉吟着不断点头，最后总结一句：小刘呀，你最近成熟不少，政治觉悟有了很大的提高。

出得门来，禁不住一声冷笑：政治觉悟！

这个事也就这样过去了。妻子还在担心，我安慰她：咱本来就没事，怕什么。我倒是怕牛主任……

我还是小瞧了牛主任的能力，他竟然也平安度过此劫。到了九月份，上级一纸任命，调他到东北某个省公司任职工会主席，由正处升至副厅，这可是牛主任多年来孜孜以求的目标和方向，但对任职地不满意。部门全体聚会欢送他，他端着酒杯感慨：唉，人过半百，竟然到东北去，那地方，多冷啊……

大家伙真诚祝福：再冷也不怕，您去当领导又不是下现场，再说了，他冷您有热炕头呀，有二人转呀，有赵本山呀，整天看着乐着，笑一笑十年少，说不定，还再娶个年轻漂亮的东北大姑娘。

也就是酒桌上，最主要牛主任心情好，大家才敢开这样的玩笑。牛主任也笑：我倒是想呀，就怕家里这位不让呀。

牛主任的夫人也在座，是个政府公务员，妻因夫荣，这阵子也笑做一团：我倒是巴不得，只怕你老牛，没有这能力了吧。

举座大笑。我到省公司机关小半年了，第一次感受到这个集体的温暖，竟然是在这个集体的领头人离开的时候。

饭局直喝到十点多才散，基本上都喝多了，我也有了醉意，到家倒头就睡。睡到半夜，忽然电话响起，闭着眼睛接起来，是一个熟悉的声音：小刘嘛……忙啥呢……出来陪我喝酒吧……

谁啊？我一时没有反应过来。

我是雷无涯呀……就在你小区门口，快点。

雷无涯不是被公安机关通缉了吗？！集资四千多万，卷款潜逃，跟老婆都离婚了，怎么会出现在我家小区门口？

妻子也醒来了，看着我发愣。我定定神，大脑在飞快地转动，却想不到合适的词：雷老师嘛，这个……您不是……好久不见了……

对呀，所以想你了嘛。下来吧，快点。

电话挂了，我还在琢磨：怎么会？一个通缉犯，无事一样地叫我喝酒！

妻子倒是反应快：对了，赶紧报警。

我反对：报警的事不能做，毕竟还算是帮过咱。再说了，谁知道雷无涯背后有什么人？听他的语气，好像没事了……

妻子都吼起来了：有事没事你都不准去！他是个通缉犯！他找你，绝不只是喝酒这么简单，肯定又有事。

是呀，那怎么办？报警吧，不能，也不敢。去吧，更不敢。

电话又响起来，雷无涯在那边很生气：小刘呀，咋回事？磨磨蹭蹭的，快点。还要给你介绍几个领导呢。

放下电话，我下了决心，给妻子解释：这样吧，我给他送点酒钱，就说我走不开。不管他怎么想，咱们要做到有情有义。

我一边说一边从皮夹里翻出不到一千元，再问妻子要。她不给，还骂我：你就跟着雷无涯坐牢去吧。

我不理她，披上衣服赶到楼下。小区门口是一条大路，灯火通明，虽然是盛夏，但时间已是凌晨两点多，街上异常空旷，偶有夜行的出租车呼啸而过，行人一个没有。

我在小区门口左右顾盼，雷无涯不见踪迹。我不敢喊，静静地站在夜色里，抽完两根烟，还是不见他，打手机，也没有人接。

夜风刮过，路两侧的法国梧桐叶子一阵喧哗。声响过后，更见静寂。

八

雷老师从此销声匿迹。十多年过去了，我再没有见过他，没有听到过关于他的任何消息。偶尔，手机半夜会再响起来，我一惊而起，却都不是他。

星星晚风

夜啊，分明长满了星星晚风；可是她们却给你，取名叫作天空

——尹约《玫瑰与小鹿》

我不喜欢这个名字。什么嘛？星星晚风——太文艺范，太作了。

老猫说我俗，你的水平能不能提高点？你写得再热闹，故事再精彩，没有高度，没有深度，都是垃圾。尤其一个写作的人，一定要学点哲学，要懂点辩证法，要透过现象看本质，要通过故事写人性；要知道你笔下这几个人，是给你生命中留下印记的。不然为什么，你以前生命中打过交道的，就秦岭电厂那一段时间，总有成百人吧？你为什么，就偏偏选择写了他们几个？

我只能冷笑：很简单呀，这几个有故事呀。小说嘛，有头有尾，情节曲折点，人物典型点，读者爱看嘛。

老猫说不对，这几个人物，有没有故事，是你决定的。就像那么广阔、那么博大，看起来那么空灵的天空，其实蕴藏了多少你看不见的故事，多少你看不见的生命。你别用眼睛，用心看

呀，那么美丽的星星；用心感受呀，那么温柔的晚风……

大鹏

二十多年前的一个夏天，准确说是1994年的七月下旬。这天中午，老猫拉我去看新分来的职工，低一级的校友。我以为是女的，老猫说是男的。"有病呀，"我甩开他的手，"男的看什么看？"

老猫一脸的兴奋：这货有意思，自比为"大鹏"的。

我有点懵：什么"大鹏"？

老猫耐心解释：这货昨天刚来，把自己吹得天花乱坠。有人说你这么厉害，在运行岗位上班也就是个过渡，迟早会到机关楼上去当干部。这货于是摞出李白同志的那句名言，大鹏一日同风起，扶摇直上九万里！区区一个管理干部，哼哼～

切！我被这句话吓得一激灵，来了个大人物！

"大鹏"正侃侃而谈，围了总有四五个人，宿舍里都挤满了。我在门口，大概听到几句，他怎么怎么有本事，文能治国武能安邦；在校期间如何如何有名，指点江山激扬文字；女生见了他眼珠子都是绿的，真的往上扑呀。

听说过刘孟德吗？比你高一级。老猫故意问。

"大鹏"摇摇头。

不会吧？听说学校有不认识校长的，没有不认识这个刘孟德的。

他，刘孟德是干吗的？

球星呀！学校篮球队的中锋。

"大鹏"松口气：哦，他们是体育界的，头脑简单四肢发达，跟我们比不成。我们是学生会的，是学校的管理层，也就是劳心者。劳心者治人，劳力者治于人。这么说吧，我是一名学生，但首先是一名学生干部。

那你在学生会是……主席？副主席？

"大鹏"往后捋一下头发，他的头发像伟人一样，是个大背头：这么说吧……我虽然不是……其实学生会最重要的岗位是……不能简单地以职务区分……

大家却对他失了兴趣。一众人回头看我呵呵笑：你头脑简单四肢发达知道不知道？

"大鹏"站起来，身材笔挺，器宇轩昂，把手递给我：这位是？

我没有伸手，只是控制不住地笑：打篮球的刘孟德。

我们电厂位于秦岭山区，运行着省内最小的机组，所以不用说，收入低，效益差。凡是分到这儿的学生，或者没关系，或者在校背了个处分，到这来多少有点"发配"的性质。去年我们一批分来十个，报到第一天就走了两个，坚持下来的五男三女，我是因为毕业前打架，老猫是因为喝醉砸坏了三扇窗户和一个架子床，马空军是因为谈恋爱，剩下的，都是老实巴交的农村学生，毕业时两眼一抹黑，送礼请客托人说情一概不懂，等拿到派遣证书才傻了眼。

我、老猫和"大鹏"所在的学校虽然只是个中等职业学校，但当年就是给电力系统开设的，学生很抢手，一毕业就被供电局和电厂一抢而空。当然，那是二十几年前，二十世纪八十年代以及九十年代早期的事了，大学生、中专生毕业，国家还包分配。1995年之后，这种好事渐成凤毛麟角。到了世纪末，彻底成了绝唱。

所以，忽然来了这么一个人物，老猫很好奇，昨天他就忍不住问：既然你这么优秀的，怎么分到这儿来了？

"大鹏"不知是没有听出其中的味道，还是涵养好，神色不变，甩一下纹丝不动的头发：好男儿志在四方，越是艰苦的地方越能锻炼人。

老猫给我描述时哈哈笑：这货不仅自大，而且虚伪。他问我：咱俩在学校交际够广了，怎么就没听过这货？老猫自诩是个文人，但性子直说话粗，简单的一天交往下来，"大鹏"到老猫这儿已经成"货"了。

可能学生太多吧，学校四个年级，一个年级七八百，在校生近三千人，一级的同学想要认全都不可能，何况学弟学妹。我分析。

最重要的，还是他不出名，虽然人多，但学校的"校花"、各个年级的"级花"，包括每个班的"班花"，凡是有点姿色的，没有咱不认识的呀。老猫感慨，像我这样的校园驰名人物，都没敢这样自我吹嘘，哼哼，见过脸皮厚的，没见过这样不要脸的。老猫是校文学社的，校报上发过一些"骚柔"（高晓松语）的情诗，还被市广播电台播过。那正是"朦胧诗"席卷天下的时代，北岛顾城舒婷在校园里人人能颂，那时候的女孩子也比现在单纯、有理想，一听说"诗人"女孩子的眼睛都直了，老猫因此在校园里嘚瑟了四年。

中午吃饭的时候，"大鹏"又让我们见识了一下他的不同凡响。我们十几个单身职工一起下了宿舍楼，往食堂走，中途经过机关办公楼的时候，遇到几个穿着白衬衣的干部。按照厂里不成文的规矩，双方人马是轻易不做交流的。但"大鹏"把手一扬，亲切地打招呼：真巧呀简厂长，您也去吃饭呀！

走在那帮人中间的中等个子老头，就是厂里的一把手简厂长。他吃惊地转过头来，一脸疑惑地看看"大鹏"，总有两三秒吧，头一扭，步子没停走掉了。

光头熊是电厂子弟，瞧不上"大鹏"的表现：你他妈别给丢人了，厂长是顺便打招呼的？一个厂子近千号人，他鸡巴能认识你！

"大鹏"心平气和地笑：他很快就会认识我的。

吃饭的时候，老猫拿起"大鹏"的饭卡看，那上面有名字和照片：哦，你叫个高云霄呀……"大鹏"一口大蒜一口面，塞了满嘴的食物：这是我自己改的，我的志向就是，一飞冲天，直上云霄！

半个月的入职培训后，"大鹏"他们这批新工都分到了运行分厂。三个女生分到了汽机和电气，五个男生全给了锅炉，刚好一个班上分了一个。说巧不巧，"大鹏"分到了我班，按照惯例，就成了我的徒弟。

上班第一天，我带他围着三台锅炉爬上爬下转了一圈，回到控制室，"大鹏"一句话把大家说愣了：师傅，汽包不是应该在汽机那边吗？

光头熊是司炉，从控制台扔给他一本《锅炉基础》。"大鹏"翻了半天：哦，记错了。

作为师傅和学长，我认为有必要提醒他一下：小高，这么低级的错误不应该——毕竟你受过四年的专业教育。

光头熊哈哈笑：你这锅炉专业是汽机老师教的吧。

新工上岗的第一年只能做一些辅助性的初级操作，也就是零米设备的运行维护。每天上班的主要任务，就是每半个小时巡视一遍设备，检查温度、油位、水位等的变化，确保处于正常值内。其他的时间里，大家都挤在八米的锅炉控制室内，吹牛聊天。忽然来了这么一个以自我为中心的"吹家"，很是热闹了一段时间，连相邻汽机班上的工人也过来看热闹。不过三天，人就烦了，因为"大鹏"说来说去都是相同的内容，而且有的一听，就很离谱。班长红毛问我，零米检查了没有？我除了带徒，自己也当了学徒，就是跟着光头熊学司炉，赶紧从控制盘上下来，带着"大鹏"到零米巡视一圈，路上提醒：工作要自觉主动地干，别让人说，一说就显得被动。"大鹏"点头不迭，但一坐回控制室聊天，就忘了。他上班到第二轮的时候，就出事了。

那是个夜班，我忙着监控，"大鹏"依在运行长椅上睡了一觉，也就两三个小时吧，水泵被淹，导致二号汽轮机停运，全班上下二十多人忙活了一个多小时，才把事故处理完。车间主任老魏擦着额头的汗珠子，想着大事化小小事化了：还好不到两小时，算不上事故；要是一旦破了全厂的安全记录，这事可弄大了。简厂长把运行日志一把摔在地下：你还好意思说！这么低级的事故都能犯，你的现场是咋管理的？严肃处理当事人，杀一儆百，好好整顿一下你们运行上这个自由散漫的风气。

当事人是我。因为"大鹏"还在实习期，不是正式工。除扣了我三个月奖金，还要在大会小会上作检讨。班长红毛也被扣了一个月奖金，一肚子的别扭，呲着满嘴的黄牙，给我甩脸子：你那徒弟靠不上就别指望了……整天替你们背黑锅。

红毛是个复转军人，但长得毫无子弟兵的英雄气概，獐头鼠目，形容猥琐，上班五六年才当了个班长，趾高气扬地以为当了个县长。我去年上班第一天，就受不了他呼来喝去的样子，明里暗里跟他对着来，所以两人关系一直不对付。这时我也把脸拉下来：你把话说清楚，黑锅替谁背？红毛和我大眼小眼对瞪了一会，先把眼光收回，不屑地哼一声，拿上班长日志，门一甩，到另外一个锅炉控制室去了。

事前事后，"大鹏"像个局外人一样，一句担责、道歉的话没说过，该吃吃，该睡睡。我说了几次劳动纪律和注意事项，他听的时候很认真，还一边点头一边做笔记，但事后依然故我。遇上这么一个活宝，我除了自叹命苦，真是没辙。老猫说，操，还有这样的学徒工，我来给他上上课。

老猫在另外一个运行班，和我一样当了一年的零米值班员，带的徒弟很给力，这都几个月了，再没有在零米操过心。他和"大鹏"谈过话后提醒我：这货不安心给你当徒弟，他认为零米这种简单的工作不适合他，他要干，就干那种科技含量高的。我好奇，锅炉运行上有屁的高科技含量。老猫说，他想直接学司炉。那，红毛也不能呀，我不认为班长对"大鹏"有好感。哈哈，老猫笑，你他妈整天就知道打篮球，这货请红毛喝过多少场酒，你知不知道？

虽然我不高兴。红毛还是开始给"大鹏"安排新的工作了，上班到这边报个到，就带他到另外一个控制室去学习司炉操作。这天我把两人拦住了，"什么意思？"我问。

红毛手背后，头扬起，摆出领导的架子：班长有权决定每个班员该干什么？不该干什么？

我压住怒火，问"大鹏"：你呢，什么意见？

"大鹏"看看我，再看看班长：我听班长的。

我呵呵冷笑，再问红毛：小高给我当徒弟，先从零米开始学习，是不是你说的？

红毛不看我，看着控制盘：班长有权调整每个班员的工作岗位。

我一拳砸过去：调整你妈个×！

红毛毕竟当过兵，也不是吃素的，迅速反击，两人立时扭作一团。其他人见状赶紧拉开。喘过气来，我感到脸上热乎乎的，一摸，血。看红毛时，也是满脸的血。好在都是皮外伤。时间不长，值长、车间主任、支部书记都来了，安顿好现场工作，把我们几个叫到车间，老魏主持，一个接一个诉说。老魏他们几个又关上门议了一会，宣布处理结果：第一，因为我先动手，我的伤自己负责；还要负责给班长看病，并向他承认错误。第二，高云霄还是从零米值班员开始学习，不能乱了规矩。第三，为保持安定团结的良好局面，经研究，我班和另外一个班调换班长。老魏从眼镜上方一个个看我们：要是不服这个处理意见，只能把问题交到厂里去了。

一旦让厂里知道，别的不说，扣奖金是少不了的。红毛更怕厂里知道，班长和班员打架，你说是谁的问题……于是双方都欣然接受。我上前一把拉起红毛的手，使劲地捏，起劲地摇：班长对不住你呀，不打不成交哇……

"大鹏"一旦安下心来，很快也就胜任了这份工作。

时间过得很快，眼看快要过年了，想回家的职工，都在盘算请假的事。运行岗位没有假期，过年要想回家只能请假，请假还必须找好"顶班"的人，也就是得有人代你上班。我去年因为是学徒工，厂里不给假没能回家，就想着今年一定要回。至于"顶班"人选，就是徒弟"大鹏"，因为他在实习期，春节没有假。按照班里以前的惯例，我把春节这个月的奖金、节日补助给他，他替我上一轮八个班。

调换过来的班长是个老好人，遇事总是"抹稀泥"。这种换班的事，给他说好了，他来统一安排。他和"大鹏"说了，"顶班"对学徒工来说，是个好事，班照常上，还多拿几百块钱。"大鹏"不傻，一口答应。

过了几天，"大鹏"在班上忽然问起每个人的工资情况，了解得很细，专门到车间会计那里要来上月的工资条，密密麻麻的数字，他一条一条爬在上面看。核对完了，情绪不高。我以为他嫌自己工资少，安慰他：等到明年七月份，你们实习期一满，也跟大家差不了多少。

"大鹏"不吭声，下班以后单独去找班长。再一次上班时，班长特意拉我到僻静处，问我：小高不乐意顶班，他认为你给的少了。你准备请八个班，你每月工资是1108元，春节那个月是22个班，平均下来，你每个班的工资是50元，八个班下来也就是400元。小高认为这个钱也应该给他，你看……

我仰头看看偌大的厂房，长出一口气，反问班长：你看呢，该不该给？

班长尴尬地笑：现在的孩子嘛……

我说：你别为难。我不找人顶班了，我请假。

班长劝：别呀，请假损失多大呀，除了月奖，以后的季度奖、安全奖、年终奖都受影响的，就这一轮班的假，怎么着也得损失你三四千。你就给他400元，不是皆大欢喜嘛。

我说：我宁愿多损失，也不想再跟这货打交道。对了，还有一点，你给他重找个师傅，有他给我当徒弟，我嫌丢人。

等我春节后再上班，"大鹏"已经调换到别的班去了，可能班长感觉不对，给车间汇报了，提早把不稳定因素消灭在萌芽状态。好事。我和"大鹏"，正面的接触到此为止。

虽然两人还在一个单位一个部门，不碰面是不可能的，但只要看见他，我就做出无视的架势。他打招呼，我也不理。老猫不理解：何必呢?跟这货打交道挺有意思的呀，生活中不能少了乐趣呀。但我就这脾气，见谁烦了，听到他的名字都会反感，从小到大不会、也不想伪装和遮掩。而老猫故意似的，还总爱在我面前说。所以以后"大鹏"的事，都是听来的。说他实习期一满，时间不长，就当了副司炉。半年过去，又被破格升做司炉。原因也简单，老猫绘声绘色，好像他亲眼看见一样：这货真舍得送呀，头年春节给老魏，光烟酒就花了三四百。他当时还在实习，一个月也就挣屁大点儿……

又过了一年多，其时我因为篮球特长到厂工会当了文体干事，"大鹏"也已经当了班长，是锅炉运行上最年轻、领导最认可的班长。但有一点，影响到"大鹏"的展翅高飞，就是他入不了党。"大鹏"说过一句话，几乎成了有志青工们的座右铭：好风凭借力，送我上青云；对我们新时代的青年来讲，这"好风"就是入党。

因为厂党委有个规定：发展党员必须召开支部党员大会，有三分之二的党员同意才行。"大鹏"在领导那儿一片叫好声，到群众这儿却是基础太差，每次投票都过不了。书记在支部会上敲打：我们看每个同志，要多看人家的长处、好处，不要抓住一丁点问题不放。

老猫放了个炮：如果是一泡屎呢？有啥好处。老猫技术过硬，但因性格原因，不受领导待见，多少年了，还是个司炉。

书记喝口茶，慢悠悠地回复：一泡屎就没用吗？庄稼一朵花，全靠粪当家。有的时候，我们就缺这一泡屎。

除了入党，"大鹏"还有不顺的地方，就是找对象。电厂在郊区，城里的姑娘不愿意搭理我们。本厂的男女比例又严重失调，每年分回来几个女学生，狼多肉少，稍不留神就被一抢而空。电厂所在的镇子虽然不小，但镇上农村户口居多，可选的余地也不大，所以在电厂，找对象难是个共性问题。"大鹏"尤甚，长得还算是一表人才，但姑娘们和他接触几次，都不愿意了，问起来，原因大同小异，嫌他假模假式，活得太累。

穿衣戴帽，各有所好。有人讨厌，也就有人欣赏"大鹏"这款式的。1998年我结婚的时候，"大鹏"不请自到，还带来个女的。这女的身材臃肿，姿色平平，但跟"大鹏"一样，派头很足，"势"扎的很硬，在我的婚礼现场，像大领导视察灾区一样满脸的严肃和凝重，几乎不怎么笑，说话也是一唱三叹，助词频出：啊，这个，恭喜，那个，不错……

我皱着眉头安排这两位坐下，拉下脸问老猫：怎么回事？谁让他来的？

老猫是当天的"总管"，来宾名单是我拟的，但人都是他通知的。老猫一脸无辜：我也不知道哇，人家要来我能拦住吗？妻子在边上捅我：哪有你这样的主人，上门都是客；人家能来，说明人家已经放下了，你还小肚鸡肠的，不好。

妻子是电厂子弟，知道我俩以前的过节。我不好再说什么。老猫却是忍俊不禁：不是一家人，不进一家门。你细看这俩货，还真是般配，神似呀！

没过几天，老猫已经摸清那女的底细，竟然出自本地的一个"豪门"。她的三爷爷是个老革命，1949年后官至副厅级，一人得道，鸡犬升天，把全家大小都安排了位置。他父亲也是县团级，一辈子最大的遗憾是没儿子，从小就把她当男孩养，从小学中学到党校（因为大学没考上），老爷子逐个打了招呼，一路班长当过来，终于成功地培养出了一个"事业接班人"，现在镇上当副镇长，是本市最年轻的科级干部。和"大鹏"类似，这女副镇长事业得意情场失意，三十出头了，还找不到接手的下家，得有多着急。不过也是，正常的男性，没有人会想着给家里娶一个整天板着脸、毫无情趣的"领导"。

那你的意思是，"大鹏"不是个正常的男性？我笑老猫。

老猫意味深长：那得看你追求什么！作为一个有事业心的男性来讲，"大鹏"这个选择太正常了。再说了，他还抱两块金砖呢。

什么意思？

女大三，抱金砖嘛。那女的大他六岁呢。

我不得不佩服老猫的判断。"大鹏"和这女的，从相处到结婚，也就不到三年时间；这期间，他的事业步入了快车道，一年一小步，三年大变样，从班长到值长、车间技术员，一路做到燃料科科长，创下了电厂干部提拔最快的纪录。

我有点吃惊：以为企业能相对独立点，不想地方上的势力，竟然如此强大！

老猫这几年也没闲着，总算混进管理层，因为擅长写作这个特长，到办公室当了秘书。我夸他：大秘书真有才，这话说的……什么意思？

老猫给我分析：不要以为电厂是个独立王国，要进煤吧，要用水吧，要出灰吧，要排污吧……哪一项，不得跟地方上打交道，哪个政府衙门说句话，你都得当圣旨听。当然，这货也就到这份上了，因为再上一步，就是从科级到处级，厂里做不了主，得省上主管部门说了算。到了省上，地方政府的影响毕竟有限——除非她们家族在省上也有关系。

又被老猫言中。"大鹏"在燃料科科长的位子上一坐就是两年多，不像以前那样火烧屁股地往上蹿了。"反正他也不着急，这位置多好啊，"老猫一脸的嫉妒，"燃料科有多肥，你想都想不来。"

我是想不来。我在工会也就干了三年多，找个机会离开了电厂，到了朋友在省城开的一家体育俱乐部谋生。有时老猫来电话，相互聊一聊。老猫也已经当了宣传科主任，但就他那种脾气，到哪儿也都是干活的命，一点油水没有。他就眼红"大鹏"的位置。我提醒他，肉肥膏厚之地，必然也是风高浪大的地方；安全起见，还是不要涉足的好；而且，以我对"大鹏"的了解，他在这个位置上出事是迟早的。老猫却是越来越现实了。

我想想，一时还说不出个子丑寅卯，但依然告诫老猫：人在做，天在看。今天不出事，不等于明天不出事。

你等着看，就以"大鹏"的那种胆量和操行，他绝对能在这个位置上干出一桩"大事"。

老猫明显对我的说法不认可，哼了两声，一把挂断。

一转眼十几年过去了。2017年元旦期间，西安城里雾霾重重，我开车带着一家人，躲回电厂所在的小镇上。当晚和一帮老同事喝完酒，老猫陪着我们溜达。山里的空气果然好，妻子大口大口地呼吸，感慨还是山里好呀。镇子变化不小，依山傍河，修了个挺大的广场，一帮大妈们正在兴致勃勃地跳广场舞。

细一看，不全是大妈，中间还有几个"大爷"。尤其前面领舞的那个男的，跳得尤其好，姿势优美，动作舒展，伸臂，踢腿，扭腰，旋转……竟然是"大鹏"。老猫说：都忘了告诉你——新世纪初，"大鹏"就出事了，事还不小，但那些年，你知道的，都被压住了，说是为了"保护干部"。厂里就把他调到后勤部门当个主任助理，待遇还保留着，其实就是养起来了，没事干，也没啥权。消沉了一段时间，好几年不见他。听说出去开过公司弄过工程，但做啥啥不成——

我摇头：商场可不好混。就他那牛哄哄的样子，估计开个妓院都能赔了。

是呀，他也好意思，给人说像他这种性格，天生只适合当劳心者，也就是当官。再看见他，就是在广场上。这十多年跳下来，已经成了市里赫赫有名的广场舞领队，还代表市里参加过省上、全国的几次活动，获过奖，上过电视的。

他老婆呢，那个副镇长？

哦，已经是某市的市领导了。"大鹏"出事以后，两人关系就日渐冷淡，听说现在，也就保留个夫妻的名分。

我静静地望着沉浸在舞蹈中的"大鹏"，忽然笑了，指给老猫和妻子看：你们瞧，从相识到现在，我第一次发现，他还真的像个"大鹏"。

光头熊的爱情故事

《熊出没》是个动画片，里边的主人公分别是正面人物熊大和熊二，反面人物光头强。我今天要说的这个光头熊，和他们没有任何关系，只有因为他患了严重的头皮癣，头上一片一片的秃斑，索性就理了个光头，整天明晃晃地招摇过市；又因为他姓熊，原来的名字就被人忘记了，包括他自己，别人问起来，他胸脯一拍：我——光头熊呀！

我俩年龄差不多。二十多年前我刚上班时，跟着他实习，说起来还算是我的师傅，但因为他不是正式工，也就很客气，坚决不让我叫"师傅"：直呼其名，直呼其名，叫我光头熊。我刚参加工作那会儿，上班干活有多大力出多大力，下班一起喝酒也从不藏着掖着。时间不长，光头熊给我挑大拇指：可交。

下了班就喜欢找我和老猫玩。三人一起打牌、喝酒、打球、跳舞。电厂在一个小镇上，离县城好几十里路，业余生活乏善可陈，唯一的乐趣就是每周六晚上厂工会组织的舞会，除了本厂的职工，镇子上的青年男女也一哄而来。保卫科拦了几次，眼看拦不住，也就不管了。外人一来，舞厅的秩序可想而知，几乎每周都会发生冲突。我就见过一次，"厂花"韩美丽被一个小混混拉着强行要跳舞，有韩美丽的追求者当然看不过，上去"英雄救美"，舞会散场一出门，就被拍了一砖头。一旦打起架来，多数情况下，都是电厂的人吃亏，因为职工们相对守规矩，而这帮闲人不一样，从小就打打杀杀的。也有例外，就是光头熊在场的时候，他会站出来，上去抱住闲人又是勾肩又是搭背的，连说带笑就把事摆平了。原因说起来也简单，他是镇上土生土长的原住民，小时候一起混过，这帮闲人多多少少都认识他。电厂在本地长大的子弟不少，但像光头熊这样有影响的不多。而他很少去舞场，想想也理解，年纪轻轻的，顶个大光头，长得也一般，不是很招女孩子喜欢。

我在学校的时候学过交际舞，算是正规科班出身，在舞会上就非常"拉风"，抱着韩美丽或者其他漂亮的姑娘满场转，华尔兹、探戈、伦巴……小混混就盯上了我，跳舞的时候故意撞一下，或者挑衅地在我身边转来转去，我都忍了。但有一次，一个小混混故意往我身上掸烟灰，惹得我一时性起，一把揪住他的领子，还没顾上理论，呼啦一下这帮人就把我围了，几双手同时揪住我往门外拖。拉扯的功夫，光头熊闻讯赶来，哈哈笑：大水冲了龙王庙，松手松手一家人。把烟往一个个嘴里塞过去，连拉带拽算是把我解救出来。

我打篮球出身，虽然个子不高，但很是灵活，从小到大架也没少打，一对一单挑不怵，但怕打群架。好汉难敌四手，英雄也怕群狗。我就很感谢光头熊，想着请他喝场酒。他倒提议把几个混混的头目叫上，酒桌上把话说开，避免以后的摩擦和别扭。想着和一帮正眼都瞧不上的小流氓推杯换盏、称兄道弟，我极其反感。光头熊劝我，在人房檐下，不得不低头。我只是不同意。光头熊就说，单独请我就算了吧，你还是学徒工，一个月能挣多少钱？不过还要提醒你，小心一点为好，这帮混混放出风来，早晚要收拾你。

我找到厂里的保卫科，保卫科长老张长篇大论讲了一通和属地老百姓搞好关系的重要性：不让他们进舞厅，他们就不让煤场拉煤、灰场出灰，都是些小孩子，又不上学，又没工作，闲得无聊，惹他们干吗？我只能随身带了一把刀防身，快两尺长，沉甸甸的藏刀，专门到城里买的（后来这种刀被管制，不允许交易了）。看看过去了半个多月，几乎都忘记了这茬，有天下夜班出了生产区，到生活区还有不到半里地，凌晨两点，路上黑乎乎的，拐过一道街角，忽然听得耳后生风，我下意识地往前一窜，"啪"的一声，一根木棍硬生生砸在地上被折断。紧张之下也顾不上害怕，我反手抽出藏刀玩命挥舞，对方有三四个人，偷袭不成迅速撤离，我提着藏刀在后大喊，追了总有半条街，被光头熊和一起下班的师傅拉住：好了好了回吧，你又没吃亏。

光头熊安慰我：这帮小子下手真黑，想想这一棍要实打实砸在你头上还了得；不过经了这一回，知道你也不是好惹的，估计他们也不会再骚扰了。我倒憋了一肚子火，留心找那次舞厅发生冲突的主要人物李亨，就是往我身上掸烟灰那个，有一天趁他一人在街上走，我上去二话不说，一脚撂倒，骑在身上一通砸，打得那小子后来连叫也叫不出来，住了半个月医院。当然，我也被镇上派出所拘留了七天，除了给李亨看病外，还被罚了五千块钱。要知道，那时我刚参加工作不到半年，每月不到三百块。这笔钱没敢问家里要，还是车间老魏出面，从厂里财务上借了三千元，剩下的，老猫和光头熊牵头找工友们凑起来的。

老猫和我四年同窗，又是一个宿舍，关系铁自不用说，但光头熊也这么出力帮忙，我就很是感谢。老猫也说，别看光头熊看起来咋咋呼呼的，其实人真不错。

光头熊弟兄三个，都不爱上学，老大接了他爸的班，成了正式工；老二好不容易上了电力技校，回来也是正式工；只有光头熊混得最惨，在锅炉运行当个临时工。好在他爸临死前特意交代，把家里唯一的房子留给了光头熊，至于老母亲，则由三个儿子共同负责养老。光头熊和正式工一样辛苦，收入却不到正式工的三分之一，他自是瞧不上这份工作，但没有别的门路，暂时也就这么混日子。他告诉我，也花钱找了厂长。厂长的答复是，他也没办法，实在不行，让光头熊去当兵，复员回来了，厂里每年都有接收复转军人的指标，说不定还能解决。光头熊骂一句粗话，这个狗日的没办法！招待所陪他那小姑娘怎么就解决了。我笑，谁让你不是女的。光头熊也笑，就是女的，长成我这样子，估计也不好使。

我从派出所出来不到一个月，就快过年了。学徒工没有假期，也没有奖金。我一个人待在厂里，闲着也是闲着，除了给我班一个师傅"顶班"外，还答应了相邻班上一个师傅的活儿，这样一来，春节期间我一人要上两个人的班，每天除了睡觉，大多数时间都在班上，不过也好，一忙起来就不想家了，再加上，给两个师傅"顶班"，一个假期下来，我能挣小一千块钱。

说是不想家，除夕当晚，我在昏暗无人的零米平台大哭了一场，毕竟是一个人首次在外过年。擦干眼泪回到八米平台的控制室，先是厂领导慰问，挨个握了一遍手，撂下两包瓜子两盒烟，再是食堂送来除夕晚上的饺子。等这些人都走了，光头熊变戏法似的从大衣兜里掏出一瓶老"太白"，班长红毛"哎哎"两声，紧张地左右看看：小心呀别让人逮住了。光头熊说：怕毬！这些当官的，肯定都回家看春晚喝酒去了。红毛说：你他妈是不怕，一个临时工，大不了拍屁股走人；我们可不行呀。

红毛这样说着，拎起来就是一口。一个班上九个人，都是老爷们，也不嫌弃，就着瓶口轮换着喝。到我这儿，用手掌把瓶口擦了又擦，把酒倒到杯子里。红毛看不过眼，说我，白酒就是消炎杀菌的，你们这些学校毕业的讲究真多。光头熊帮我解围，人家做得对，万一谁有传染病呢？注意一点，对大家都好。

第二天是大年初一。平日里近百人的单身职工楼，剩下不到十个人，不过倒是安静了好多。快到中午，我和老猫才起床，单位的大食堂已经关了，生产上的小食堂又离得远，两人正准备煮方便面，门一推，光头熊端着一盆饺子进来，进门就吆喝：有酒没有有酒没有？酒当然有，三个人"饺子就酒，越喝越有"，三下五除二，就把一盆饺子干掉了。我和老猫都有点感动，夸光头熊：你比支部呀、工会呀这些组织更可靠，关键时候忘不了弟兄们。光头熊嘿嘿乐：那可不！我妈包了半宿，早上煮了几锅，我嫌家里太吵，捞了一盆就出门了。

光头熊的两个哥哥都结婚生子，都在一个单位，想必大年第一天都回家了。听说他们弟兄间关系比较紧张，主要是因为老母亲要求两个哥哥不光出力，还要出钱，解决光头熊的工作和婚姻两大问题。两个嫂嫂不乐意：凭什么？谁挣谁花！再说了，他还有一套房子呢。光头熊就不愿意和两个哥嫂相处，能避则避。

吃了这盆饺子，老猫对光头熊的认识又上了一层楼，背地里给我说：光头熊如果是个正式工，可了不得，发展要比咱俩快。

我不以为然：不见得吧，毕竟没有多少文化。

老猫冷笑：文化顶个屁。别看光头熊智商虽然一般，但情商很高，不管和谁相处，都让人感觉很舒服；包括给领导拍马溜须，也和别人不一样，做出来就是那么自然、真诚。我想一想，还真是的，大到生产副厂长，小到班长，对光头熊都是笑脸有加。甚至有一次，简厂长难得的到现场来一次，班长红毛紧张得话都说不利索，光头熊倒是振振有词：厂长您真是贵人啦，你不知道今天这锅炉从早上起就呼呼地烧，满负荷出力，多发了多少电呀；啊呀我还奇怪呢，这煤也是昨天的煤，风也是昨天的风……

厂长呵呵笑：那以后，我要多到现场来了。

所以虽然是个临时工，红毛对光头熊还是高看一眼。班上该有的小福利，茶叶、手套、肥皂这些小零碎，正式工有的，光头熊也有。光头熊对班长也很给面子，处处维护着红毛的权威。比如我和红毛不对付，只要一发生口角，他总是第一时间站出来，当面打圆场，背后劝我：何必呢，红毛这人挺不错，即便爱摆谱、爱扎势、架子大，也要理解嘛，毕竟刚当上班长……

但苏明霞出现以后，光头熊再也不这样说了。他和班长，成了一对情敌。

苏明霞是第二年分来的技校生，依我看来，很是一般，身材臃肿，皮肤暗淡，高颧骨，厚嘴唇，还带点罗圈腿。不知有什么好，光头熊一见之下，竟然就被迷上了。我问他，光头熊反而质疑我：眼瞎呀？这么漂亮的！

那，韩美丽和她比呢？我把"厂花"搬出来。

两种不同的美，没有可比性。光头熊答复的倒利索。

我才知道，"萝卜青菜，各有所爱"，真不是一句闲话。

苏明霞分在汽机运行上，说起来不在一个班，但在一个值，上下班时间是一致的。自从来了苏明霞，光头熊上班就魂不守舍，时不时戴顶工作帽，溜到汽机控制室里，没话找话地搭讪，设法和苏明霞接近。他是老师傅，苏明霞自是不敢怠慢，给他把茶泡上，有一句没一句地陪他聊。

这个时候，我和光头熊已经相处了一年，以前也见过他给女孩子献殷勤，但都没有这个用心，看来是动真格的了。我和班上的其他师傅就积极献计献策，要给人家主动打饭呀，要多到人家宿舍去谈心呀，要找机会拉出去爬山看电影呀。红毛刚开始也帮着出主意，女孩子都喜欢花里胡哨的东西，你要弄点浪漫的出来。

光头熊真听进去了，下了班就抱着一把破吉他，坐在人家宿舍里弹。一个宿舍三个女孩，那两个都瞌睡得哈欠一个接着一个，光头熊心无旁骛，继续他那五音不全的表演。直到楼管大爷拎着耳朵把他拽出来：不长眼呀你，都几点了！

女职工住在一楼。光头熊就坐在苏明霞窗外的花坛里弹，这下烦他的人就更多了。楼上"哗"一盆水下来，浇得光头熊成了落水狗，他抹一把脸上的水，张嘴想骂。我赶紧拦住，指指苏明霞的宿舍，劝他：注意素质，注意形象，行了今就歇了吧，别扰民了，心急吃不了热豆腐。

不想转过天来，女职工一投诉，楼管大爷一认真，所有男职工一律进不了女工宿舍。光头熊就只能坐在花坛上弹吉他了。电厂不到成千人，他这招使了不到三天，闹得厂里尽人皆知。在他这样凌厉的攻势下，我不知苏明霞怎么想，我只知道红毛越来越不高兴了，在班上嫌光头熊串岗溜号：你的工作岗位在哪里？出了问题谁负责？

这种公开的训斥以前没有过，让光头熊很是下不了台，同时也奇怪，怎么忽然就较起真了呢？老式的锅炉操作非常简单，调整好给煤、给风，正常情况下，几乎一两个小时都不用管它。老猫消息却是灵通，悄悄告诉我：听说苏明霞并不喜欢光头熊，但驳不开面子，态度模糊了一段时间，看看光头熊闹得满城风雨，很是担心，就找到班长红毛希望管管光头熊，没想到这两个一来二去的，对上眼了。现在两人一下班就到城里玩去了，留下光头熊一个傻不啦叽还坐在花坛上弹吉他。

　　我靠！红毛怎么能和光头熊比，个子矮小，黄发黑牙，形容猥琐。光头熊除了头发少点，依我看来，再挑不出别的毛病。不过再想想，只能说明苏明霞是个非常现实的女人，红毛是正式工，还是班长，收入几乎是光头熊的四五倍。

　　我以为光头熊听到这消息会怒不可遏、暴跳如雷，不想他听完后，一语不发，静静地坐了小半天，几乎抽了一包烟，我们宿舍像着了火似的。老猫说：真的骂了、哭了、闹了，反倒没事；他这个样子，可见用情至深，受的是内伤，时间长了，容易憋出毛病。

　　我俩能怎么办？只能弄几捆啤酒陪他喝，一边大骂苏明霞有眼无珠唯利是图、红毛不讲义气夺人所爱。光头熊三两下就把自己灌多了，语无伦次地给我俩解释：不能骂苏明霞，她不是那样的，她说过真的喜欢我，多好的女孩子呀……说着说着，号啕大哭。

　　我和老猫面面相觑，看来他和苏明霞之间，不是外界所传的那么简单。

　　光头熊失恋是九月份的事。他安安静静地上了两个月班，再没有找过苏明霞，也没有和红毛正面冲突过。我们都以为他走出来了，不想十二月初的一天，天气已经开始冷了。他请我俩喝酒，展开一纸"入伍通知书"：哥两个，喝完这场酒，下次喝，不知就到啥时候了。

　　我俩吃了一惊，才知他早有参军的想法，一直拿不定主意而已。苏明霞这事一出，倒坚定了他的决心。刚好十月份开始报名，他就瞒着大家，报名、体检、政审，走完了一应程序。我俩有点不舍，不过想想当兵也好，一来复员回来有望解决他的职工身份，二来离开苏明霞，眼不见心不烦，时间一长，啥坎都过去了。

　　光头熊应征入伍，也给电厂脸上贴了金。厂里组织了热闹的欢送仪式，厂大院里锣鼓喧天，鞭炮齐鸣，光头熊穿一身崭新的军装，胸前一朵大红花，比平日里精神了好多。工会主席领着一帮人挨个和光头熊握手，我和老猫排在最后，看他东张西望、神不守舍的样子，批评他：别找了，她怎么好意思来。

光头熊一脸神秘的笑，从兜里掏出个花手绢，一股廉价的香水味扑鼻而来：那也说不来呀，昨晚她还专门送我这个，虽然啥话也没说，但她的心意我知道。

我一点希望也不给他：知道个屁！这女的不好意思，只是表达个歉意而已。

老猫跟上：就是！你就死了这份心吧。

送走光头熊，老猫感慨：女人这东西吧，真他妈难琢磨，要跟你来真的，你不乐意；人家要走了，你又来骚情。

我说：难怪有句俗话，女人心海底针嘛。

刚开始，我们之间还来往过几封信，知道两个多月的新兵训练之后，他因为有电厂工作经历和电工技术，被分到了通讯连。他在信里的口气，一如他平日里说话：这兵说起来发报爬电杆，其实是给领导当服务员。我服务的就是我们连长，每日里主要的工作，就是负责照顾首长的饮食起居，包括晚上洗脚，白天倒尿盆。他妈的，我妈我也没这么伺候过！

老猫叫好：给领导贴身服务——光头熊这下有机会发挥他的长处了。光头熊能说会道，又会来事，说不定领导看上他，给转成志愿兵，就在部队上留下了。

我倒是关注信上的另一句话：通信兵最大的好处，就是可以接触到话务员。话务员懂不懂？就是女兵呀！

我笑着指给老猫看：看来，这下算是把苏明霞放下了。

老猫说：好像部队上不让谈恋爱吧。要提醒他一下，别因为这个犯错误。

我在信里逗他：在部队上你就老实点，多争点荣誉是正事，别他妈在男女问题上犯事，小心上军事法庭，把你小子阉了。

后来时间一长，大家都懒得写信，就过年寄张明信片了事。总有两年多吧，相互之间音讯寥寥。

不想就在光头熊快服役期满的那年，夏天正热的时候，趁着夜色，光头熊竟然灰溜溜地回家了。我和老猫闻讯赶去，一问之下，果不其然，被老猫不幸而言中。光头熊不只是谈谈恋爱而已，他跟那个女兵已经发生了实质性的关系，再小心谨慎也做不到滴水不漏，被上级暗中巡查时发现了，对他印象很好的连长也表示爱莫能助。于是，两人一齐被部队除名。

光头熊的老母亲气得长吁短叹，两个哥哥也是怨声不断。我和老猫只能安慰他们：这事咱不对外说，也没人知道。

光头熊大哥冷笑：知不知道无所谓，最重要的问题是他连个复员退伍的身份都没有！

二哥随声附和：就是，你当兵去干啥你不知道？就为了舒服一下子，把一辈子的前程搭进去。

疏不间亲。人家家人之间的争执，我和老猫作为外人，就很尴尬，走也不是，不走也不是。

两人一唱一和，光头熊脸就变了，手摆得像风扇：走吧走吧，我的事用不着你俩管。两个哥哥好像巴不得有这句话，一边往出走一边哼哼：好像我们爱管似的……

避开家人，问他下一步怎么办？光头熊闷着头狠抽一口烟：首先要做的，是到四川农村去，把那个女孩子找到，我要对她负责任。

你妈同意吗？我问。

她肯定高兴，一分钱不花，给她领回个儿媳妇。多好的事！

对呀！我和老猫怎么就没想到这层，祸福相依，任何事物都有它的两面性。他妈一直操心的两大问题，现在不就解决了一个吗？

一个多月后，光头熊意气风发地领着个女孩回来了。这川妹子说不上多漂亮，但跟苏明霞比，可是强多了。而这个时候的苏明霞，孩子也有了，更见臃肿，甚至有几分邋遢。她在街上见到光头熊两个，主动问候，拉着川妹子的手，说长道短，很是亲热。

我和老猫齐齐摇头：女人呀，真他妈看不透！

一场简单的婚礼后，光头熊又原样回到锅炉运行上班。新来的厂长开始不答应，架不住光头熊的母亲到办公室一哭一闹。老职工的孩子嘛，临时工都不让人干，你让人家活不活？

日子流水一样，转眼就是三年多。到了上世纪末，国内大规模上火力发电厂，尤其内蒙古、新疆这些地方的煤矿，大家一窝蜂地建电厂。班里唯一的一份《中国电力报》上，见天都有招聘熟练工人的信息。忽然有一天，光头熊在班上通知大家：到这个月底，他就要离开这儿了，因为他已经应聘上了内蒙古一个电厂的司炉，要到那儿去上班了。待遇嘛，不用说，当然是正式工。

大家都为他高兴，班里专门组织了酒场欢送。那时我已到厂工会，也应邀参加。红毛虽到别的班当了班长，也闻讯赶来，几杯白酒下去就晃晃悠悠，抱着光头熊不撒手：好兄弟呀，哥哥对不住你呀……

光头熊一脸别扭，他不喜欢这种过分的亲热和坦白。老猫分析：现在看来，在苏明霞这个问题上，反倒是红毛没有放下，他始终觉得当年有愧，借此机会说出来，也好，去掉这个心病。我倒以为，从红毛的这个表现来看，这人也不像我们印象中那么品质低劣。人，最怕的是无耻，没有愧疚、廉耻之心。

几乎前后脚的，我也离开了电厂，因为自那年我把街上的小混混李亨痛打了一顿之后，这几年来，麻烦就没断过，不是自行车接二连三被盗，就是家里的玻璃屡屡被砸。到了晚上，我轻易都不敢上街。老婆实在受不了，整天唠叨，这要有个孩子可咋办？刚好朋友在省城开了家体育俱乐部，缺个篮球教练。我一打听，收入比电厂这点薪水高出不少，于是一咬牙，和老婆双双办了离职手续。

虽然现在交通便利，通讯发达，但这十几年来，我、老猫、光头熊之间，联系也不是很多，毕竟分开的时间越久，能聊的话题也就越少。老猫还好，时不时到省城来，两人还能喝酒聊聊天。光头熊虽然加了微信，也只是逢年过节打个招呼，有事通报一下，知道他已经当了一个什么主任，川妹子还在城里开了一家服装店，生意做得挺好，收入不比他少；但因为相隔遥远，就再也没有见过面。

这个小说初稿完成以后，通过微信发给光头熊，让他先审一下。他提出两点意见：第一，我后来找到一个秘方，现在都长头发了，别提"光头"行不行？第二，苏明霞有你写的那么丑吗？好好想一想，你这个瞎子！

我爱祖国的蓝天

其实我想说的不是这首歌，而是马空军。二十世纪六十年代早期，这首歌刚唱响的时候，他父亲正上中学，下决心要当飞行员，可惜政审没过，满腔的雄心壮志，都寄托给了下一代。他还在肚子里，名字已经起好了。如果是女孩呢？我问。也叫空军，马空军回答的干脆利索，我爸就是这样给我说的。后来真有了妹妹，就叫了个马白云。我说一个空军一个白云，你们家这好，都在天上飞。

我们到电厂报到的第一天，就见到了他爸。一个县政府的老公务员，很斯文的样子，花白的头发，戴着厚厚的眼镜，帮着马空军安置行李，又是铺床，又是拖地，忙出一头的汗。五个人的房间，搞得我们几个都不好意思：行了，叔叔歇会吧，我们来收拾。

马空军倒好，跑到楼上给女生帮忙去了。女生肯定比男生复杂，我们这边都停当好半天了，还不见他下来。老公务员在楼道里转了好几圈，不好意思地央求我：麻烦你帮我叫一下，我还得赶着回家……他是不好意思上楼，因为天气热，楼上的女生穿得都少。

马空军下来一脸的不乐意，给他爸掉脸子：你就不应该来，多大的事呀，走吧走吧……

他不耐烦地摆手。我看不过眼，晚上委婉提醒他。因为马空军中午刚交代过：咱们一起进厂的，一定要成为好朋友，好朋友最重要的一点，就是要相互帮衬，把面子给足了，有啥问题，只能在没人的时候，背地里提醒。当时我们在招待所门前的操场上打篮球。马空军不会打，但肘扛膝顶，动作异常凶猛，大家见他就躲，使他愈发得意，终于把个老师傅惹毛了，狠狠训了他几句。老猫被他一肘子杵得蹲了半天，这会在边上也说，就是，你这动作太大了，打篮球嘛，又不是打架。回到招待所，马空军痛心疾首，眼睛看着我，话说给老猫听：咱们是不是一起来的？是不是应该团结如一人？人家欺负咱，咱不能自己窝里斗呀。老猫摇摇头，起身出去了。

厂里正在整修职工宿舍。我们这批回来的八个人暂时先安置在招待所，一楼大套间住五个男生，二楼标间分住了三个女生。八个人凑到一起，又来自同一个学校，都是些二十出头的小青年，很快就成了一个小团队，到劳人科报到，到公安科办出入证，到生活科安排住房，到食堂办理饭卡……自觉不自觉的，就显出了马空军。他总是冲在最前面，和人交涉沟通。他认为自己有义务：我家离这不到一百里地，说起来，我就是东道主了。我比你们都熟，我不出面谁出面？

也是，毕业分到这个秦岭山中的小电厂，纯属意料之外。八个人里，一多半家不在本地，也就是马空军，他爸在本厂还有几个熟人。老公务员一大早赶过来，领着他拜了一圈"神"，回到招待所收拾完，连饭也顾不上吃就走了。我说，你爸也不容易，一个人把你拉扯大，你这样子对老人，不好吧？

房间就我们两个。马空军说，你是不知道，去年我妹一考上电校，他竟然立马就给家里领来个女的，明目张胆地搞起了"黄昏恋"；还说认识都多少年了，害怕影响你们两个的学习，一直没有公开。

我说，那更不容易呀。你不是说你妈去世都十几年了，你爸总不能一辈子单着吧，不到五十的人，也不能叫"黄昏恋"……

马空军不耐规地打断我：去去去，你知道啥！那女的一进家门，你说说，将来这房子是谁的？何况，我爸这半辈子公务员当下来，家里何止一套房！还有，万一那女的，再生一个怎么办？她还年轻啊，两人差着十几岁呢。

马空军虽然也没当上空军，但喜欢唱这首歌，说起来还是他爸小时候教育、熏陶的结果。再加上他嗓子好，唱到得意处，颇有几分李双江的味道。王小妮、红杏几个服务员，没事就围着马空军：唱一个吧，唱一个让你看手相。马空军唱歌，是有条件的，就是要拉着这些女孩子的手，一个个给她们分析命运线、事业线，最重要的是爱情线，这个月有个桃花运，下个月有个桃花劫……听得一个个大呼小叫，花容失色。我劝他：你不听张姐说嘛，这些女孩子都是附近村里来打工的，打工是个由头，目的是在电厂踅摸个对象。你要真喜欢上哪个，也行，好好谈一个，别见谁都黏糊。

张姐是招待所所长，很热心，整天在我们面前说服务员的好。

马空军眉飞色舞：花红柳绿，环肥燕瘦，哎呀，各有各的好。你到花园里，就抱着一朵花看？

老猫最烦马空军这个毛病，也在边上敲打：拉拉扯扯，容易出事呀。

马空军回呛一声：有本事你也去拉扯呀！

老猫翻了脸：我他妈嫌丢人！给你说清楚啊，以后别把这些女的叫宿舍里来，他妈睡觉都睡不成。你们要骚情，到外面去。

马空军认为老猫就是嫉妒：你有魅力，你也去骚情嘛，看人家理不理你……

大家赶紧把两个拦住了，再说下去，肯定又是一场架。不到半个月，他们两个，已经说崩好几次了，有一回都差点动了手。当时我们闲聊，评判身边常见的几个女孩子，有服务员，也有一起来的三个女生，说这个皮肤白，那个身材好。马空军躺着看电视，忽然撂一句：低级趣味。老猫哼一声：来，你说个高级趣味的。马空军坐起来：整天说这些有意思吗？不能谈点健康的话题吗？老猫忽地站起来：不能，我不会当面一套背后一套，不会既当婊子又立牌坊。

马空军把遥控器一扔：你他妈把话说清楚……

两人就往一起扑，亏得大家拦住了。今天也是，我把马空军推出去，掩上门，和其余几个拉开桌子，开始"斗地主"。时间不长，走廊里传来马空军的歌声……要问飞行员爱什么……

老猫把牌扣住，很认真地看着我们：大家记着，我今儿在这撂一句话，这个马空军，他爱什么？他就爱女人！他这辈子活着，就这一事。所以，离他远一点，免得沾一身骚。

我们是七月份报的到，半个月的入厂培训过后，就开始分配岗位了。三个女生分别在汽机和电气运行，四个男生到锅炉运行，电厂最脏最累的岗位；只有马空军，分到调试班，好地方，不用上运行。我们几个聊起来，也都能接受，他爸在电厂认识那么多人，难道都是吃干饭的？

运行岗位真是苦，没有固定的作息时间，尤其后半夜这个班最累，一个班上下来，痛不欲生。半年后的一天，已经到了冬天，那天我下了后夜班回来刚躺下，门就被踢开，涌进来几个小伙子，气势汹汹：谁是马空军？

正在睡觉的三个人都吓了一跳，下意识看马空军的床位，空的。老猫在门口，还算镇定，说，上班去了。

那几个人扑到马空军的床铺上就翻，我们也不敢做声。好在张姐赶过来，连喊带拉，把那几个弄出去了。我们仨一头雾水，不知道怎么回事。老猫穿上衣服，说，我去看看。

果不然。时间不长，老猫回来说，这个马空军真是胆大，给人家王小妮的肚子里都"下了种"，人家找他，他反倒躲着藏着，一句实在话也没有。那女孩子也是逼得没办法，给家里说了。好家伙，来的这几个能把人吃了，不过马空军还算知趣，一个劲赔不是，还给人家签了个还款保证书，倒是没挨多少打……

我们想一想，也是，正式上班后一忙起来，还真没注意，总有一个多月了，马空军常不回来睡觉。我问，还款保证书？要给人家多少钱？

一万多吧，还是两万来着……我没看清。

大家倒吸一口气。要知道，那是1993年，我们这些实习生一月也就三四百，老师傅一个月也才挣一千多。

一天见不着马空军，到了晚上十点多，马空军灰溜溜地回来，每人发了一根烟，说哥几个给帮忙凑点钱吧。大家翻箱倒柜地找钱，我把马空军拖到室外，问他：王小妮这姑娘挺好的呀，人长得漂亮，性格也温柔，你……

马空军像不认识一样盯着我：说啥呢你，她连个工作都没有，就一农村丫头，玩玩就行了……也怪我太老实，她说她提前吃药了，我就没带套。哼！原来是给我下了个套……好了好了别说了，赶紧找钱去。

都是些穷孩子，凑了不到两千块钱。马空军把钱在手里来回点了几遍，叹口气：这事大家都知道了，说出去挺丢人的，大家一起来的，怎么说也是缘分，帮个忙，一定要替我保密。

大家当然点头。这事一旦让厂里知道了，小则推迟转正，大则直接开除。这时就看见老猫的仗义了，他慢悠悠地说：放心吧，这事就到此为止，出不了这个房子。那三个女生也不知道。对了，你记着给张姐交代一下，她今天全程都看见了，那嘴上可没个把门的。

这事就这么风平浪静地过去了。王小妮是再没有见过。马空军也收敛了许多，再也不和服务员打闹了。转过年来，三月份，职工宿舍启用，我们搬出了招待所。一个宿舍两个床位，我和老猫一间，那两个一间，剩下马空军，一人占一间。他很满意：你们上下班不规律，挺好，互不影响。

厂里单身职工不到一百人，女职工占了一楼，单独加了一道门。男的占了五层，我们几个都在顶楼。男的进女工宿舍不方便，女的找男的却很容易。时间不长，就发现同时进厂的刘芳芳常到马空军这儿来聊。遇见我们了，不好意思地低头一笑。

电厂男女比例失调严重，女工一般都比较矜持，能涉足男工宿舍，说明不是一般关系。我问老猫，他俩在谈吗？老猫说可不，马空军厉害呀，在招待所的时候就脚踏两只船，还能做到两边都不知道。我叹一口气。

老猫说，怎么！不会你也对刘芳芳有意思？

我说，这倒没有。只是想着咱们一起来的，刘芳芳这姑娘挺不错的，不忍心看她往火坑里跳。

老猫说，你要对刘芳芳没想法，趁早拉倒！刘芳芳信不信还是两说，她要以为你是挑拨呢？

我想一想，也对，还是操心自己的事吧。一起来的这几个里，就我和老猫还没有对象。电厂未婚女工寥寥无几，就这有限的几朵花，每个周边还哄了一堆采花的人。我和老猫自视甚高，不屑于和别人争，"你们追吧，追不上的才是我的。"谁知忽忽两年多过去，一个没剩。

不想马空军反过来挑拨老猫和大家的关系。一天他拿着几张信纸找我，激动得脸都红了，语无伦次地倾诉老猫的罪行：太无耻了，太卑鄙了，把同学们都踩在脚下，就为了突出他一个人，这个人的本质，终于暴露了……

他把信纸塞我手里：你看了就知道了，太阴险了，太不要脸了，品质低劣到极点……

看了信，我才算明白了事情的原委。老猫在校时就是个"文人骚客"，是校文学社的笔杆子。到这儿上班以后，女朋友也吹了，离家也远，满腔的郁闷都发泄在纸笔上，发了好几个有影响的作品，在社会上还获了几个小奖。前段时间到省城办事，被母校文学社邀请做了个报告。他于是和学弟学妹们瞎聊了半天，主要说了一个意思：坚持。

不想马空军的妹妹马白云也在座，听完报告就给他哥写了封信：哥哥，你一定要坚持上进，像你同学一样坚持自己的梦想，不断地学习、进步，不要一天就是抽烟喝酒打牌。和我嫂子谈恋爱固然重要，也不要太浪费时间。听你同学说，好多学生一上班就放松了对自我的要求，整天浑浑噩噩、无所事事……

马空军骂累了，趁他喝水的空当，我把话插进去：屁大点事！用得着这么夸张吗？要我说，老猫说的也没错，咱们回来的这几个，不是一上班就开始混嘛，自我严格要求、每天还能坚持读书学习的有几个？

马空军没想到我是这样的态度，急赤白脸地和我辩：那他也不应该抬高自己贬低别人呀……

老猫指名道姓说你马空军了吗？说你刘芳芳了吗？

马空军哼了一声：他敢——

我劝他：对呀，老猫这样说，也只是个泛指，并不针对某个人。刚好你妹在现场，咱们又是一起毕业分来的，自然就想到了你。其实你妹这信说的也对，孩子嘛，总希望亲人进步，有成绩。要我说，你认为老猫做得不对，应该拿着这封信，直接找他本人沟通，让他认识到他"不对"的地方。你背后这样处理，是解决这个问题最差的一种方式。

在我这儿没有达到预想的效果，马空军拉下脸扭头就走。过了几天，还能看见他一脸义愤地出入各个宿舍，那封信依然捏在手上，不过已经皱皱巴巴，撕得破破烂烂。

老猫呵呵笑：要放在"文革"，马空军绝对是个告密整人的好手。

我把马空军对老猫的"评价"背给他听，老猫给我分析：你注意到没有，凡是那些动辄从道德角度去评判、攻击别人的人，恰恰是人品低劣、心理阴暗、性格猥琐的一类人。我前几天和调试班的几个在一起吃饭，说起咱们这个同学，几乎一片骂声，有几个还想着找机会要收拾他。

为什么？马空军不是已经当了调试班的班长了嘛。我很奇怪。马空军参加工作不到两年就当上班长，差不多算是厂里的一个传奇。

老猫一脸的不屑：你知道他怎么当上的这个班长，就靠打小报告、告黑状，班上聊天说车间领导一些闲话，或者抽空打几轮扑克，或者谁家里有事临时请个假，一时三刻，车间全知道了。他们那个主任姓罗，刚上去时间不长，没几个人好好听他的，急于树立自己的权威。遇见一个马空军，好，一条好狗，摇尾乞怜，不过就为了讨点好吃的，所以就给了个班长。但是马空军专业不行呀，再加上班里对他都有看法，工作上处处较劲，——你不看这段时间，调试班上，整天出事嘛。还有入党，厂里对发展新党员有明确要求，必须支部会上三分之二通过。罗主任擅自把他支部的标准降到半数，还是通不过，找到党委书记那儿去申诉。书记倒说得好，群众都不认可，怎么可能入党？

二十多年后的2016年，当年的罗主任已经当到了罗厂长。一次我们饭桌上遇见，聊起往日时光，忽然说到马空军。他说，你这个同学也是奇怪，后来我发现，凡是和他打过交道的，对他评价都不高。

我俩不是上下级关系，我说话也就比较随便，借机说出一句憋了好久的话：就这么一个东西，你当年还像宝贝一样，全力帮扶他，又是入党又是提干的。

罗厂长难得地红了脸：呵呵，知人知面不知心，当时真看不出来呀，你们一起来的几个里面，就他表现得最上进，又殷勤又听话……

我说：也不怪你，谁在你那位上，都喜欢这种人。

我对马空军彻底反感，也是源于一次饭局。当时我和女友的关系刚刚明确，我很高兴，要知道，这是追了一年多才得到的胜利果实。老猫几个人一吆喝，晚上我就请了一次客，就同时进厂的八个同学。当时穷，也就路边小饭馆，点了几个菜，弄了两瓶"太白"，大家边吃边聊。女友坐我旁边，不是踢我一脚，就是杵我一肘子，但我一上场就被大家煽惑得喝多了，也没在意。完了女友给我发脾气：暗示那么多次，你傻呀！

我无辜地看她。

女友说，马空军有乙肝，还正是传染期。他不自觉，你也不会小心点呀。

女友的闺蜜在厂医务室，消息肯定没错。我有点后怕，马空军在饭桌上表现得很活跃，就他那双黏糊糊水淋淋的筷子，满桌子飞舞，不是给这个夹菜，就是给那个夹菜。我说，你怎么不早说？

女友说，我怎么知道他是你同学呀？坐到桌子上才看见，你让我怎么说？

我说，医务室也扯淡，这种事，为什么不给职工通报？

女友捶我一拳：那也要保障病人的隐私权呀。谁也别埋怨了，要我说，就你这个同学太不自觉。走吧，赶紧到医务室检查一下。

转过天来，我和老猫说起这事，提醒他以后注意。老猫冷笑：照我的估计，马空军不是不自觉，而是有意；就他那种心态，他既然得了肝炎，就恨不得全厂的人都得上才好。

我想一想，对呀！由不得不寒而栗。

其时我们进厂已经三年多，除了我和老猫，其他人都结了婚。电厂住房紧张，新结婚的职工们只有自己到镇上租赁房子。马空军托我以前班上的孙师傅介绍，把房子租到了一起，就菜市场旁边的平房，一间不到二十个平方。过了半年多，孙师傅诉苦不迭：你这个同学太下流了，和他做邻居真是倒了八辈子霉。

我问：怎么回事？

孙师傅手摇得像抽风：算了算了不说了。

过不了几天，他又兴奋地主动找我：知道吗？你那个同学被人打了！

为什么？

我们那边不是离菜市场近嘛。他和一个菜贩子，一来二去的，勾搭到了一起，人家老公今天找上门来，打的那个爽呐。

刘芳芳这段时间一出差，马空军的老毛病又犯了。但一个菜贩子，能长成什么样呢？我很好奇。

嗨！你这个同学呀，就跟畜生一样，是个女的就行。他还管长相？

我有点不高兴：孙师傅，以后说马空军，直接就说他名字，不要总提我同学我同学的。

老猫给我解释：马空军结婚这一年多来，劣迹斑斑。骚扰了好几个职工的家属，孙师傅的老婆也在其中，好在都没有得手。但总有贪图小利的女人们。马空军跟曹操一样，对女人倒是不挑不拣，拾到篮里都是菜。

我有点不理解：贪图小利？马空军有什么好呀，长得跟冬瓜似的。

马空军会唱歌呀，看见一个对眼的，就给人家唱，要问飞行员爱什么……女的一听，哟，还有文艺细胞呀。

他也太下三滥了。我摇头感慨。

老猫洋洋得意：还记得我在招待所怎么说的——他这一辈子就这一个爱好。这不就有一次，被刘芳芳抓了个现场，当时闹着要离婚，最后还是马空军他爸赶来救场，跪下给刘芳芳赔了不是，保证马空军再不犯事，才过了那一关。现在又来这么一出，看来马空军这爱好跟吸毒一样，上瘾，戒是戒不了的啦。

你怎么知道的？我问老猫。

老猫呵呵笑：生产上谁不知道！你现在在机关上班，消息不灵通罢了。也是，我一到机关上班，发现大家说话都比较谨慎，上班很少有人闲聊，就少了许多"新闻"，当然，也就少了很多乐趣。

只是想到那花白头发、一脸斯文的老公务员，颤巍巍地跪在地上，我就禁不住一声长叹。

单位虽小，活动不少。我到工会以后，主要工作就是组织各类文体活动，这个月篮球赛，下个月拔河，再下个月象棋比赛……每次活动完了，人手一个小纪念品，洗发水呀、牙刷牙膏呀什么的，不贵，大家都挺高兴。马空军常提醒我：大家同学一场，又同时进厂，怎么着也是缘分。你现在手头有权了，别人不说，要记住我和刘芳芳的纪念品啊。

因为值不了几个钱，我以前都给他留着，但那次饭局以后，我见了他连招呼也不想打。马空军不看脸色，还冲我伸手要东西。因为女友不止一次交代过：宁惹君子，不惹小人。我就找了个托词：凡是不参加活动的都没有纪念品，这个规定你是知道的，以前给你都是人情；现在管得严了，真没办法。马空军瞪着眼睛看我一会，门一甩走了。晚上回到宿舍，老猫笑：马空军今天可把你糟蹋得够呛，又是你在学校怎么跟人打架，又是你的篮球水平怎么臭，又是你和你对象怎么未婚同居……

背后说我倒还罢了，一牵涉到女友，我勃然大怒，转身就想出去找马空军算账，被老猫一把拉住：算了，当时就有人反驳他，人家证都领了，办酒席是迟早的事，正常谈恋爱，可比偷鸡摸狗高尚多了。其实以前给你说过不止一次，这种垃圾不要理他，你还顾着老同学的情分。这下看清了吧——这种人，你帮他十次忙，他都认为应该；一次不帮他，你就罪不可赦、死有余辜。你说这种人，你还交往他，图个什么？

我一拳擂在桌子上：这个卑鄙小人！从此以后，和他一刀两断！

说这句话的时候，是1997年的秋天，二十多年来，我也真做到了。即便面对面见了，也视若无睹。次年夏天，我和女友到离镇子较远的一个水库边玩，转过一道弯，和马空军撞了个满怀，他身边还有个女的，年龄看不出来，打扮得很性感。马空军短暂的紧张过后，主动介绍，这是我表姐。我一声没吭，冷冷地转过脸，拉着女友走了。女友跺脚：不给你说了吗？别惹小人别惹小人。我说，小人也是分档次的，他这种，是最低级的小人，像狗屎一样，惹了也就惹了吧。

我离开电厂到省城以后，有时和老猫在电话里聊。说起马空军，先是和刘芳芳离了婚，孩子判给了女方，他一个人乐得逍遥自在，整天在镇子上拈花惹草。再就是他爸过世以后，他和他妹马白云，马白云你还记得吗？还有那个继母，因为家产分割，闹得很厉害，官司都打了几场，不知怎么搞的，他最后得了大头。他爸在县城的三套房子他争到两套。拿到房子，倒手卖掉，在省城买了一套房，听说他那房子买在……噢，对了，离你不远，就在省体育场边上。近来干啥？听说在厂里请了长假，也不上班了。人到哪儿去了，不知道。

我笑着放下电话。老猫可能不知道，其实最近我不止一次见过马空军。我所在的俱乐部就开在省体育场，面前有大片的空地用来健身，边上还有几处小树林。大约半个月前，我经过小树林的时候，听到一阵熟悉的歌声：

水兵爱大海，骑兵爱草原；

要问飞行员爱什么，我爱祖国的蓝天！

……

我从树隙看过去，马空军被一帮"大妈"围在中间，意气风发，放声高歌。

马兰花

　　二十世纪六七十年代的人，应该都听过　首歌：马兰花，马兰花，风吹雨打都不怕；勤劳的人在说话，请你现在就开花……这是同名电影《马兰花》的主题曲。电影的内容嘛，歌颂勤劳善良批评懒惰恶毒的主题，情节简单，故事老套，不值得赘述。我想说的，其实是一个人，一个叫马兰花的女人。

　　她的名字是不是受了这部电影或这首歌的影响，我不知道。我只知道刚到电厂参加工作时，马兰花是厂里的风云人物。我在锅炉运行岗位，班上都是一帮大老爷们，抽烟、吹牛、聊女人，是对付疲劳和乏味的三大法宝。说到女人，语多轻浮。但是提到马兰花，师傅们都很客气，说起来都是，这个女人不简单，有本事，长得好看，对基层工人也好。我存了一份好奇，待见过一面，却是有点失望。普普通通的中年妇女，穿着也是一般；皮肤倒是白皙，但满脸细碎的褶子；高颧骨，厚嘴唇，嘴角上扬，看起来就总是笑笑的样子。我给师傅们说了。有的老师傅就讲：七十年代中期建电厂的时候，她是工地上仅有的五个女工之一，都叫她们"五朵金花"，她当时又年轻又漂亮，干起活来风风火火的，不比小伙子差，现在嘛……年龄大了，也就这个样子了。

但对工人们是真的好，厂里每到过年前，都要组织一次会餐，总有七八十桌吧，到那个时候，你就知道马兰花的好人缘。厂领导里面，马兰花是每个桌子都要走到，相熟的说说笑笑，不熟的也很热情，对谁都是那么客气，对谁都很尊重。

老猫也肯定：马兰花是不错。我有次到机关楼上办事，被支使得团团转，多亏在楼梯上遇到一个女的，很客气，带着我，立马就把事办了。我听办事的叫她"马助理"，才知道她就是大家常说的厂长助理马兰花。

我问：厂长助理是厂领导吗？

老猫说：当然不是。厂领导是班子成员，也就那么几个人。企业和事业单位一样，看这个"助理"含金量多少，要看他在什么岗位。如果只是个"助理"，十有八九是个虚衔，也就是个待遇。如果还有其他职务，还在要害部门，这个"助理"就厉害了。就说马兰花吧，她不仅兼着"厂办主任"这个实职，还是行政党支部的"书记"，这个"助理"就不一般，影响力应该不在几个副职（副厂级领导）之下。

噢，这么厉害的，那她有可能当上厂领导吗？

老猫笑：这个谁能说得准！从年龄上说，她不到五十岁，机会还是有的。阅历上讲，干过生产、经营、劳资，现在又是综合管理，助理当了好几年了，也没问题。至于群众基础和职工认可程度，这个你也清楚。就是学历差点，好像就是个中专吧。现在上面整天喊着干部要知识化、要专业化，到了考量时，只剩下学历了。但说这么多，干部提拔，水深学问大，如果就刚才说的，对照条件，12345，倒简单了，厂里也不会搞得人心浮躁，不看那些有想法的，一个个削尖了脑袋往上爬嘛。

我对这种人事问题，历来兴趣不大，呵呵一笑认可老猫的说法。厂领导离我们太远，车间的中层领导我们倒是常打交道。这其中，有那种威望高、能力强的干部，也有那种谁都瞧不上、不知咋上去的干部。

心里就为马兰花鸣不平，尤其经过两件事。一是厂里那时有个好传统，机关干部要随时参加生产的各种急难险重和抢修工作。三号炉是球磨机给煤，九月份例行检修，要对球磨机的钢球逐个检查，淘汰小的，加些新的。我们几个年轻人钻到屋子一样的球磨机里，用竹篮装上钢球往外递，出口就一个车轮大小的孔，干着干着就毛躁了，越来越快，篮子后来几乎就是往出扔，忽然听到马兰花一声叫，看见她抱着小腿倒在地上，我们几个都傻了眼。好在医务室一检查，没有骨折，即便如此，眼看着小腿乌青发肿，还是要求她休息。不想第二天，马兰花拄着拐杖又来了，一屁股坐在磅秤前，安慰大家：没事，干不了重的干点轻的，我来过称。

还有一件事。市里文明委来厂里检查，控制室是必须来的，现场忽然问起厂里的历史，生产副厂长刚从外地调来，对情况不熟，吞吞吐吐答不上来。马兰花及时补台，哪一年建厂，先期装机多少，哪一年扩建，机组型号，等等，数据张口即来，比我们入厂教育时接收到的信息都全。一番介绍下来，不光检查组的五六个人，我们生产上的一帮人也受益匪浅。那天直到快下班时，师傅们还在津津乐道马兰花的口才和信息储备。

这样的干部，不上才怪呢！光头熊最后总结。

我从锅炉运行岗位调到工会，年底转组织关系的时候，车间负责组织发展的王书记，从机关调整过来的，一边给我盖章，一边鼓励我：到新岗位一定要好好表现，争取按时把你这"预备"发展成"正式"的。

所谓"按时"，也就是第二年的七月份。一般来讲，"预备"一年期间，不出什么岔子，都能转成正式。我说：工会属行政党支部，书记就是厂长助理马兰花，应该……

老王从眼睛上方看我，呵呵笑：希望，如意吧。

工会办公室张主任是我校友，虽然大了十多岁，但关系很铁。我能到工会来，他出力最多，这时提醒我：不敢大意，咱们这个马书记……要求很高的。

我说：放心。我对自己的工作能力、工作态度，还是有信心的。

张主任抽口烟，看着天花板：怎么说呢……不光是工作。

还能是什么？马兰花也爱钱吗？晚上回到宿舍我和老猫闲聊，老猫说：不可能，马兰花不是那种人——但也奇怪，我就发现，对马兰花，职工普遍说好，干部评价都不高。

我们讨论的结果：马兰花是一个不唯上只唯下，接地气得民心的好干部。在这样的领导手下，只要好好工作就行了。

时间不长，马兰花以书记的身份找我谈心。我精心准备的思想汇报只开了个头，马兰花就打断了：工作我都看见了，说说你个人的事。

我于是年龄籍贯家庭出身父母状况做了一通汇报。马兰花笑吟吟地等我说完，问：有对象吗？

我如实回答：学校谈了一个，毕业时分手了。

她又问：现在怎么想？是在厂里找？还是市里？

我当时的真实想法是想办法离开这儿，穷山恶水，收入不高，所以就没想找对象。当然这个话不能说，我就支吾：暂时，还没想……

马兰花坐正了：怎么能不想！都二十多的人了。这样吧，我给你介绍一个，韩美丽，怎么样？

我一时有点发愣，嘴里可不能停：谢谢您……我，想一想吧。

韩美丽是公认的"厂花"。按说有人给我介绍这样的对象，一口答应才是，但说来话长。韩美丽是个话题人物。这女孩就是职工子弟，是厂里老师傅们看着长起来的，从小就是个美人胚子，性格又好，乖巧可人，三年技校回来后更是让人眼睛一亮。陪她回来的还有一个帅小伙，说是学校谈的对象，家在省城，分配到关中大电厂。下一步，要把韩美丽也调出山去，调到一起。两人手拉手在小镇上来回走了两圈，不光电厂，整个小镇上的人都知道了。说起来有点遗憾，肥水流到外人田。但像韩美丽这样的女孩，难道不应该有这样的好去处吗？山里的人还是朴实，不舍中接受了这个事实。不想一转眼四年多过去了，前两年还常见那小伙子来这里拉着韩美丽晃荡，这几年再不见人了。韩美丽的状态也越来越不好，据她宿舍的人说，常常半夜里哭。

我该怎么办？只能问老猫和光头熊。老猫说：韩美丽的事，我也听过一些。谁没谈过恋爱？我是挺喜欢这个女孩的，长得漂亮不说，也很有修养，见人不笑不说话；我看过她写的通讯稿，很有文采。就不知道人家能不能看上我。我的意见，你可以先接触一下，试试再说。

老猫对韩美丽一直都有好感，这我知道。现在他这么说，我说：我俩接触过呀，今年厂里交际舞比赛，我俩就是搭档。

老猫说：那个不算。练习、比赛的时候一大帮人，你俩单独聊过没有？

我摇头。

光头熊却是明确反对：什么嘛！已经被别人玩剩下的，坚决不能要。

看我态度暧昧，光头熊伸出小拇指：你要和韩美丽谈，你就是这——我都瞧不起你。

老猫不理解：你这也太保守了。哦，就因为人家谈过一个……

光头熊一脸不屑：不光是谈，听说韩美丽为那小子已经堕过两次胎，还听说她已经得了精神病，市里省里都看过。这种消息你们虽然不知道，但家属区传得雾气狼烟。

闲话总是越传越多，越传越离谱。这样的话，当然没有人敢去坐实，只能看到她爸——检修车间的老韩总是耷拉着头，唉声叹气的，再没有以前的意气风发。我留神注意韩美丽，感觉变化不大，每次遇见了，她还像以前那样，笑一笑，打个招呼，擦肩而过，留下一股香味，和我无限的惆怅。

这个时候，我也知道调离这个单位不是一桩简单的事，再加上工作岗位有了变化，成了干部，也就想安心在这儿干下去。要扎根，成家就排到日程上来。所以，我不是没有考虑过韩美丽，但她的过去如一座大山，总是拦住我深入一步的想法。

我犹豫不定了半个多月。马兰花主动找我问：想的怎么样了？

我想还是回绝了吧，正琢磨如何开口的功夫，马兰花笑了：我知道你怎么想的——不要听别人胡说——这孩子是我看着长起来的，说起来，算是我的一个远房侄女了。上学的时候谈过一个，估计你也知道，早都分手了。这孩子眼光也挺高的，今年你们不是一起跳舞嘛，美丽对你印象挺好的。我就想着，找你问问……这样吧。我这儿有别人送的两张电影票，晚上没事，你和美丽一起去，先接触接触再说。好吧？

我下意识地拒绝：不要，不要。看马兰花不高兴，赶紧补上一句：怎么能要您的票。

马兰花把票拍在我手里：我不喜欢说"不"的年轻人。

我只能把钱递过去：多谢马助理操心。这个钱，不能让您掏。

马兰花夺过钱，塞回我上衣口袋里：去！别跟我算账。

拿着两张电影票，像拿着两个烫手山芋。电影开映是晚上八点钟，下午六点一下班，我就回到宿舍，找来老猫和光头熊，找他俩讨主意。

光头熊问我：你他妈到底什么意思？我给你巴拉巴拉白说了。

我一脸无辜：我不想去呀，但你看这……

光头熊从我手里抢票：一把撕了。

不想老猫更快，上手把票夺过去：什么毛病！你不去我去。

不想当晚，韩美丽进了电影院，一看身边是老猫，扭身就走了。老猫回来愤愤不平一说。我暗自得意，忍不住哈哈大笑：这说明，韩美丽确实眼光高，挺挑人的。老猫破口大骂：去你妈的，得意啥呀，不就是会打个篮球跳个舞嘛。庸俗！低俗！烂俗！这个韩美丽，空长了一身好皮囊，实质就是个"三俗"代表。

第二天，我想着找马兰花解释一下。理由都想好了，就说票放在宿舍，吃完饭回去就找不见了；后来同舍的老猫说他不知道情况，看见快开演了，怕浪费，就拿去看了。我也知道这个借口太过勉强，但聊胜于无。

不想马兰花一早就到市上开会去了，等到下班也没见回来——马兰花家就在市里。到了第三天，我又接到任务，带着篮球队一帮兄弟出去打比赛，一走就是一个礼拜。再见到马兰花，已是十天之后，我先说了理由，再道歉：对不起呀马助理，辜负了您的好意……

马兰花手一挥：好了，这个话题到此为止。还有其他事吗？

我很尴尬：……没了。

马兰花扭身到面前的办公桌上，再不理我。退回自己办公室，张主任看见我情绪不高：咱们这次比赛成绩不错呀，正准备给你请功呢。怎么回事？

听完整个过程，张主任说：坏了，你这事做的，肯定把马助理惹下了。

我点头：我也觉得是。

张主任扳着指头罗列：第一错，韩美丽这个孩子挺好的，以前归以前，人家有这个意思，又是马助理出面做媒，你竟然还挑三拣四。第二错，磨磨叽叽，优柔寡断，即便不想和韩美丽交往，也要尽快回复。第三，马助理给你的票，怎么能随便就给别人？

我苦笑：宿舍里都这样，有好东西，大家都抢……

张主任严肃起来：借这个机会我要提醒你，原来生产上那一套要改一下。生产上人与人之间没有利害关系，大家都比较随便。到了机关上可不行，事不能多做，话不能多说，不小心一句话、一个动作就把人得罪了。尤其像马助理这种实权人物，别人上赶着套近乎，你倒好……

我掏出烟赶紧给张主任点上：怎么补救？

张主任想一想：只能带上点烟酒，到她家里去一趟……

这次不犹豫，我一口否决。我最不喜欢干的事就是给人送礼。我说：这样行不行——我掏钱，你出面，请她吃饭？

张主任看看我，哭笑不得：我这是给自己揽事呀……

转过天来，张主任告诉我，马兰花没答应。张主任给我分析：不是不给面子，是这段时间很关键。工会主席今年上半年到站退休，按照以往的惯例，会在厂里原地提拔一个。目前的人选有四五个，但马兰花的呼声最高，所以这段时间，她要加倍小心，不给别人留口舌。

我担心：马兰花一旦上去，就是咱们的直接上司，我以后的日子，估计不好过吧。

张主任不以为然：她要真成了工会主席，你的好日子才来了。一来她是个要政绩的人，你的能力和水平都有。二来她"护崽"，这么多年，她待过的部门，她都会给手下人争取最大的权益。三来，她这个上一步，是在知根知底的老单位，身边都是熟悉的人，所以"第一把火"，需要展示的不是威风，而是宽容和大度。现在就怕她上不去。对她来讲，机会也不多了，处级干部提拔年限是五十，女的还要再小两岁。

我奇怪：你不是说她呼声最高吗？

张主任笑：呼声归呼声，提干都是上面定的事，什么时候听过下面的声音？干部被提拔，有靠工作上去的，有靠站队上去的，有靠关系上去的，有靠钱色上去的……马助理的能力很强，但一般能力强的人也有个毛病，就是霸道。她也不能免俗。你曾经问过我，她为什么群众基础好而在干部中评价反而不高，就是这一点，凡是和她打过交道的干部，几乎都要被她左右。

如果不听她的，会怎样？

你原来在生产上的王书记，就是个活生生的教训。起初因为什么事闹别扭都忘了，斗争了好几年，还是马兰花技高一筹，把老王赶到生产上去了。

她怎么有这么大能量？论起来她和老王一样，都是个科级呀？

别看级别，要看位置。身为办公室主任，她和一把手厂长接触的机会最多；身为行政支部书记，她又能和党委书记对上话；身为助理，她还可以参加厂领导班子会议。你想想，和这样的人做对，会有好果子吃吗？

我越听越悔，怨自己太大意。为今之计，只有老老实实，静观其变。

最终结果让人大跌眼镜，新提拔的工会主席，竟然就是在和马兰花的斗争中落败、避居生产车间的王书记。张主任和我一样吃惊，不住地摇头感慨：这水……太深了，太深了。出去转一圈回来，恍然大悟：原来如此，王书记的弟弟去年底在邻市新提了副市长。又为我惋惜：这下子，只怕你就难受了。

我原来在生产上，和王书记处得挺好，现在他又来给我当领导，多好的事。哪里会难受？我压抑不住喜悦：不明白。

张主任又开始"一二三"地板指头：马兰花这下上不去，她几乎也就没机会了，用不着再遮遮掩掩，熬什么威信，树什么形象。她和王书记（现在得叫王主席了）有过节，王主席上了一步，直接的对抗不可能，她只能把这份怨气转移到王书记的身边人身上。这个时候，刚好，你就浮出水面，进入了她的视线。她本来对你就有看法，你现在的身份是工会干事，给你穿小鞋，也就是给新上任的工会主席难堪。明白了吗？

明白了。只是工作上不受她领导，她又能把我怎么样？

张主任摇摇头，不再吭声。

时间不长，事实就给了我答案。先是我的办公室从阳面调到了阴面的最边上，这房子以前是库房，夏天都不用开空调，到了冬天可想而知有多冷。调整办公室归厂办管，通知送给张主任，他只能苦笑。我反过来安慰他：没事，我年轻，本来就怕热。再后来，不正常的事越来越多，比如办公电话坏了，申请更换不同意，申请维修没反应。比如到市里去办事，从来不给派车。再比如去领个本子、笔呀什么的，都要看人的脸色。而这些，都归马兰花管。

其实，这个时候，同事们多多少少都能感觉到马兰花的变化。以前开会，马兰花是话最多的，现在几乎不开口，还有好几次，拿着笔记本早早就退会了。行政支部每月一期的集中学习也取消了。还有上班，作为厂办主任，她以前都是提前半个小时到岗，基本上厂长来的时候，她已经把当天的事务都安排好了；而现在，都半上午了，还不见她人。我问张主任：厂长真是好脾气呀，由着她这么任性。

张主任笑：没有无缘无故的爱恨，也没有无缘无故的放纵。

不只是行为，马兰花的容貌和精神状态也发生了很大的变化。短短几个月，呈现出明显的老态：皮肤依然白皙，但皱纹深了，眼袋黑了，眼神涣散无光；说话做事犹豫、迟钝，再不见以前那种干脆利索和英姿飒爽。尤其原来一头黑亮的短发，现在露出花白的本色，给人反差特别大。真实的原因大家都明白，但嘴里说出来却是，更年期到了呗。我和老猫晚上闲聊，想起刚开始对马兰花的认识，恍如变了一个人。老猫看问题总是尖锐：可见官场对人性的变异，到了多么残酷的程度。

对这个年龄比我妈小不了几岁的女人，我也想保持必要的尊重，不管是办公室，还是楼道里，当面遇见了，我都主动释放善意，打招呼问好。不想马兰花是一个"执着"的人，总是把头一扭而过。虽然心里不爽，我也只能安慰自己，都是小事，强忍着一笑而过。

终于还是没忍住。七一前夕，厂里新发展一批党员。按照惯例，今年"正式"发展的，都是去年"预备"的。我一看大红纸上的名单，"预备"就撂下我一个，火"腾"一下就起来了，扭身就去找马兰花。

推开她的办公室，我劈头就问：马书记，我为什么入不了党？

办公室里还有其他人。大家看着我，一时都愣住了。马兰花冷笑：问错人了吧？这个问题不应该问我呀。

盛怒之下，我自然口无遮拦：不问你问谁？你是书记呀！这事由你定呀！

马兰花板起脸来，提高声音：我需要提醒你，组织发展有严格的程序，不是谁一个人就能做主的。

我不管不顾，平日里所思所想脱口而出：程序严格，结果就公正吗？再严格的程序，也是人在操作呀！

马兰花把桌子一拍：什么意思？你认为我故意和你过不去！

事已如此，也用不着再装孙子了。我也把桌子一拍：难道不是吗？

马兰花哆嗦着手对另几个人：看看现在的年轻人，看看现在的年轻人……

那几个也没闲着，有的劝马兰花，有的往出推我。我还不依不饶的：你必须给我个说法！

马兰花气极反笑：好，我给你个说法，支部的意见是，你不成熟。

我扒着门框不撒手：什么是成熟？圆滑，世故，工于心计，两面三刀，见人说人话，见鬼说鬼话……

还是张主任过来，连拖带拉，把我弄回办公室。关上门，张主任痛心疾首：你这是找死呀——你不是找马兰花去了，你这是挑战组织的权威呀！

我不理解：我找的是马兰花，怎么就成了组织？

张主任来回转圈：你呀，你呀，真他妈不成熟呀……

机关办公楼上闹出这么大的动静，不处理是不可能的。第二天一早，通报批评就贴在了布告栏，给我的定性是：无理取闹，扰乱工作秩序。处理意见是：扣除月奖，取消预备党员身份，取消年内所有先进的评选资格。马兰花屁事没有，处理意见上连提都没提。

我努力控制自己，没把通报批评扯下来，来到办公室，无心工作，看着窗外"呼哧呼哧"喘气。上任几个月的王主席过来了，拍拍我的肩膀，一句话没说，转身又走了。

张主任劝我：好了，想开点。过上几年，换个书记……

后来——你知道的，没等到马兰花换岗位，我先离开了这个单位。好多年过去了，几乎已经把她忘记了。写这个人物系列，想起她来，电话里问老猫。老猫说不清楚，退休以后就再也没见过。

要不，我帮你问问？

别，别。挂上电话，打开手机里的歌曲《玫瑰与小鹿》，我反问自己：你希望得到一个什么样的消息？是希望她过得好呢？还是希望她不如意？

手机里传出周深纯真温暖的童音：

穿过遥远小溪水，守着一株小玫瑰
她总是绷紧脚背，仰头看大雁南飞
······
夜啊，分明长满了星星晚风
可是她们却给你，取名字叫作天空

秦岭一日

一

翻过鹰嘴峡，小关往地上一躺，哎哟不行了，班长我要累死了。梁启红擦把汗，拄着砍刀歇口气，忽然喊一声，蛇！小关一个蹦子跳起来，脸都变了色，扭身四处找，哪儿呢哪儿呢？梁启红哈哈笑。小关明白过来，冲着梁启红就是一拳，你这样子哪像个党代表、全国劳模！梁启红好奇，党代表、全国劳模应该是什么样子？小关重新躺回地上，就跟前些天你在电视上那样，面带微笑，彬彬有礼，态度诚恳，举止得当。梁启红说你总结的倒好。小关说不是我总结的，是大家集中看电视时候刘经理总结的，说你代表了咱们秦岭供电公司的形象。

小关换个姿势，躺得更舒服一点，现在我想给他们说，班长最帅的时候是在山上巡线的时候，安全帽，工作服，武装带，行李包，手提一把大砍刀，那真是关羽再世、武松重生。梁启红不理解，为什么要比喻成关羽和武松？小关说我知道的英雄中，拿刀的好像就他俩啊。梁启红想一想，不对吧？武松在山上打老虎，用的不是棍子吗？小关毫不掩饰研究生学历带给他的优越感，说班长呀，没文化真可怕，那叫哨棒；打老虎不是断了嘛，后来就是两把戒刀，孙二娘送他的。

梁启红喘过气来，催小关起来继续走。小关这次不干了，班长你能不能体恤一下下属？你不累我累呀，这不一大早出来，到现在都过了正午，你准备什么时候吃饭什么时候歇息？梁启红耐心地劝，还没过白狐崖呢，那是咱今天最险的一段路，过了那儿肯定让你歇。小关问，吃了歇了有劲再过不好吗？梁启红解释，你上山少，有些窍门还不知道，一般人累到这个程度，吃过饭后就更不想动了；白狐崖是咱们今天的最高点，翻过那儿都是下山路，走起来轻松多了。小关还在地上磨蹭，梁启红一把拉起来，小关嘴里嘟嘟囔囔，难怪别人都不爱和你一个组。

小关这句话说对了。整个输电运维一班16个人，每次不管安排多少人上山巡线，两人三人一组，没人喜欢和梁启红分在一起，肯定用的时间最长、走的路程最多，出来累得像个瘪三。就说昨天晚上，八个人在路边吃烧烤，又是划拳又是灌酒，气氛好得一塌糊涂，一说到第二天的工作安排，都紧张了起来，大胡子和张尧尧马上表示他俩一组，老包和小鱼也声明他俩一组，剩下三个人相互看看，吴胖子把手一搭贺兰山，小关脸就耷拉下来了。梁启红装着什么也不知道的样子，端起啤酒给小关比画，合作愉快，来，走一个。小关一点也不对付，翻个白眼说不愉快。

大家伙都被逗笑了。吴胖子嘴里塞个烤腰子，口齿不清地教育小关，小屁孩有什么不愉快，和班长在一起，又能学到东西干活又少，大家把最好的机会让给你，你不感谢大家还有情绪！小关说你说的比唱的好听，那我把机会让给你。吴胖子好不容易把腰子咽下去，又抓起个烤鸡翅，我跟班长次数最多了，这次就不和你抢了。

梁启红清清嗓子，开始分配第二天的任务，从安西县三岔镇心红铺村到凤县凤州镇烧锅村，线路长度32.5公里，一共76基杆塔。贺兰山吴胖子第一组，1-18号；大胡子张尧尧第二组，19-39号；老包小鱼第四组，60-76号；我和小关第三组，白狐崖那一段。分完问副班长贺兰山，贺师你看怎么样？还有什么要交代的？贺兰山是副班长，工龄长，威望高，摇摇头说挺好，就是启红呀，别每次都把最重最累的活留给自己，要均衡一点，这样才公平。梁启红笑笑，没事，平均下来，我和小关这组年龄最小，应该多干一点。

小关是第一次进山，对这条线路没印象，脑子里大概算算，每个组工作量都差不多。不想今天一到现场才发现，同样也是二十基左右杆塔的任务，这段路太难走了，光听听这地名：鹰嘴峡、白狐崖、死人沟、鬼见愁……早上九点开始，到现在都快一点了，巡了还不到一半。小关问，这地名谁起的？还真形象。梁启红挠挠头皮，我也不知道，应该是当地山民叫出来的吧。小关吃一惊，这鬼地方还有人住？梁启红拿刀指向山崖下，以前有，现在都搬出去了，你看——那是他们住的房子。

一栋孤零零的房子靠在山崖下，浑身爬满了绿叶，黑漆麻乌的瓦顶、泥皮剥落的土墙，从绿色的缝隙中顽固地透出来，显示着它们本来的质地。

茂密的树丛后，一条大黄狗忽然扑出来，朝着梁启红龇牙咧嘴。梁启红吓出一身冷汗，扭身就往师傅老宁身后躲。老宁哈哈笑，大叫樱子樱子。一件红衣裳就从树丛后闪出来，忽闪忽闪的大眼睛，乌黑发亮的大辫子，蹦蹦跳跳地走过来，一脚把狗踢停，冲着老宁嚷嚷，这次给我带什么好东西了？老宁假装生气的样子，这樱子越来越没有礼貌了，不问你宁叔累不累？要不要喝口水？樱子扭着腰撒娇，你给我带好东西了，我就问你累不累，我就给你喝水。老宁把梁启红一把拽到前面来，我这次给你带来一个大活人——来来，认识一下我的新徒弟小梁。两个年轻人目光一对上，霎时都红了脸。樱子把辫子一甩，扭身就跑，爹娘，宁叔他们又来了，又来砍树来了。

那是二十年前，梁启红第一次上山巡线，当然，也是他第一次见到樱子。为这个"砍树"，老宁纠正过好几次，说我们不是砍树，是为了保护我们的线路；再说了，我们砍的也不是树，是那些树根滋生的枝条子，不成材的。樱子一家不管，下回见了，照样喊。

樱子的爹娘很喜欢这些"砍树"工人，因为老宁不止给他们带来山外的信息，还会给他们带来一些生活用品。山里人家，离最近的村镇都在十多里山路以上，山中的主食和蔬菜是不缺的，但是油盐酱醋这些东西山里可产不出来，老宁第一次在他们家喝水的时候，听到这些不方便，大包大揽，小事，又不是多重，以后我给你们捎带上。虽然老宁两个月左右才来一次，还是帮了不少的忙。樱子的爹娘过意不去，想给老宁多掏点钱，老宁很生气，我是义务帮你捎的，我又不是卖货郎。樱子爹看见老宁每次来主要是砍树，在电线底下一路往过砍，也就多操了一份心，每天不管是种地，还是挖药，还是放羊，看见电线下面有长得快的树梢子，上去就是两砍刀，放倒了事。二回老宁来，闲聊时樱子娘说出来，老宁很感谢，从兜里掏出来五十元，硬要留下。樱子爹娘死活不要，都变了脸。老宁说是这样的，我为什么要给你钱，因为保障线路安全是我的工作，如果这树长得碰上了电线，引起故障，可不是几十、几百块钱的事，那损失可就大了。樱子爹不认这理，我就认你老宁是个好人，你帮了我的忙，我也只能给你帮这点小事，你要付钱，就是没点人情世故，以后别到我家来。老宁无言以对，只好把钱收回。

　　樱子家前后几基杆塔下的路径维护，后来几乎被樱子爹承包了。老宁每次巡线到这儿，可以坐下歇歇脚，聊会天，喝口茶，赶到饭点时，就在樱子家吃饭。两处关系越走越近，樱子娘就说，老宁你给我们家樱子操点心，也找个像你们一样的供电工人。樱子辫子一甩，我不嫁人。樱子爹不理她，给老宁解释，樱子初中毕业，一来学习不好，二来家里也不是很宽裕，就由着她的性子回了家，整天在山里疯疯癫癫也不是个事，想让她出去打工吧，一个女孩子家又不放心；樱子的两个哥哥一个姐姐都把家搬到了山下，他们老俩口不想下山，樱子是个孝顺的孩子，就整天陪着他们。老宁满口答应，这是好事啊，包在我身上，不说我们单位了，只我们一个送电工区里，就有不少棒小伙子，我给咱樱子好好挑一个。樱子脸红到脖子根，哎呀宁叔你再这样说我不理你了，扭着身子闪到了门外。樱子娘紧着给老宁添茶，樱子是个野性子，管不住，咱也不图人家娃的出身，就找个老老实实、本本分分的孩子，只要能吃苦，脾气好，就成了。

　　老宁认真得像给自己挑女婿一样，把班里乃至送电工区几个小伙子在脑子里扒拉来扒拉去，到最后，扒拉得就剩下一个梁启红。这一次进山巡线前，他作为班长，分工的时候，就把梁启红和自己分到一组，现在看来，两个孩子第一面，很对眼缘啊。老宁给边上局促不安的梁启红下令，看不见院里那么多干柴嘛，闲着也是闲着，趁空把它劈了。樱子爹娘一把没拦住，梁启红"叮叮咣咣"地干上了，正是二十出头的年纪，一米七八的大个子，一百四十多斤的重量，虎头虎脑，彪里彪气，干起活来那个麻利爽快劲，勾得樱子一百头小鹿在胸中乱闯。樱子娘心花怒放，满脸的笑容盛不下，一把一把往老宁茶缸里抓白糖，悄悄说，这个好，一看就是好人家出身，父母没少指教。又问，大学生吧？老宁哼一声，中专生，你别小看中专生，这些孩子大多是苦出身，能吃苦，不娇气，舍得下力气，沉得住性子。樱子爹就训老伴，头发长见识短，大学生咋了？我就喜欢中专生！去去去，赶紧做饭去，我和老宁喝两盅。

晚上回到宿营地，梁启红连晚饭也顾不上吃，一头扎到床铺上大喘气。老宁点根烟，笑呵呵地问，感觉怎么样？梁启红咽一口唾沫，师傅累呀。说起来，梁启红六月份刚参加工作，算下来不到三个月，就跟着老宁走了深山线路，再加上中午也没休息，卖弄力气，给樱子家劈了几百斤柴火，这家伙下来累得可是够呛。老宁说，你今天能走下来，就不错了，好好歇歇，明天咱们走个轻松点的路段。老宁这样安排是有道理的。线路巡护工作非常辛苦，按照班里的惯例，新入职的工人先从平原地带开始熟悉，再到丘陵沟壑地带，最后再到山区，近山、深山，由易到难，逐步加码，梁启红也就在平原走过几次，这是第一次进山巡线。老宁心里边给他打了满分，想着回去要和工区刘主任好好谈谈，争取把梁启红留住。

以前也有好苗子，但在班组都待不长，就被工区或管理部门挖走了。这些人中，有的是自己不想留，有的是机关缺人手，老宁也想拦，但回过头细一想，不能阻碍人家孩子的发展呀，毕竟巡线工的条件差、环境艰苦，个人在班组的发展也有限。刘主任就是这样的例子，给老宁当徒弟不到一年，表现很优秀，就被工区发现了；他自己也努力，十年左右的功夫，就成了一个大工区的主任，手底下管了一百多号人。但梁启红不一样，不但喜欢这份工作，还明确表示不想去机关应付那些文字材料。老宁看看已经熟睡的梁启红，想着自己再做成一对年轻人的好事，就得意地笑出声来。

二

　　传说在嘉陵江源头的秦岭山中，住着一只修炼成精的白狐，喜欢上了在此隐居修道的青年王善，每天晚上化身为美女前去亲热。不料王善一日修道成功，被玉皇大帝封为豁落灵官，为道教护法天神，专司天上、人间纠察之职，除邪祛恶。王灵官上任之际，自然不能带着妖身的白狐同行，就舍弃了这一份感情，但白狐放不下，天天爬到附近的山顶哀鸣，怨气日积月累，化为冲天戾气，直达天庭，玉帝震怒，命王灵官自行了断这段孽缘。于是白狐有一日在爬崖的过程中，往日嶙峋的岩石忽然变得异常光滑，白狐一个失足，坠落谷底，香消玉殒。人们都说，这是王灵官做法，灭了这个妖孽。

　　梁启红不喜欢这个民间传说。他认为王灵官不是个东西，再怎么说，人家也喜欢过你，你也喜欢过人家呀。他给小关谈了自己的观点，听小关一分析，对这个传说的认识有了新的高度和深度。小关认为，不要小看民间传说，其实所谓民间传说，最初的雏形都来自于文人的演绎，所以说，每个传说背后，都有当地风俗和文化的表达，都反映了始作俑者的价值取向。比如这个故事，以道家的观点衡量，没有错，人妖殊途，必须有一个选择退出；但从人性的观点看，就揭示了中国传统文化中糟粕的一面，主要指男性，一旦牵涉、影响到自己的前程和仕途，就让女性和家人做出牺牲，还美其名曰"灭了这个妖孽"。白狐是妖孽吗？小关反问，不等梁启红回答，就自己给出答案，当然不是，但对于深受儒家文化熏陶、以"修齐治平"为己任的传统男性来讲，她代表了世俗的诱惑。试想一下，一个白狐是什么样的：神秘、高贵、妖艳、性感，而这些对于追求功名利禄的人来讲，都没有兴趣，不如"灭了这个妖孽"，眼不见心不烦，一了百了。

小关分析起别人的情感来一套一套的，其实他自己也有情感上的困惑，去年毕业的时候，和他相恋了三年的女朋友分回了南方的家乡，两地相距数千公里。小关想让女朋友放弃工作来他这里，女友也是类似的想法，两人谈了几次，都说服不了对方，就一直僵在那里。女友也在电力系统工作，不过是一家水电厂，虽然没有国家电网的金字招牌，但收入不比小关低；再加上女友家就她一个孩子，不想离家太远。小关这边，也是家里的一棵独苗，再加上能在国家电网公司——世界五百强排名第二的企业上班，是多么荣耀的一个事情，所以小关也很矛盾，要这份工作，爱情就可能走到穷途末路；坚持两人的爱情，必有一个人得做牺牲。问题是谁来做出牺牲？昨天晚上通话的时候，女友在那边还哭了鼻子，小关心里也是酸酸的不好受。屈指算算，又快两个多月没见过面了，就靠每天的视频和通话，远远解不了心中和身体上的饥渴。

梁启红还纠结在白狐的传说中，对王灵官耿耿于怀，你不喜欢也行，别把人家弄死呀，好歹也是一条生命。小关给他分析，班长这个你就不懂了，这个结局，更多体现了人性丑陋的一面，美的东西，我得不到，别人也休想得到，唯一的办法，就是消灭她。梁启红不认同，不是说人之初性本善吗？哪有你说的这么邪乎！小关更是打开了话匣子，不厌其烦地给梁启红启蒙，性善论是中国传统文化中的主流思想，佛道儒三教共有的特征；性恶论是西方文化的一个主流思潮，基督教就认为，人是生来就有罪的。其实让我说，这两种观点都不全面、不客观，这种片面和局限，来自于两种不同的历史背景，中国文化重礼制，礼制需"善"引导；西方文化重法制，法制依"恶"惩戒。人的本性，其实无所谓善恶，全靠制度教育和规范，在好的制度下，恶的一面被压制，人人向善，社会大同，天下太平；在坏的制度下，劣币驱逐良币，善没有了市场，人性中恶的一面被放大，就会人人暴戾乖张、社会浮躁动荡。

这一通大道理，整得梁启红七荤八素，一小半都没听懂，但还是忍不住赞叹，小关你真厉害，就这么个事，能掰扯出这么多道理。小关逮住机会就炫耀，那可不，你以为研究生是白念的。梁启红指着面前的白狐崖，不白念，我知道研究生厉害，厉害你给咱爬上去。白狐崖是一处四米多高的绝壁，仅靠一条钢索连通上下，边上就是一道深沟，沟里茂密的原始林区，深不见底。小关上下看看，脸都变了色，这个比华山的路都险，怎么走？梁启红说，可不，要不怎么叫白狐崖呢，连白狐都站不住脚的地方，险峻可想而知。小关仰头看着崖顶给梁启红解释，所谓研究生，研究研究，重在理论，你这个是实践……

梁启红哈哈笑，理论不要与实践相结合吗？小关还在狡辩，你这个实践，严格来讲，只是体力和胆量的比拼，和理论沾不上边的。梁启红不再和他斗嘴，卸下行李轻装上阵，一手抓住钢索，一手攀住凸出的岩石，像壁虎一样扒在山崖上，一点一点往上爬。小关在一边看，看出一身冷汗。梁启红爬上去，扔下安全绳，先把行李拉上去，再放下绳，让小关系在腰上。小关不干，太危险了班长，咱们整天学《安全规定》，第一条怎么说来着，安全第一预防为主啊。梁启红给他壮胆，放你一百二十个心，我都爬了多少回了，连吴胖子都能爬上来，你就放心大胆上，一点事没有。看小关还是畏畏缩缩的样子，梁启红假装生气，那我走了，你一个人走回头路吧。小关回头看看，来路草高林密，一片迷蒙，只得硬着头皮系好安全绳，憋住一口气往上爬，到了中途，忍不住往下一看，由不得心中一慌手脚发酸，再也没有了一点力气，亏了梁启红力气大，三把两把把他提溜上去。小关爬在地上缓了半天，心脏才恢复正常速率，第一声都带出了哭腔，哎哟喂班长，这哪是白狐崖，改叫鬼门关得了。

梁启红笑，你不是说你在西安上大学的时候是个驴友，秦岭山里的七十二峪都爬过一半了嘛，吹牛吧？小关说那可不一样，驴友走的线路，再怎么说，它还有条路哇，你这……也叫路吗？梁启红想一想，鲁迅先生说了，世上本没有路，走的人多了，也就有了路。提起学问，小关来了精神，拉倒吧班长，你这是典型的断章取义泥古不化，鲁迅先生这句话的本意，是对当时中国何去何从的迷茫，以及对黑暗现实发出的质问。梁启红说咱们是电力线路工人，有啥迷茫？抬头看，输电线路指向哪里，就是咱们要走的路，就是咱们前进的方向。小关琢磨一会，难得夸一回梁启红，看不出来呀班长，你这两句话说的，还挺有点诗歌的味道。

梁启红当然不会写诗也不会唱歌，但结识樱子以后，整天都想唱歌，整天盼着再走这条线路。班里的人不知情，还说奇怪，一般人走过这条路，提起来都是心惊胆战的，难得出现梁启红这么一个"受虐狂"。二十年前，秦岭供电公司还叫秦岭供电局，运维检修部还分为送电工区和变电工区，输电运维一班还叫线路一班，11个人负责了秦岭山中9条35～110千伏的线路运行维护工作。其中，这条110千伏线路路况最差、路径最险，有一次省城一个记者跟着老宁走了一次，回去写了一篇报道，称这是一条"电力蜀道"。从此，这个名字就被叫响了。

一年时间，梁启红跟着老宁去了五次，和樱子的关系一次比一次升温，两个一见面就躲到别处说悄悄话，老宁不走不现身。樱子爹娘对老宁也不忌讳，哎哟可不敢做下什么事，真是女大不中留呀。老宁听出了言外之意，路上就给梁启红交代，赶紧给家里把这事说了，让你爸出面，我这个媒人领着跑一趟，把亲事敲定，定了时间，就把好事办了。梁启红兴冲冲回家一说，不想兜头一盆凉水，家里不同意。

也不能责怪梁启红的父母。梁家位于山脚下的一个小村庄，人老几辈一个观念：宁往山外搬一千，不往山里挪一砖。山里的生活太苦了，好不容易把个宝贝儿子供得上了个中专，成了公家人，吃了商品粮，这一转身，又从山里带出一媳妇。老梁给小梁讲道理：咱好不容易进了城，有了城市户口，眼下娶个农村媳妇，这户口咋办？她到城里没有工作吧，吃啥喝啥，再说了，一年半载的，添个孩子，你一个人的收入要养活一家人，那压力多大呀。母亲讲不出这么多道理，就是低着头抹眼泪。梁启红在家里待了两天一晚上，被父母教育了两天一晚上，到最后，谁也说服不了谁。梁启红第一次和家人不欢而散，回到单位，问老宁讨主意。

三

梁启红和小关是早上九点钟开始巡线的，之前的两个多小时，也一点不敢含糊。七点半起床，各小组分头早餐。八点整，四个组八个人分乘两辆工具车出发，沿途在不同地点下车，巡查各自负责线路。两人刚下车进山的时候，还遇到了一点小雨，五月下旬，天气已经慢慢热了起来，这点小雨落在身上，凉飕飕的，挺好。小关抬头看，薄薄的云在天上快速移动，说班长呀你估计这雨能下大不？听不见声音，一回头，梁启红正专心瞧着离地十余米的电线，小关也往那里看，挺好的呀。梁启红说不对，把望远镜拿出来再一看，果不然。梁启红一边说，小关一边记录：

三凤TI线40#负测左相15米处导线断股两股。处理意见：安排线路停运时修补。

小关感叹，班长你这"火眼金睛"真不是白来的，教教我吧，这么高的距离，你怎么能肉眼一下就看出来呢？梁启红搔搔头皮，我也不知道呀，就感觉不对劲，再细看，真是有问题。小关点评，班长你这工作已经做到"第六感"的地步，难怪能当十九大代表、全国劳模——那可不是一般人，那都是身怀绝技、天赋异禀、有特异功能的人啊。梁启红一个巴掌拍过去，你这是夸我呢还是损我呢，好好干活，你看，这几棵树要砍，对，别在树身砍，一下砍到根。同样一棵树，砍树根比起砍树身，劳动量大多了，小关砍了两棵就不乐意了，班长咱们用不着斩草除根吧，这么低的树身，它怎么长也够不到电线呀。梁启红说那可不行，现在是五月，往后天气越来越热，山中雨水又多，树木的生长速度比起冬春两季，可要快多了。随手接过砍刀，一下一下给小关示范，手起刀落，直指要害，每一刀下去，一棵小树就被齐根斩断。

说起梁启红这个"火眼金睛"，还是有来头的，那是在2006年西北电网公司开展330千伏保线站站际竞赛期间，梁启红被抽调到330千伏二保保线站参赛。10月的一天中午，他在对马汤线巡视时，发现139号杆塔边相导线的悬垂线夹球头与瓷瓶单联碗头连接部分的弹簧销子掉了，由于风吹线摆，线夹球头一半已经跳到单联碗头的边缘处，导线随时可能掉落。情况危急，他迅速向上汇报，刘主任亲自带队来到现场，端着望远镜从各个方向观测，都没有发现异常，但当检修人员登塔近距离观测时，才大吃一惊。紧急处理后，刘主任握着梁启红的手由衷地感慨：难怪大家伙都服你……真是个"火眼金睛"啊！巡线20年来，梁启红也记不清发现了多少隐患，但他始终记得第一次的情形：那是和师傅老宁一起巡线，老宁都走过去了，梁启红却停下来，他发现有一基耐张杆的耐张线夹前端第二个线卡的地方有条竖纹，起初以为是太阳光线折射的阴影，从不同位置用望远镜反复观测，才确认是个裂纹。老宁返回来也发现了，有点后怕，把梁启红肩头一拍，你小子行呀，比你师傅都厉害。事后，工区给他奖励了200元钱，梁启红那真是高兴。他给小关解释，要知道当时一碗面才2块钱，200块，那是我一月的伙食费呀！

小关不接他的话，正在琢磨那把砍刀。砍刀是月牙刀，一个巴掌长，三个指头宽，刀口精钢打造，刀背圆浑厚实，如果不是一米多长的刀把，整体形似小关在电影电视上看过的镰刀。小关最早是瞧不起这玩意的，这不是割草用的吗？上山就拿它，切！不想同样的东西，一到梁启红的手里，威力迥然不同。一时三刻，40号杆塔周围的小树被齐齐放倒，两人继续往前走，小关不忘恭维梁启红，班长你这砍树的功夫真是一流的，童子功吧，参加工作以前，在老家是不是整天就砍柴，用惯了这种刀，一刀在手，宛如孙悟空有了金箍棒，上天入地，无所不能。梁启红说还真不是这样，我们村虽然在山脚下，但每家都有几亩田，整天地里的农活都忙不完，哪有闲工夫砍柴；把地畔的柴草收拾收拾，都够一年烧了。小关再看看，忽然叫起来，班长你别忽悠我了，这不就是你们家的刀吗？梁启红也好奇，接过砍刀一看，刀面上隐约有一个四方的徽章，还真是"梁记"两个字。梁启红说你不细看我还真不知道，原来给咱们打刀的师傅也姓梁，这说起来，五百年前是一家呀。小关不明白，这砍刀属于劳动工具，应该由单位统一购置吧，怎么能让咱们自己打制呢？梁启红解释，说起来话就长了，最早的时候，这砍刀都是单位统一配置的，但用起来不是很顺手，我师傅老宁手上，在城南老铁匠铺子选了这一家的手艺，师傅亲自画图，多次改进，最终成了这个样子。单位也考虑到咱们这个工种的实际情况，允许咱们自己选择砍刀。

小关说原来这样，我还一直奇怪的，单位现在推行集中采购，实行人财物集约化管理，怎么会同意咱们自己采购工具。梁启红解释，集约管理当然好，集中采购肯定能把成本降下来，但任何事情都不是绝对的，总有特殊情况嘛，其实不光是刀具，就连咱们的工具包，也是咱们自己确定的样式，自己确定的厂家制作的。小关恍然大悟，我就说嘛，这种工具包以前从没见过，背着真舒服，我还想着买一个自己户外用，在外面一直找不到卖家。梁启红说可不，从最早的斜跨工具包开始，这款背包已经是第五代了，我手上就改进过三次。小关说看不出来呀，班长你还是个设计师。梁启红笑，这有什么设计的，咱们在山上一走一天，这背包一背一天，哪儿不舒服肯定自己最清楚，把它往舒服了改嘛。小关说也不尽然，大家伙上山都背背包，怎么就你能发现问题，改进问题，说明你善于思考，善于创新，你不是还有一个官衔嘛，"梁启红创新工作室组长"。梁启红说那哪叫官衔，就是一个工作岗位，公司现在重视创新，把单位里面的技术专家、能手都集合在一起，相关专业的组成一个创新工作室，咱们这个输电运维创新工作室，也就是前几年刚成立起来，还没有做出什么成绩呢。小关不同意，这你也太谦虚了吧，不说别的，光咱们班的那些创新成果，就有四五十项呢，听说有二十多项都获得了国家专利。梁启红说这个真不是谦虚，有好些成果，都是创新工作室成立以前的事，好汉不提当年勇；再说了，这里边不只是我一个人的功劳，遇到问题了，大家凑在一块琢磨，你一榔头，他一斧子，俗话说得好：三个臭皮匠，赛过一个诸葛亮。小关感慨，班长呀，你这十九大代表、全国劳模真不是白来的，先不说工作好坏，就你这人品，真是少见；吃苦在前享受在后，又不争名又不夺利，嫂子当年挑中你，真是有眼光。梁启红就笑了，你嫂子可不这么看，她还整天唠叨，倒了八辈子霉才遇见我。小关说，那是你不操心家里的事，嫂子说的气话；我看，你是把所有的心事都用在工作上了。

前面又是茂密的树丛，小关抢过砍刀在前面开路，只顾埋头卖力砍树，不防梁启红大叫一声：蛇！小关一个激灵，抬头就看见距离不足两米的一棵树上，盘踞着一条通体黑色、小臂粗细的大蛇，三角形的蛇头正对着自己，蛇信子忽吐忽收。过度的惊吓使小关一时愣在当地。梁启红一把把小关拖到身后，两人慢慢后退。过了片刻，蛇从树上慢悠悠爬下来，三扭两扭消失在树丛里。

小关回过神来，两腿发软，出溜到地上喘气，哎哟妈呀，今天捡了一条命。梁启红说瞧你那点出息，看样子，这是秦岭北麓最多的乌梢蛇，没有毒，被它咬了，也就是疼一下。小关大叫，你说得轻松，好像你被它咬过似的。梁启红笑，我还真被它咬过。小关再问，有多疼？梁启红想一想，忘了，十多年前的事了，当时咱们条件差，连蛇药都没带，我就听老师傅的话，把伤口的脏血挤一挤，用清水洗了洗。小关擦擦额头的冷汗，我去，你也太大意了吧，万一有毒呢？梁启红还是笑，万一有毒，你就没有我这个班长了。小关回过神来，也开起了玩笑，不光是我没有了班长，也少了一个全国劳模呀；哎，你说，它今天为什么不咬咱们？梁启红把小关拖起来，一般来讲，蛇要是感觉不到危险，也不会主动攻击人类的。

小关却是再也不敢在前开路了。梁启红三下五除二把这些树障清除掉，边走边用砍刀来回拍打两边的草丛，给小关解释，在草多的地方要这样走，即便有蛇，感觉到动静，也会自动回避的。小关亦步亦趋跟在后面，我就说嘛，砍刀把这么长，原来还可以赶蛇呀。梁启红说，说到这儿就要感谢咱们老班长宁师傅了，以前巡线都是一手握砍刀用来砍树，一手拿棍子打草惊蛇，是宁师傅把它们合二为一，没想到一组合，不仅行李少了，砍刀的威力还更大了。

老宁最早用的砍刀，样子挺漂亮，刀口也不错，就是用起来不得劲，一天的树砍下来，手上老是磨出几个血泡；几经改进，等到最终确定下来这个砍刀的样子，已经是2000年了。为什么记得这么清楚，因为这一年，对老宁来说，有几个大事，一是女儿宁静出嫁，乘龙快婿就是她在西安城里的同事，老宁先在秦岭市里摆了自家的酒席，又到西安参加了男方的酒席，亲手把女儿交到女婿手里，又伤心又高兴，伤心自己的"小棉袄"精心养到这么大，一转眼就到了别人家；高兴孩子终于在西安有了自己的家，多了一个人疼她。二是爱徒梁启红事业家庭"双丰收"，工作上，不到三年就成为技术能手，在局里大大小小的几次技术比武中稳坐鳌头，已经被聘为工区的技术员，打破了秦岭供电局历史上最年轻的技术员记录；家里面添丁进口，樱子给他生了一个大胖小子，受梁启红的委托，老宁给起的名字：梁秦岭。三是老宁年满五十岁，按照送电工区不成文的规矩，这个年龄不适合继续巡线，因为常年翻山越岭，对膝盖伤害特别大，就转到其他工作岗位上。最后一次巡线时，老宁不无伤感，对梁启红感慨，感觉这几十年也没干啥呀，就是在山里走哇走哇，忽然一天，就老了。梁启红安慰师傅，想进山的时候，你就说，我陪你，咱继续巡线。老宁大笑，有病啊，放着清闲不享受，巴巴钻到山里来受苦。笑着笑着，却笑出两滴老泪。

四

早晨的那点小雨早已停了，被洗过的天空湛蓝高远。两人坐在白狐崖上，看群峰簇拥，万山来朝，风过大山，送来草木清香。小关几片压缩饼干吃过，一瓶矿泉水下肚，往地上一躺，马上就进入迷糊状态。梁启红赶紧把他摇醒，可不敢睡着，走了一身的汗，这山风一吹，肯定感冒。小关连眼睛都不想睁，嘴里求饶我就打一小会儿盹，一小会儿，再说了，我年轻没事。梁启红还是不依不饶，我说了不行就不行，上手就掏胳肢窝。小关没奈何，坐起来百般无聊，下意识把手机掏出来，我看看有没有信号——哎班长，不错呀，这儿竟然有信号，还两格呢！梁启红把自己的手机也掏出来看，我的怎么没有信号？小关扫一眼，就你那破手机，搁城里打电话都费劲，还想在山里用，扔了吧。看梁启红不吭身，继续挖苦，班长你说你收入也不低，怎么就不懂享受生活？梁启红笑笑，把手机收起来，我不像你，一人吃饱全家不饿，我的这点工资奖金，还要养家糊口呢；你又不是不知道，你樱子嫂子以前在咱们局里三产企业干活，一个月也挣不了多少，现如今这电网企业三产也不让搞了，在家里就一直照顾孩子；再说了，孩子下半年就要上高中了，现在这课外补习班，一个小时就是一百多，我今年光给孩子补课，都花了几千块钱了。小关说，秦岭这孩子，其实挺聪明的，上那么多补习班，有没有必要啊？你把孩子抓得也太紧了吧。梁启红说不紧不行啊，秦岭在他们班上也就是个中下水平，听他们班主任讲，这个成绩上高中很难，只能通过课外补习加强一下；其实说起来，孩子的学习还要怨我，樱子的知识水平低，辅导不了孩子的功课，我又没有时间辅导，所以从小学起，孩子的成绩就一直不怎么好。

　　这个话题比较沉重，两人于是都有点沉默，看一只大鸟在空中盘旋，后来没入远远的山头。梁启红站起来伸个懒腰，时间不早了，咱们赶紧走吧。回身看看走过的路线，忽然拿刀一指，不行，那几棵树也要砍。小关也回身看，白狐崖地势高，走过的线路一览无余，就发现距离白狐崖最近的两基杆塔之间，有三四棵树，树枝从下面看离线挺远，从这儿看离线也就两米左右的距离。小关不以为然，不用了吧，这条线路两个月巡一次，下一次再处理不行吗？何况离线还那么远，两个月长两米，哪有这么快的速度？梁启红不同意，这我可要批评你了，像这种情况，就是安全隐患，一来树木生长速度不可控，二来呢，一遇到风雨天，树梢子一摆，碰到电线上，就是一次安全事故；咱们既然发现了，千万不敢往后拖，一定要现场把它处理掉。小关不敢再吭气，看着梁启红提起砍刀，就整理行装也准备跟着下。梁启红回头说，你就在这等着，多歇一会；我一个人就处理了。

　　小关看着梁启红抓住钢索，一步一步挪下了白狐崖，消失在树丛里，时间不长，就见那几棵树剧烈地摇晃，先后倒下。小关想自己上了那么多年学，拿了那么高的文凭，有用的没用的知识装了一肚子，去年初通过国家电网公司的招聘考试那阵是多么的兴奋，对未来的工作做了那么多的设想，就是没想到竟然是在大山里干这种工作，而且不知道这一干，要干多少年，忍不住抬起头来叹口气。几根银线划破碧蓝的天空，从远远的山中牵来，又引向遥远的山后，时值初夏，山中除了铁塔和银线，满眼是青翠的绿色，那绿色中点缀了星星点点的各色花朵，一阵微风拂过，树枝和花草整齐地摇头晃脑。小关忽然想起了遥远的女友，想自己和女友同在电力系统工作，但因为不是一家企业，连调动的希望也没有，心中涌起更大的忧伤，想她此刻在干什么，会不会也在想着自己？

　　小关其实不知道，这次改革发生在2002年的年底，作为"厂网分开、竞价上网"的关键一步，国家电力公司按照业务和资产被划分为五个全国性的独立发电公司和两个电网公司。那一年，小关刚上初中，但梁启红知道。梁启红就是在这一年当了班长，本来老宁退下来以后，这两年来一直都由副班长贺兰山主持班里工作，贺兰山的业务没问题，但是个大老粗，又不组织大家学习又不组织参加单位的培训、比武等活动，连班里的台账记录也从来不管不顾，导致这个老先进班组，近两年问题层出不穷，从工区到局里，大会小会上被点名批评过好几次。工区领导忍无可忍，一改以前的班长任命制，准备搞个竞聘，刘主任提前找梁启红谈心，劝他报名，七七八八说了一堆，梁启红不干。梁启红有他自己的道理，贺副班长都干了两年了，还是我师叔辈的人，我要是争这个班长，以后在班里还怎么待？刘主任没法子，只能让贺兰山自己出面给梁启红做工作，贺兰山实话实说，我就是个干活的人，实在不适合当官——虽然这班长连官也算不上，你给咱把这班上的大事负责了，其他业务上的事，我好好配合你，行不行？看见梁启红还是不点头，就放了狠招，你要不想让你师傅老宁一手创下的江山毁了，你就别报名。话说到这步田地，梁启红再没了退路。刘主任做得也挺好，虽然是竞聘，评委除了几个工区领导，全体班员都有投票权，其结果不出所料，梁启红高票当选。

　　这一天工区组织学习，刘主任带着大家读报纸，特别强调了这次电力体制改革的目标，就是要打破垄断，引入竞争，提高效率，降低成本……构建政府监管下的政企分开、公平竞争、开放有序、健康发展的电力市场体系。刘主任把这个目标读了两遍，那个时候送电工区的工人素质还不是很高，大多数人都是初中、高中学历。就有人问，报纸上说的啥意思，咋一句也听不懂？贺兰山就说，刘主任你给咱通俗了说，咱们电网企业的好日子是不是到头了？大家伙都笑。刘主任也笑，你这个贺兰山，好歹也是个副班长，要有一点觉悟和水平——怎么能说电网企业的好日子到头了！只要好好干工作，咱们的日子会越来越好。

梁启红想，对，不管怎么划分怎么变革，作为一名线路维护人员，巡护好我管辖的每一条线路，确保不出问题，就是对改革的最大支持，对企业的最大贡献。对于目前的状态，梁启红挺满意，工作上越来越得心应手，回到家里，两岁多的孩子给小大妻带来了无尽的欢乐。唯一有点遗憾，就是父母年纪大了，帮他带不了孩子；岳父母想带孩子，但不喜欢待在城里，嫌城里太闹腾，也嫌家里地方太小。放到山里多好呀……那么大的院子，由着孩子一个人折腾。樱子父亲把双臂伸出去，给梁启红比画出一个大圈。

梁启红后来问过老宁，是怎么劝说父母同意这门亲事？老宁说简单呀，我就给他们保证说，肯定给樱子在城里找一份工作。梁启红不放心，工作不好找吧？再说了，樱子也不是个好学上进的人，在山里自由自在惯了，不知能不能适应规规矩矩的上班生活？老宁敢这样大包大揽也是提前做了准备，刘主任说过供电局准备成立个三产业，主要解决本单位职工的家属就业问题。三产业办起来，主要业务是后勤服务，考虑到樱子的性格爱好，分配她到花卉养殖班工作，也算是发挥樱子的长处了，把花卉伺候得个个杆粗叶厚、绿肥红艳的。

因为老人不习惯待在城里，樱子产假休完以后，就继续请假，带着孩子回山里娘家，一住就一两个月。梁启红有时实在想孩子，就劝樱子，咱俩都是山里出来的，进了城有好长时间的不适应，应该让孩子从小多接触城市生活，多接触现代文明。樱子不以为然，这么小的孩子，懂什么文明什么生活，再说了，山里长大的孩子壮实、有劲，你看咱儿子，是不是比院里其他孩子都要高一点壮一点。梁启红拗不过樱子，就想着在山下给岳父母盖个房子，把老两口从山里搬出来，一劳永逸地解决这个问题。他和樱子商量，毕竟山里还是有很多的不方便，樱子也赞同，两人把家里的钱盘算来盘算去，差得太远，也就只能先搁置下来。

五

梁启红再回到白狐崖上，脸色潮红，气喘吁吁，看起来很疲惫的样子。小关说班长，都说你是个铁人，看来铁人也有累的时候呀。梁启红说不是累，我可能又被漆树"咬"了。

说到漆树，可谓是梁启红的"天敌"，他唯一一次住院，就是因为砍树时不小心沾上了漆树的汁液。其实梁启红最早开始巡线时，就发现有时从山上回来，手上脸上等裸露在外的部分会发烫发痒。老宁看到这些症状，摇头叹气，这么能吃苦的一个孩子，咋是个娇气的"过敏"身子。那时梁启红对过敏还一无所知，老宁解释，线路工人辛苦倒不怕，怕的是过敏体质，这种体质的人最怕漆树，碰一下就会长疱疹，要是不小心沾了漆树的汁液，那是剧毒，会要命的；而咱们在山中一天要砍多少树，这些树中难保没有漆树。无知者无畏，梁启红不以为然，还给老宁宽心，师傅没有这么厉害吧，我就感觉有点发痒，不要紧的。老宁却是留了心，下一次进山，专门找到一棵漆树，让梁启红仔细记住了特征，交代说，以后注意，遇见这种树躲远点，如果要砍，也最好让同组的其他人来砍。梁启红不明白，那其他人不是中毒了吗？老宁说傻孩子，过敏不是每个人都有的，即便有，也有区别，有的人严重，有的人就不要紧。梁启红记住了，却是做不到，有时候砍到兴起，一刀下去也就砍了，回来不舒服，就买一些抗过敏的药吃。

自那次中毒住院以后，梁启红彻底领教了漆树的厉害，以后上山才有点收手，惹不起躲得起，一般遇上了，让同组的其他人上；有时实在躲不开，穿好防护衣，戴上面罩，把全身武装好，尽量避免漆树的汁液沾到身上。

小关也知晓班长的这个"死穴"，赶紧从行李包中翻出药，看着梁启红吃下，问碰见漆树了怎么不叫我？梁启红也有点后怕，说砍的时候没细看，几刀下去才发现其中有棵漆树，心一横也就砍了，砍完扭身就跑。小关说班长，一般人在山里都是怕蛇，你这怕和别人可不一样，真是"一朝被漆咬，十年怕砍树"。梁启红呵呵笑，说小关呀，这学历高了倒是不一样，同样一个意思，说出来的话就有味道。

小关是班上分来的第一个研究生。去年刚来时，大家背地里还讨论过这个事，多数人认为没必要，干啥呀，不就是来回爬山砍树嘛，文盲都能干的事，你让研究生来，不是糟践人家吗？吴胖子甚至提出，全社会不是都在倡导勤俭节约反对奢靡浪费嘛，把研究生分到输电运维班，就是对人才极大的浪费！但贺兰山不这样看，他认为现在整体就业形势不好，学生一毕业，都想到好一点的单位来，比如相对稳定的公务员，或者效益好一点的国企，这些单位只能水涨船高，通过不断提高学历门槛来控制进人数量，同时提高员工质量。梁启红认可贺兰山的观点，还有一点他没好意思说，就是当班长这十多年来，班里每隔两三年就进一个人，他发现，越是学历高的员工，学习和领悟能力越强，上手越快。相比而言，他还是希望手下的员工水平越来越高，比如小关，虽然参加工作快一年了，也只安排过两次平原巡线，真正进山巡线这是第一次，而且这一路上几乎起不到多大的作用，线路故障发现不了，砍树也砍得不利索不干净，但小关有他的长处，班里所有的台账、记录、报表，以前几个人都忙得焦头烂额，现在小关一个人轻松搞定。运维部内部考核会上，他们班被表扬过好几次，要知道，以前这些资料可是梁启红最头疼的，本职工作搞得再好，都要因为这些丢分。一个班里十几个人，一分就是几千块钱呢。材料不光要求纸质一份，电脑上还要对应一份，部门每月都要考评。一个生产班组，整天要准备这么多的台账材料，作为班长，梁启红从不理解到理解，差不多用了小半年，他发现通过这些材料报表，实现了工作过程的可控在控，管理确实更加严格和规范了。但班里的其他人不理解，包括副班长贺兰山——瞎折腾！大家都这样定性。

　　一说到这些年单位的招聘，吴胖子的话滔滔不绝，杀鸡用不着宰牛刀，巡线用不着研究生；再说了，电力系统现在面向全社会招聘，自己职工的子女，也要和社会上的学生一样参加考试，一点照顾也没有，领导不是整天喊着"以人为本"嘛，咋在这个事上就做不到？吴胖子一肚子气是有原因的，他的儿子去年大学毕业，专业也对口，但可惜笔试成绩太差，直接被刷掉，连进入面试的机会也没有。吴胖子年届五十，最大的一桩心事就是把儿子的工作安排了，所以没少使劲，又是找刘经理讲情又是到人事科吵闹，有一次还到省电力公司去上访，最后依然是没有结果。老包的女儿更惨，因为专业不对口，连考试的机会都没有。班里还有几个年龄大的职工，子女也都面临就业的压力，所以一提起这个事，吵吵得很是热闹。梁启红听大家越说越离谱，只能耐心解释，"以人为本"不能简单理解为对自己的职工搞特殊化，咱们是国企，国家的企业当然要对国家负责，公平公开公正地招聘，就是企业应该承担的社会责任。吴胖子不以为然，班长别唱高调了，你就不操心你儿子将来的工作吗？梁启红叹口气，咋不操心，你们也都知道，我那个傻小子学习一直不怎么样，估计连个好大学也考不上，我能怎么办？看他将来自己的造化了，但是到咱们单位来就业——这个我真是连想都不敢想！吴胖子还是愤愤不平，就这你也够本了，你是劳模、党代表，这个荣誉那个荣誉的拿一堆，又是报纸又是电视的，哦，大家一起下苦出力，最后披红戴花的事，都让你一人得了。

贺兰山听不过，厉声喝断，吴胖子你放屁，啥叫够本？梁启红年纪虽然小，但他能获得这么多荣誉，那真是拿命换来的。别的不说，每年冬天正是融冰保电的关键时期，你在山里过了几个春节？梁启红在山里过了几个春节？你不知道！还有，什么披红戴花？梁启红里里外外获过这么多奖，是得了一些奖金，但他帮扶了多少困难学生，你不知道！还有，他那次被漆树咬，差点连命都丢了，你也到医院里看过，在病床上疼得死去活来，你不知道！

吴胖子也是图一时痛快，顺嘴胡咧咧，这会看见贺兰山翻了脸，知道自己说错了话，低下头不再吭声。但贺兰山忍不住，还在一桩桩一件件为梁启红讨公道。梁启红赶紧把话题岔开，一边一个递根烟，说好了好了不再闲扯了，说说咱们明天的工作吧。

梁启红住院那一年，是他参加工作的第十一个年头，当班长的第六年，也就是2008年。那一年，他们班上管辖的线路，从35千伏到110千伏，增到了13条，任务是越来越重了。五月初的一天，从山里出来，大家聚在一起吃晚饭的时候，梁启红就感觉浑身不对，以前也就是局部发痒，这一次全身难受。大家都看出来了，建议到医院看看，梁启红想着饭后多吃点药，抗一抗就过去了，没有当回事，不想往床上一躺，夜色越深，四周越安静，身上越难受，感觉全身的皮肤都在发胀，像裹了一层盔甲，且越来越厚越来越紧，连呼吸都不顺畅了，最后竟然昏迷过去。亏了同住一室的吴胖子半夜撒尿，一开灯发现不对，赶紧叫醒其他人，把梁启红送到附近的凤州镇医院。镇医院一看，不敢接，连夜送到凤县医院，县医院也不敢接，又往市医院送。天麻麻亮时分，送到秦岭市医院，大夫一看，直接拉进抢救室，又是上呼吸机又是导尿，几个小时后送到重症监护室，第三天才转到普通病房，直住了十一天才出院。

梁启红在医院前三天基本是迷糊的，眼睛肿得睁不开，神志恍惚，最难受的时候，尿不出来，疼得在床上来回翻滚，把肘子都磨破了。大夫告诉他，严重漆中毒，导致肾积水出血，要是再拖个一半天的，你这条小命可能就报销了。

住院第十天，就是五月十二日，中午时分，梁启红还在午睡，忽然从剧烈的摇晃中醒来，睁眼一看，大家都在喊地震了地震了。还好医院组织有序，很快地，把所有的病人都转移到楼下空旷处。时间不长，消息传来，四川汶川发生了特大地震。当天晚上，老包大胡子几个人来看他，说起地震带来的种种破坏，局里负责供电的宝成铁路已经停运了，因为秦岭山中的隧道塌方，路基损坏。一想到他们班上维管的四条110千伏线全部在地震区域，如果不及时巡查排除故障，一旦因为地震损毁线路基础，造成倒塔断线，这事可就大了，梁启红再也躺不住，坚决要出院，樱子劝不住他，请来了部门主任和老宁也不行，于是给医院写了一个证明，证明是病人自己要求出院，再有其他问题与医院无关。第二天，梁启红就带了七八个精壮队员往山里赶，当时余震不断，别人都是从山里往外跑，他们倒好，跟别人反着来，一路总有好心人拦住劝，现在可不敢进山，满山的石头乱跑。

安全第一，梁启红也不敢大意，一路尽量拣空旷处走。还好一路无事，当晚赶到红铺子镇，没想到常住的那家旅馆关了门。老板给他解释，不是我不让你们住，而是这楼房实在不敢住，我和家里人都在外面睡帐篷。找了几家都是如此，没办法，几个人就在镇上中学的操场里合身而卧。刚躺下，樱子打来电话，哭着说电视上预报夜里还有一次大的余震，秦岭市里也要求群众紧急避险，在外睡防震棚，可是家里一没人手二没帐篷，现在带着孩子正蹲在街边上哭呢。一听到这消息，队员们都慌了，纷纷掏出手机给家里打。梁启红让樱子赶紧找老宁想办法，挂了电话又打给留守的贺兰山，让他出面组织班里剩余的人员，把所有的家属都要安置妥当。时间不长，部门主任亲自把电话打过来，让梁启红转告大家，运维部已经组织人力，把在外人员的家属全部都安置好了，请大家安心工作。这个时候，刘主任已经当了局里分管生产的副经理，新主任也是个挺务实的领导。抱着电话，梁启红有点激动，翻来覆去就是一句话，谢谢组织谢谢领导。电话那头的部门主任沉默了一会，说启红呀不要谢我，这么危险的情况下，你们舍小家为大家，我应该谢谢你们，我代表部门谢谢你们；等你们安全回来了，我要给你们请功！注意，一定要安全回来，一个人也不许受伤！

放下电话，梁启红看看四周焦急的眼神，安慰大家，这个时候，不能和家人在一起，心情都很理解；但这个时候，正是线路上离不开的时候，我们还是要克服困难，安心工作，同时也请大家放心，家里的事都安置好了。

连续查了三天，处理了五六十起小故障，还好铁塔当时的选址都比较科学，基础牢靠，没有发生大的问题。第四天，就剩下十几基杆塔，其余人先回，就留了梁启红、老包和小鱼三个人，不想就是这一天，遇到了野猪。

当时是在一个半山坡，小鱼最先发现脚下一堆一堆的小土圈，好奇地问起来。梁启红也奇怪，老包脸色却变了，说小心，这好像是野猪拱出来的。快走到铁塔下的时候，听到身后有动静，小鱼一扭头，失声喊出来，梁启红和老包回头看，刚走过的山坡上有一群野猪，大大小小一共八头，正向他们快速地追来。看距离，也就是二三百米。

三个人吓得腿都软了，还好老包见多识广，大喊上塔、快上塔。梁启红先把老包和小鱼推上去，最后一个往上爬，也顾不上行李了，等他手忙脚乱爬到第二层铁塔上，野猪们已经围拢过来，就在他脚底下呼哧呼哧地喘气。梁启红不敢懈怠，再往上爬一层，抱紧了往下看，就看见几个野猪已经把行李包撕得七零八落，三口两口把其中的干粮吃掉，又围到铁塔底下哼哼地盯住他们看。小鱼都带出了哭音，妈呀不得了！妈呀这个咋办？梁启红一时也没了主意，两人都看年龄最大的老包。老包的行李还在，这会从包里抽出一个扳手，在铁塔上"咣"的砸一下，嘴里说不怕。老包的本意是为了壮胆，不想野猪们听见这金属撞击声，都有点发愣，有的还往后退两步。三人受到启发，于是一人手里操一件家伙，"咣咣咣"敲击铁塔，同时嘴里大喊大叫。野猪们集体后退几步，又和他们对峙了十多分钟，才慢慢悠悠地离开了。

直等到野猪看不见了，三人才敢下塔。小鱼问野猪吃人吗？梁启红也不知道，老包是个百事通，说咋不吃人，那不前些年，重庆就发生过野猪吃人的惨剧嘛，伤了好几个人呢。三人惊魂未定，东张西望左顾右盼地把线路巡完，从沟里走出来已经七点多，天也黑了，肚子也饿得咕咕叫，寻到最近的一个村庄，没有旅社没有饭馆，好不容易找到一户人家肯收留他们，等到狼吞虎咽地填饱肚子，都晚上十点多了。躺在主人家的土炕上，小鱼感慨一声，咱们这个工作太苦啦。老包沉默半晌，念出三句话：远看是个逃难的，近看是个要饭的，一问是个巡线的。

六

白狐崖上是第52基杆塔。再从白狐崖往前走，一来都是下山路，二来任务完成了一多半，小关的心情好了不少，脚下也就轻松了许多。沿途能看到不少废弃的老房子，梁启红一边走一边指，这家住的是老吕头两口子，那家是王德胜一个孤寡老人……政府在山下给他们修了房子，住不惯，前些年时不时还要回来一段时间，这些年倒是少了。小关东瞅瞅西看看，这儿要什么没什么，你说这些人也真奇怪。梁启红笑笑，有什么奇怪的，住了一辈子的地方，猛不丁离开，谁都不适应。

每到一基杆塔前，清理完四周的树障，检查完绝缘子、螺丝和接地装置，梁启红再系上安全带登上杆塔检查避雷器读数。看他爬上爬下的，小关不忍心，抢着往上爬，一个不留神，脚下一滑，幸亏爬得不高，梁启红在下面手疾眼快，一把托住了，放到地上，检查了一番，还好没有受伤。梁启红教他，上铁塔和上电杆不一样，电杆是圆的，铁塔都是钢筋，要记住爬铁塔的口诀"手抓牢，脚踩稳，三个支点要把准，上下左右看一看，安全带再紧一紧"。小关不理解，为什么不在铁塔上焊些扶梯，那样上下起来，不就方便多了？梁启红说那可不行，铁塔在野外，来来往往的人多了，要是好爬，那谁都能爬上去；所以，宁可咱们自己不方便，也要保证老百姓的安全。

现在正好，天气不冷不热，咱们这上班就跟户外旅游一样，多好！梁启红一副惬意的样子。小关忍不住笑了，班长我发现你是个受苦的命，这怎么能和旅游相提并论？人家是游山玩水，怎么高兴怎么来；咱们可是跋山涉水、钻林砍树，怎么苦怎么来。梁启红解释，同样的山同样的水，为什么感觉不一样呢？重要的还是心情，如果在自己的工作中找到乐趣，苦就不是苦了。就说咱们巡线最艰苦的冬夏两季。冬天的山中冷得出奇，你要不一直活动，冻得根本受不了，冬天砍树的工作量小，所以主要就是爬铁塔、走山路；但也有乐趣，最厚的雪能有半人高，一路"咯吱咯吱"踩过去，回头一瞧，茫茫雪地里就你这一行足迹，特有成就感。还有夏天，最热的三伏天，铁塔上可以烫熟鸡蛋，还得照样往上爬，那个时候，厚厚的安保手套可是必不可少的。

那夏天的乐趣在哪里？小关问。梁启红想一想，躺在树荫下休息的时候。这也叫乐趣？小关不以为然，两人忍不住都笑了。

其实最艰苦的时候，梁启红没敢给小关说，那就是每到过年的时候，因为他们班还负责融冰保电，必须有三四个人留在山中融冰站值班。自当上班长以后，每年到这个时候，其他人轮换，梁启红却是雷打不动地坚持值班。班上也有人看不过，劝他，班长你也有家，年年这样在山里过，老婆孩子怎么办？梁启红在人前说得好，没事，我们家樱子好说话，过完年回到家说两句好话就没事了。其实回到家里，樱子一点好脸色都不给他，正月里一般都不让梁启红碰一下。后来樱子也习惯了，每到过年前，就带着孩子回父母家去。

　　这样一来，梁启红更加安心地待在山上，白天和同事们检查线路覆冰情况，遇到那些过厚的冰层，只能爬上去人工除冰，也就是拿个榔头上去敲。这项工作不仅艰苦而且危险，一般半个小时就得换人，人一下来全身都是僵硬的，衣服上结了厚厚一层冰，脱下来的衣服还能保持穿在身上的形状，稍不注意，一折一碰，衣服就断了。所以，算下来，梁启红的工作服是最费的，往往还没等穿烂，就先被冻烂了。今年依然如此——

　　2017年元月27日，除夕，一场大雪给秦岭披上了厚厚的银装，当千家万户都沉浸在团聚的喜悦中时，他又开始了像往常一样的工作：

　　10时54分，传感器发出警报"导线重量超过警戒值，开始融冰！"

　　13时25分，导线重量恢复到590至610千克的无冰状态，融冰结束；

　　14时整，和工友出发，巡视线路；

　　19时左右，融冰段线路全部巡视结束，一切正常；

　　20时至次日，观测结冰数据变化。另外几个人守在电视前看春节联欢晚会，当新年钟声敲响的时候，梁启红跟着大家到室外放鞭炮，看着绚丽的烟花在空中绽开，梁启红的眼里，又一次忍不住蓄满了泪水。他掏出手机，明明知道山里没信号，还是拨出父母和樱子的号码，哽咽着说：新年好……

　　元月28日，大年初一，工作继续……

　　这是梁启红在秦岭山里度过的第15个春节，也是他作为班长的"特权"——每逢节假日或者遇到恶劣天气，他总是把艰苦的任务留给自己。

　　一个人连续15年没和家人在一起过年，不管是电力系统内部，还是社会上的其他行业，都是一件不小的新闻。小关早听过班长的这一"壮举"，一直不理解，这会就问，那班长你觉得这样子，对家人公平不公平？梁启红沉默半天，叹口气，其实我也心酸，工作这么多年，最对不起的就是家人。父母年龄大了，自己没有时间和精力去照顾；孩子初中都快毕业了，也没有开过一次家长会。作为儿子，作为丈夫，作为父亲，我都觉得自己不合格。但是每次遇到任务，我还是不放心，还是自己走一趟觉得心里踏实。小关问，那你给嫂子怎么解释。梁启红笑笑，还能怎么解释，毕竟干了这个工作，就要担起这个责任，咱们虽然苦点累点，但宝成铁路的火车一路畅通；咱们负责的这18条线路，从来没有出过一次人为事故的停电。每次从山里出来，看见山外千家万户的灯都亮堂堂的，我觉得，值！

小关点点头，说真的班长，以前我听见这种话，都觉得是大话空话假话套话，但今天跟你走了一天，从你嘴里听到这话——我信！

他们的这份辛苦和付出，直到五年前才被世人所知。那一年春节前，陕西电视台忽然来了三个记者，有扛摄影机的有拿话筒的，在山上待了三天，时隔不久，他们竟然在中央电视台找到了自己的影像。梁启红记得很清楚，那是2012年2月9日，中央电视台《新闻直播间》栏目里，他和同事们赫然出现在荧屏上，底下还有一行大字：秦岭山中的电线巡检员。

省电视台提前打了招呼，所以那天晚上下班后，部门党支部组织大家一起看电视，刘经理也专门赶了过来。虽然只有短短几分钟，但能在国家级的电视上露脸，对陕西电力系统来说，还是破了天荒。梁启红一出来，吴胖子指着电视喊，嘿没想到呀，咱们班长上了电视还挺帅的。大家呵呵笑，刘经理说，是呀，每一个认真工作、敬业爱岗的人都是最帅的；不要以为自己的工作不重要，不要看不起线路工人，就在这样的岗位上，我们走出来一个梁启红，难保以后不会出现更多的梁启红。

也是在那一年，樱子的父母搬出了大山。两位老人定居山外，不是梁启红和樱子挣够了钱为他们买了房子，而是受益于省委省政府实施的"陕南移民搬迁"惠民工程，工程提出用十年时间，将陕南地区三个市、64万农户、240万人口迁出环境恶劣的深山区，迁移到自然环境相对较好的平原和川地。这一工程重大而宏伟，2011年一经提出，深得民心，稳步有序快速推进。第二年，也就是2012年的十月份，樱子爹娘就搬到了移民新村的楼房里，连带装修、购置家具，前前后后才花了四万块钱。这点钱梁启红和樱子还是有的，但老两口不要，通知四个儿女一家拿一万。樱子爹娘告诉梁启红，你能有这个心，我们就很高兴，但尽孝不只是你们两个人的事。搬到新房里特意摆了几桌酒，老宁也应邀参加了。樱子爹攥住老宁的手直摇晃：多亏你的好眼力呀，给我们挑了一个好女婿。

七

果不其然，梁启红和小关出山的时候，夜色阑珊，又到了晚上七点多，同一辆车的老包小鱼早已望眼欲穿，一见他们出来，喊着赶紧上车上车，这肚子都打起鼓来了。坐到车上，老包问小关，怎么样这一路，跟班长一起走收获不小吧？小关沉默了好长时间，忽然攀着梁启红的肩膀说，班长我打定主意了，我要好好向你学习，争取早日做一名合格的巡线工。老包呵呵笑，和班长一样，不能合格就算了，那要非常优秀。梁启红就问，那你女朋友怎么办？不能长期两地分居呀。小关说，我再做她的工作，实在不行……

梁启红说实在不行怎么样？你可不敢跟白狐崖的王灵官一样，为了个人的前程抛弃了感情。小关说不会，即便两地分居我也不会舍弃这一份感情，我的意思是实在不行，先结了婚再说，以后的事再说。一车的人都高兴起来，说对，先结了婚再说，车到山前必有路，有路必有输电塔，有塔必有巡线工。

梁启红要过小关一路做的记录，在摇摇晃晃的车上查看校对。

2017年5月28日巡视情况记录

一、基本情况

巡视线路区段：1143三凤TI线40-59#；约9.7公里。

巡视人：梁启红、关原野

地点：凤县三岔镇心红铺村到凤县凤州镇烧锅村。

二、发现缺陷：

1、三凤TI线40#负测左相15米处导线断股两股。处理意见：安排线路停运时修补。

2、44-45#线下杂树十余棵，垂距2.5米。已砍伐。

3、49#左相避雷器高压侧连线断开。已重新连接。

4、50-51#线下杂树30余棵，垂距2.3米。已砍伐。

5、53#塔体三段处丢失脚钉3个。已补加。

6、54-55#距55#30米线下杂树20余棵，垂距2.6米。已砍伐。

7、57#D腿接地被盗。处理意见：需要重新埋设。

三、发现问题：

1、43#塔体BC腿被埋高0.6米，土方3立方米，建议清理。

2、45-46#区段漆树较多，注意防护。

3、51#3根塔材被山上拱石砸变形，需更换。

4、56-57#巡视道路割草修路2.6公里。已维修。

5、58#正侧15米处，排水造成基础被水冲刷，建议修排水沟。

2015年4月27日一大早，梁启红就从秦岭市出发，在去省总工会报到之前，特意抽时间拜访了师傅老宁。老宁退休以后，搬到西安和女儿宁静住在一起，身体状况和精神状态都还好，就是一上年纪，话多了起来，拉着梁启红的手，一个劲感慨，全国劳动模范是一个工人的最高荣誉，我在山里爬了半辈子，连个省上的劳模也没当上，你比师傅厉害多了，18年！18年就当上了全国劳模。把梁启红带来的西凤酒打开，一定要留他中午吃饭，宁静只得出面，批评他爸，梁启红这次是去北京参加全国的劳模表彰大会，省总都有严格的纪律要求，让他中午12点之前必须报到；听我的，这酒，留着以后再喝。梁启红好不容易脱身，说你放心师傅，从北京一回来，我就再来看你，咱爷俩好好喝一场。老宁悻悻地把酒瓶子拧上，算了吧，你一回来又到山里去了，见你一面比见国家主席都难。宁静气急反笑，好像国家主席你常见似的。老宁指指电视，这不天天就能见着嘛。

飞机到达北京已是下午了，陕西的劳模被安排入住全国总工会"职工之家"。十几平方的一个小房子，设施虽然陈旧，但非常干净整洁，梁启红第一次参加这么重要的会议，坐卧不宁，打

开电视看不进去，把随身带的书翻开也看不了几行字，躺在床上
歇一阵吧，又一直睡不踏实，迷迷糊糊中幻出一个个场景：

老宁第一次带他巡线时的背影；

樱子家的大黄狗；

一大片狰狞的漆树林；

和樱子的第一次拥抱；

几头野猪慢悠悠地围上来；

儿子的第一声啼哭；

高耸的铁塔上银线飞架；

第一次上台领奖的手足无措；

除夕夜里在秦岭山中拨不出去的电话；

几经改造的大砍刀；

夜色幽深，弯月如钩，一只美丽的白狐蹲伏在山顶，仰天长啸
……

流氓英雄

多年以后，我依然能够想起乡上开公审大会的那天，红旗招展，人山人海，戏台两侧的民兵手持长长的竹竿来回不停地横扫，依然压不住此起彼伏的汹涌人潮。人群中有幸灾乐祸的，有喊冤叫屈的，更多的还是看热闹的，一浪一浪往前挤，想近距离一睹主人公的风采。戏台中央，佘云龙虽然双手被反捆着，还在努力抬头挺胸，一脸刻意挂出的冷笑。等他身后那个戴着大盖帽的人喊出"判处死刑，立即执行"的时候，佘云龙张嘴喊了一声——

我虽然挤到台前，但实在紧张，时令刚入冬，天气还不是很冷，竟然全身发抖，我是真没有听清他喊了什么。台下的人太多太吵，估计也没有几个人听清。

关于这一句，后来有多种版本。有说"十八年后老子又是一条好汉"的，太老套。有说"冤枉"的，应该不会，他不是喊冤的人；再说了，他确是把人杀了。有说"×你妈"的，也不可能吧，他想骂谁？

至今没有定论。

没有定论的，还有对于佘云龙这个人的定性，有说他是流氓的，有说他是英雄的，还有的，说他是流氓英雄。呵呵，奇怪吧。

十三岁那年的夏天，我第一次做了春梦。

农村孩子睡觉，都是赤条条一具无牵挂，天热被子又盖不住，小弟弟竖得笔挺。感觉刚睡着就做了很奇怪的一个梦，大热的中午，一个人在野外走，太阳在天上无遮无拦地放火，连个庇荫的地也没有，我热得晕头转向、几近窒息，忽然倾盆大雨落下，全身感到无法言喻的爽快……一个机灵醒来，借着窗外依稀的月光，看见佘云龙蹲在我旁边嘿嘿笑，一只手正抓住我的命根子玩弄。

我吃了一惊，下意识地踢腾了几下，没踢到他。我说，云龙哥你干啥？

佘玉龙站起身来，两手拍一拍，指着十几个被吓醒的同学下令：以后谁要是睡觉敢把鸡巴乍奓起来，割下来喂狗。等不到同学们回答，哈哈一笑，扭身出去了，留下一众受惊吓的小孩子们赶紧扯过被子把身家性命护住。

学校在镇子边上，占地十几亩，前面是教室和操场，后面是教工和学生宿舍。教工宿舍都是小房间，一人一间，连办公带休息。学生宿舍都是大通铺，满满当当能挤二三十个人，初一初二住的人少，好多镇子上的孩子们，晚上都回家住，剩下我们十多个离家远的。学校的围墙断垣残壁，形同虚设，反映了多次，上面也没人重视，反正学校一穷二白，小偷都看不上。夜间偶尔有几个闲散人员翻墙过来，耀武扬威一通，却只在男生宿舍。因为女生宿舍早被这些人骚扰得住不下去，女生都投亲靠友，各找安全的地方去了。

佘云龙就是闲散人中的典型，从小长得人高马大，上学总在最后一排，初中就因为打架被开除，整天在街上摇来晃去，无事生非，但他被人重视，还是十五岁那年，他一个人和邻近镇子上的三个小青年对打，一架成名。大家说起来，这小子厉害呀，真下得去手。

　　佘云龙再在街上晃荡，大人们见了都要打一声招呼，递上一根烟。我们很羡慕，把佘云龙竖为偶像，争相和佘云龙发生交集：他是我舅家村子上的……他是我大姨夫的堂弟……我爹在他家干过木匠活。

　　佘云龙再怎么出名，我却是不怕他，也不用和他扯什么关系，原因说起来很简单，我们两家邻居。他比我大不到五岁，从小我没少和他在一起玩。起初他不愿意带我，直到有一天，我唰唰爬上树翻到别人家，给他把门打开，他带我才不是那么为难。但过了七岁，我一被送到学校，才发现生活还有这么多的苦恼，学校里老师可以打我，回到家父亲也可以打我。他不让我和佘云龙一起出去玩，一边打一边数落：不学好……

　　这样有一天，佘云龙沉着脸进了我家院子：叔呀，咱把话要说清，跟了我咋就是不学好？

　　父亲当然也不怕他，毕竟看着他长大的，也沉着脸：你还问我？回去问你爸去！

　　佘云龙当然不会回家问，因为他父亲已经挨家挨户给村里人打过招呼：佘云龙不是他的儿子，再有啥事一概不管。老两口是"管"不过来，四十多岁上好不容易得了佘云龙这个宝贝疙瘩，真是含在嘴里怕化了，捧在手心怕摔了，娇惯到十多岁上，发现原来是个前世的冤家，家底本来就薄，还要负责赔偿这"祸害"一路成长给村里带来的损失。前天把前巷老杨的红薯苗全部拔出来，昨天把后巷红红的麦秸垛一把火点了，好不容易消停两天，隔壁金彩三岁的小孙子不见了，好话给佘云龙说了一箩筐，他引到村后的一个窑洞里，那小屁孩躺在草垛里，握着一个馒头片睡得正香。老佘早已不堪重负，借着派出所有一次上门，全村人挤在门口看热闹，老佘申请脱离父子关系。派出所老杨把烟屁股一扔，一脸的别扭：你说得轻松，你生的你不管谁管，不到十八岁你必须管！

母亲却不愿意惹他，紧着拉把凳子让佘云龙坐：哎呀你甭在意，你叔不是说你……

佘云龙哼哼两声走了。翻过天来，父亲发现自留地里新栽的几棵桐树被人拦腰砍了，长气接短气地想找佘云龙问个究竟，硬被母亲拉住了：哎呀你能斗过他！扯不完的事呀……

父亲把满腔怒气转移到我身上。但我一点也不生佘云龙的气，屁股在老爸的鞋底下啪啪作响，一边放大嗓门哭爹叫娘，一边想什么时候我能跟佘云龙一样，走路落地有声，连狗都不敢叫，谁也不敢打我，见了我都客客气气。

狗是不敢叫。乡粮站养了条大狗，体型彪悍，见谁都狂吠，平常老拴着，一日挣脱了链子出得门来，把大街上照例当成了自己的地盘。佘云龙被这不开眼的狗叫了几声，扭身抓了根铁棒，上前好一场厮打，打得那狗夹着尾巴望风而逃，他自己呢，还拖着满身的伤到粮站讨医药费。粮站站长啧啧啧地感叹，畜生嘛，你跟它一般见识？佘云龙一棍子下去，办公桌剩下三条腿。站长紧着掏烟，你看你看，你这急脾气，我又没说不给。

佘云龙十岁之前，乡亲们还善意地解释孩子还小，调皮捣蛋。但他大了之后，变本加厉，大家才反应过来，这"瞎怂""二流子"是娘胎里带来的，一辈子走不到正路上。而按我对佘云龙的认识，他……其实不是个坏人。他只是不想受气，比较记仇，说的厉害点就是睚眦必报，只要你惹了他，不管有意还是无意，他都记住了，找机会就给你生事。但他的好处也很多，比如仗义，我们镇子上的小青年，只要服了他的，有事他总是第一个出面解决。还比如，不凌强欺弱，也有人拿金彩家的小孙子说事，三岁的小孩子知道啥呀？他把人悄悄领走；佘云龙主要是嫌金彩的嘴太长，整天在背后叨叨他——他把孩子带走，也只是吓唬而已——你甭说，那孩子还挺喜欢佘云龙，老远见了就伸手要抱。还有一点，他向来都是单打独斗，从不拉帮结派，相邻两个镇子上，一个叫作"镰刀会"的，一个叫作"砖头帮"的，他都瞧不上。常有人拉他入伙，他鼻子里哼哼：老虎猛兽都是走单，只有猪狗才一群一窝的。后来我读到鲁迅先生的一句话：一个作家在战斗着，猛兽总是独行，牛羊才成群结队。大吃一惊！

也有人不认可，佘云龙还不是坏人？他把人家几个姑娘都睡了，兽医站老王的女儿肚子都大了，怎么说？就有人反驳，架不住人家姑娘愿意，有本事你也去睡呀。

当然佘云龙也有吃亏背运的时候，最惨的那一次，吕家三弟兄趁他没注意，搞了个偷袭，把他绑起来，几乎打个半死，听说肋骨都断了几根，人晕死过去好几次，但只要一醒来，佘云龙就翻着白眼珠子放话：有种把我弄死，只要老子还有一口气，哼哼……到最后，还是老吕出面，把佘云龙送到县医院，和老伴好吃好喝精心伺候了两个多月，又让三个儿子和佘云龙结拜。佘云龙开始不干，架不住老吕一个劲地示弱，于是松了口：好了，冲着你这张老脸，这码就翻过去了。

要知道，吕家可是镇子上最厉害的大户，连乡长见了他们都嘻嘻哈哈。经了这一回，三弟兄明白了一个道理：横的怕愣的，愣的怕不要命的。背地里给人说起来：这是个亡命之徒，和他较啥劲呀。

镇上是乡政府所在地，乡也刚从人民公社转过来。那是二十世纪八十年代早期，农村中全面推行包产到户不过两三年，农民好不容易才填饱了肚子。整个国家百废待兴，大家都开始忙活起来，农民忙着种田，工人忙着生产，学生忙着考学，流散在社会上的小青年忙着耍流氓。镇上虽然有个派出所，但实在顾不过来佘云龙之流的人物，所谓"大错不犯，小错不断，难死公安，气死法院。"

十四岁之后，佘云龙进过两次少年管教所，一次三个月，一次半年，但出来之后，更加花样翻新地折腾。派出所老杨的家也在镇子上，他也不愿意把路堵死，所谓"江湖留一线，日后好相见。"佘云龙于是在镇上，就成了一道独特的风景，人人避之唯恐不及。

张老师就给我们讲道理：做人要有皮有脸，可不敢学佘云龙，到这个份上，还活个什么劲？张老师是县里派过来的公办教师，教语文的，长得细皮嫩肉，穿得体面干净，二十出头，挂一副金丝眼镜，薄薄的嘴唇，特别能说：米饭多么香，火车多么长，天安门多么大……

那时候农村连个电视也没有，孩子们可真是两眼一抹黑。在张老师的描述下，我们看到了镇子以外的世界。但张老师说得漂亮，讲课却不怎么样，我班的语文成绩自他接手后，校区统考稳坐倒数头把交椅。听别的老师嘀咕，张老师是个有背景的人，他到这也就是镀个金，说起来在艰苦山区锻炼过，待不了几年就要走。好在那些年学校对老师的考核不严，张老师也没有什么压力。校长对他还挺客气，按他的要求，把学校里最安静的一处宿舍分给了他。

而我是喜欢张老师的，不说别的，就他对我们男生的态度就明显胜过其他老师：作业没做完不要紧，课文不会背也不要紧，从来也不叫家长，不留校补习。但他对女生却是高标准严要求，上课骂，下课训，时不时留校"吃小灶"，班里近二十个女生，几乎都被他单独留过校，尤其那几个长得好看的，比如吕冬梅、马艳芳、齐红丽……看着女生不情不愿地往张老师宿舍走，我们满心欢喜，频做鬼脸：让你们牛哄哄不理男生，嫌我们脏，嫌我们臭……

就冲着这一点，张老师说佘云龙的那些我没有传话，相反，还常常帮着他说好话，使得佘云龙对张老师印象也不错。有时他俩见了，张老师老远就热情地打招呼，佘云龙右臂打着绷带，点点头，还个正眼，表示看见了。

佘云龙是因为练功受的伤。那一年的春天，一部电影《少林寺》，完成了我们镇上青少年对武术和暴力的启蒙。还记得看完电影的当天夜里，我们几个同学就在操场上活学活用，嘿嘿哈哈，一个个打得鼻青脸肿、兴致盎然。佘云龙通过这个电影，也明白一个道理：流氓要是会武术，神仙也挡不住。无师自通地开始练功，先是找来一堆瓦片砖块，徒手往下劈，练了不到半年，已经从镇子西侧的干涸里开始找半指厚的石条了。有一天街上逢集，他喝多了，围了一圈的人看他表演，一掌下去，咔，腕骨断裂！

而得到佘云龙的首肯，张老师在镇上才可以生活得轻松自在。要知道佘云龙只要看谁不顺眼，就会三天两头跟你找事。而像张老师这种"娘娘腔"，正是佘云龙讨厌的一类人。所以，他俩关系好了，我功不可没。

张老师的这种幸福生活是被老吕打破的。老吕家三个儿子就一个宝贝女儿，从小出落得水灵。换了新的语文老师，老吕发现女儿吕冬梅几乎隔三岔五就要被留校，回来也是兴致不高。这天晚上到学校来，想找老师了解一下情况，在操场上碰见我们打篮球，一问之下，就被指到学校最后面的张老师宿舍。学校里建筑寥寥，树木稀少，我老远看见他先是趴在门上听了一会，忽然双手抱头，蹲在地上，隔了几百米，我依然听见一声类似狼嚎的长叹。

怎么会？！张老师竟然是个大流氓！我们的认识里，只有像佘云龙这样的，才能被称为流氓。张老师这样的，不仅是，还是个大的！

听初三的同学津津乐道：可不，你们班上差不多的女生都被张老师糟蹋了。我们气愤填膺。他妈的，我们连个小手都不敢拉的漂亮女生就被张老师这样挥霍浪费，暴殄天物，真该死！所以当县城里来的警车将张老师带走的时候，我们一个个冷眼旁观，鄙夷不屑地看着往日油光水滑的张——对了，他怎么配当老师，他叫——张忠诚，狼狈不堪地被戴上铐子，沮丧地钻进警车。上车的时候，他有一点磨蹭，警察一脚把他踹进去，博来一片喝彩。

学校里面，保持了难得的安静。校长、教导主任和老师们，一听见相关话题立刻厉声呵斥。我们班上，除了那三个漂亮的，剩下的女生，依然坚持正常上课。所有的女生家长都不承认他们的女儿受辱。"话是越传越邪乎"，他们这样解释。

而除了吕冬梅，那两个女生，过了不到一周，也先后进了教室。她们家长忙着解释，"有啥呀——也不过手把手教了几次。"我周末回家，听见母亲给父亲叨叨：可怜这些孩子，她们又能怎样呢？坐实了，以后连嫁也嫁不出去！父亲说，也不全是这样，那个张老师的家里人四处托人，找女生家长说话，又是送礼又是送钱的，釜底抽薪，那锅里再有多少水，也冒不出个泡来。

事情到了后来，只有一个老吕在孤军奋战。在农村，老吕家因为三个如狼似虎的儿子，说话腰粗气壮，但到了县城，连个屁也不顶。听说张老师，不，张忠诚一推六二五，啥也不承认。吕冬梅除了医院证明不是个处女，什么证据也没有。你想呀，一个十三岁的小姑娘，她懂得保留什么物证。不是处女又怎样？张忠诚的辩解是，天下不是处女的人多了，都跟我有关系吗？所以时间不久，县里传回来消息，张忠诚已经被释放了。

说起来是证据不足，实质还是张忠诚的家庭背景起了作用。他的父母，或者他们家族中到底有谁，当了什么官？背后有什么交易？老百姓自然无从知晓。但大家知道一点，在那个年代，公检法合署办公，搞定一个，也就搞定了全部。

而吕冬梅从此再没有来过学校。我在写这篇小说的时候，忽然想起她，相貌虽然模糊了，但还能记得她每次经过我身边时散发出的那种女孩独特的香味。我那个时候的春梦里，她是毋庸置疑的领衔主演。包括我后来回老家，问起她，才知道她当时被送到东北的姑姑家，在那里继续上学，后来还考了一个不错的大学，毕业后分配在东北的某个大城市；这些年时不时回来探亲，小时候的样子一点不见了，完全是一个都市白领，说起来四十多岁的人了，依然风姿绰约、风情万种。有的同学还留有她的照片，从手机上翻出来，一帮大老爷们围着看，自觉不自觉地拿身边的女性与之比较，啧啧感叹，说谁能想到呢？各人有各人的命呀！

而当时老吕像疯了一样，整天跑县城各个衙门喊冤告状，三个儿子跟着他轮番上阵，前后忙乎了差不多一个多月，于事无补。那时候街上偶然碰见老吕，胡子拉碴，两眼通红，一脸的苦痛挣扎。只有见了佘云龙，他才露出一点和悦之色，上前一把拉住了：走，回家吃饭。

那段时间的佘云龙也很生气，作为镇上赫赫大名的流氓，他的地位一夜之间被人取代，而那个流氓对这个称呼一点也不看重，让他情何以堪！最重要的，吕冬梅一口一口"哥"地叫着，他这个当哥的，明明知道妹子被人欺负了，竟然无所作为。弄得他对我也有了意见：他妈的，要不是你整天说这个"娘娘腔"多好多好，我早把他鸡巴拧断了，还能害这么多人？在他盛怒之下，我自然不敢反驳，诺诺退下，忽然想着把鸡巴拧断了，不就是个太监吗？想象一下太监张忠诚的样子，忍不住哈哈笑了出来。

时间过得很快。张忠诚被警察带走的时候，是六月中旬，暑假过后的一天，已经到了九月份，一天我们上课时听见汽车响，我把脖子竖起来，从窗户里看见一辆吉普车停在张忠诚的宿舍门口，他和司机正往上搬东西。想必他是专门回来搬家的，也是——闹出这么大事，咋有脸在这儿混！看到这里，忽然老师一个粉笔头飞过来，把我打回现实，于是缩回脖子继续上课。老师把门关严了，又让把窗户全部关上，外面再怎么喧哗，也跟我班没关系了。

而我班错过了凶险而精彩的一幕。等到外面人声鼎沸的时候，我们跑出去，先是看到人群分作几处，远远地挤在一起，都不敢靠前。就在张忠诚的宿舍门口，看见张忠诚躺在血泊里，佘云龙蹲在边上抽烟，还不时抓起张忠诚的西服下摆，擦一下手上血里呼啦的刀子。

在佘云龙这个事上，家乡好多人对老吕是瞧不上的：你他妈有三个儿子，人家佘云龙是个独苗；三个亲哥哥不敢出头，煽惑的让一个干哥哥铤而走险，犯下命案。当然，也有人不这样看，他们认为：佘云龙在流氓的外表下其实有着侠义心肠，这种事只要让他知道了，用不着别人煽风点火，他自然会出面，按他自己的方式解决。

老佘竟然不伤心，还满脸挂笑感谢政府：哎呀，公家终于把他管了，管得好哇，一家伙送他回老家……老伴在身后连哭代骂：虎毒不食子呀，少说两句行不行？！

我认同后一种说法。对老吕，我也挺赞赏的，起码在事后，他不躲不避，不仅给佘云龙做了一口上好的柏木棺材，还让三个儿子齐刷刷跪在老佘家里，拍着胸脯打包票：你放心，走了一个儿子，来了三个儿子！

事发之初，为了留住佘云龙这条命，听说老吕花了不少钱。但他这个案子和张忠诚那个案子又不一样。张忠诚是啥证据也没有，本人也全盘否定。佘云龙倒好，人证物证一大堆，他自己更爽快：就是老子干的，替天行道，行了吧。

最让我感动的，是老吕在公审大会那天，他竟然领着三个儿子往戏台上冲。"劫法场"他肯定不敢，他是想冲到台上喊冤。

但他怎么会冲到台上呢？台下的民兵就把这爷几个收拾了，捆起来撂在戏台后面的化妆间。等到公审大会一完，载着佘云龙的行刑卡车一走，满会场的人呼啦一下都散了。民兵队长赶紧把烟点着往老吕嘴上塞：叔呀这乡里乡亲的都看见了，你这也够仁义的啦。委屈一下，再等会啊，人一毙，就给你们松绑。

老吕紧着抽一口烟，垂下头长出口气，忽然抬起头来又骂：×你妈的，不会绑松点呀，胳膊都快折了！

刑场在镇子西北方向靠山的一个峡谷里，提前就满满当当挤满了人。要知道在那些年里，除了每年有限的两次庙会，老百姓难得有一个娱乐的机会。那天我心里堵得慌，最后一批从公审会场出来的时候，看见兽医站老王的女儿还窝在角落里，头埋着，肩膀一抽一抽的，乌黑的头发在风中飘。她是佘云龙的女人，我一向都不敢轻慢，那天忽然想摸摸她的头发。当然，也只是想想而已，如果她拖住我诉说，我不知如何安慰一个沉溺在悲伤中、比我年龄大的漂亮女人。我在她身边站了一会，感觉再待在她身边自己都要爆炸了，就直接回了学校，坐在教室里书也看不进去，就一直"呼哧呼哧"喘气。我知道刑场离我很远，总有差不多十里地。而我竟然在喘气的当口，听见清晰的一声枪响——砰！

大脑为之竟有片刻的停顿。

佘云龙死的时候，刚满十八岁。那一年是1983年，也是新中国成立后最后一次"严打"（严厉打击严重刑事犯罪活动）的第一年。

我所认识的第一个流氓，我所认识的第一个英雄，佘云龙，就此作别人世。我的少年时期也至此终结。此后的人生，有了佘云龙"这碗酒"垫底，再遇见什么流氓、什么英雄，我统统付之一笑。

其实我想说的是苏小来

首先交代一下，下面的这些文字，都是十八年前我的亲身经历。

既然亲历，为什么不写成现在流行的非虚构而要以小说的形式出现，十八年的时间不长，应该不会出现大的误差。但因为那起事件之后我就患了严重的精神疾病和睡眠障碍，我不能保证回溯整个事件的完整和准确，也许其中，有我十八年前的无知、恐惧，十八年中的臆想和猜测，以及十八年后的感悟和伤痛。

所以，当你看到整个事件前后矛盾、细节描述有硬伤、人物性格冲突，你大可一笑而过，一个精神病人写的小说而已，看看热闹罢了，有必要较真吗？

一

我叫刘安阳，1999年初的时候，我22岁，是个在黑金山电厂刚参加工作半年多的学徒工。本来参加工作一年就可以转正了，但因为电厂在那一年出了个大事，我的转正就歇菜了。不只是歇菜，我整个失去了这份工作。在上世纪末，对于一个出身农家的孩子来说，好不容易跳过龙门考上学，有一份国有企业的安稳工作，是多么不容易的事。所以这个失去，对刚踏上社会的我，以及对我今后的人生，该有多么大的影响，不言而喻。也就是说，我是1999年黑金山一号刑事案件的受害者。

但谁不是受害者呢？被罚了巨款并被开除留用察看一年的老魏，被解除职务的孙班长和王主任，被留用察看半年的师傅，被记大过的高彦龙和老雷……以及，被遗忘的苏小来。

其实早上七点多等待警察传讯的时候，我一夜没睡正到了极度困乏的关口，陡遇如此大的事故，整个人都迟钝了，好像被人一闷棍打晕后刚刚醒转，有一种不确定的虚幻感。一个运行值二十多人一个不少，都挤在锅炉分厂的大会议室里等着逐个传唤问询，人心惶惶，众声嘈杂，我被特意挤过来的车间主任老王拖到一边，善意地告知，里边不仅有警察，还有马厂长，好好想想，进去后不要胡说八道，只讲自己在凌晨四点半到五点半之间的行踪，以及所看到的可疑现象。

我自己的行踪很简单，四点半之前在1、2号锅炉控制室聊天，四点半和师傅到零米检查设备运行情况。师傅简单看了看排灰泵和除尘器的水位，交代了几句就扭身回去了。我逐个检查了每个设备的油位，风扇磨、排灰泵、打水泵、吸风机……遇到油位低于最下值的加点油，再听听有无异常声音。五点多检查完毕，返回值班室，继续聊天，直到事故发生。

五点多……具体五点多少？小警察从本子上抬起头，钢笔在记录本上不耐烦地戳打。

我擦擦额头的汗，翻翻眼珠子：当时没看表，我……也记不准，大概就五点……五点多吧。

老警察无动于衷。小警察冷笑一下，对我的迟钝表现出明显的蔑视。坐在两个警察边上的马厂长忽然发问：你在零米有没有见过苏小来？马厂长发型凌乱，两眼通红，声音嘶哑，往日的风度一点也不见了。也难怪，作为一厂之主，出了这么大的事，他肯定比谁都着急。

我没有任何迟疑，之前准备好的答案脱口而出：没有！

怎么可能？这个时间段你俩都在零米，你负责1、2号锅炉，她负责3号，一个大厂房，没有道理见不着她呀？

零米那么黑，厂房那么大，设备又那么多，见不着很正常；我俩往常上班见面的机会就很少。我深吸一口气，谨慎作答。

老警察点根烟：好好想想，有没有见过？

真没见过，我只顾着看设备了，没顾上别的。我一口咬定。

那么，其他可疑的人呢？比如说……老警察抽口烟，沉吟着想找个合适的词。

比如流浪汉，其他陌生的人，不属于这个值的其他人员，或者说，是这个值上但不是这个岗位的人。马厂长补上一句。

我再翻翻眼珠子：……没有……吧？

小警察忍无可忍：你吞吞吐吐什么？!到底有没有见过？

我咽一口唾沫：没有见过……我在零米检查的时候，就我一个人。

答完这句话，我已经汗流浃背，在凳子上摇摇欲坠，主要是心慌得难受，心脏几乎从胸腔里蹦出来，需要一口一口大喘气。

三个审讯者估计都看出来了。马厂长看看老警察，帮我解释：这是个刚参加工作半年的孩子，去年刚毕业分回来，遇见这么大的事，难免紧张。

老警察看看我：你兜里装的什么？用手指点，对——右边的裤兜。我一头雾水，手一掏出来，大脑瞬时一片空白，在晕过去之前，听见马厂长一句惊呼：避孕套！

二

马厂长是厂里的一把手，我总觉得遥不可及，以前只是班长孙道婆远远地给我指过。去年年终全厂会餐的时候，器宇轩昂的马厂长领着一帮子厂领导挨着桌子给大家伙敬酒。我提前准备好姿态和目光，毕恭毕敬地站起来，酒杯都举过了头顶。不料马厂长拿着酒杯就那么晃一下，余光都不带看我的，就转悠过去了。

不想两人第一次见面是这么个情况！

扯远了，回来。继续交代背景。

我所在的班组是锅炉运行四班。一个班9个人，负责三台锅炉和十余个辅助设备的运行维护。班长、副班长各一，此外还有个安全员，算是领导。余下的人级别一样，但工种不同，有司炉，有副司炉，有值班员。我资历最浅，是零米值班员。班长鼓励我，小刘不着急，先在零米熟悉熟悉辅助设备，等到明年，你就可以上六米当值班员啦——所谓六米值班员，就是主要设备的操作监护，比起零米来，多了一些光亮和整洁，少了一些煤粉和脏污，不只是工作环境的改善，更重要的是，可以名正言顺地坐在控制室里聊大天。孙班长长得慈眉善目，说话絮絮叨叨，一个事喜欢翻来覆去地说，所以大家都叫他"孙道婆"，先是背后叫，后来当面叫，孙班长欣然接受，本名反而渐渐被人遗忘。所以我第一次看到值班日志上的签名"孙道波"，还好奇地问我的师傅刘水水：谁啊？这是。

师傅大笑，前仰后合，一手把大腿拍得"啪啪"响，一手翘起兰花指，指着班长几乎说不出话。这种笑法我不喜欢，认为太夸张，至于吗——笑点这么低？后来时间一长，我就接受了，因为我的师傅刘水水，笑点真的这么低。大家在一起聊天，有时候随便一句话，他就笑得失态，手拍大腿"啪啪"响。一个班下来，大腿总是紫红色。

师傅这个名字也不怎么的——水水，听起来又不干脆又没底蕴。听说还是他家专门请人起的名字：水代表财嘛，"刘"的谐音是"流"，流水就是来财的意思。流水水呢，就是来很多财。但师傅半辈子都过去了，也不像个有钱人。大家都笑他：水水流啊流，流来留不住，眼看又流走。叫他的时候掐头去尾，简化成一个拖着长音的"水～"，这个长音还是摇曳多姿，能抖出几朵花。师傅也不生气，也没法生气，一个班上过半都有外号，相互间挖苦打趣比吃饭睡觉还要正常。当然，再正常我也不敢，我每次都是客客气气地叫师傅。

虽然师傅是班上的开心果，但在同事们的心目中，我的师傅是个"神神"。"神神"是黑金山地方的特有叫法，也不能算是方言——就是有奇异功能的人。什么特异功能，我不知道，我只知道我和师傅对话的时候，他不看我，兰花指翘到嘴角，眼睛眯缝着，看我头上虚空一寸高的地方。"每个人都有火。"师傅告诉我，"我在看你的火。"

"火也就是一个人的阳气。"看得我一头雾水，师傅安慰我，"你不错，阳气很盛，火苗呼呼的。"

我头上摸摸，手竟然疼了一下，好像都感觉到灼人的火焰。

好！年轻就是好！老魏笑呵呵地看我。师傅很严肃地反驳：这跟年龄没关系。比如你，年纪虽然大，火气是咱班最旺的。

老魏很高兴，一高兴就从上衣兜里掏"黑金山"给大家发。老魏小五十了，膝下只有一个独苗，一直想生个二胎，但街道居委会和计生委抓得太紧，隔三岔五就到厂里来"三查"，挨个摸育龄妇女的肚皮。去年好不容易盼来个市运会，镇里整天组织活动，又是全民签名又是全民健身又是全民大扫除，那帮老太太顾此失彼，管理一松懈，问题自然来。老魏就偷着把种子播了，等到街道办发觉，老婆肚子已经成了弥勒佛，回天无力了。去年十月份生下来，老魏找了关系，交了点罚款，想着这事就过去了。但计生委提醒他：重要是你们厂里面，要是有人咬你，我们可就不能装糊涂，到时候给你们厂里一通报……这个老魏不怕，老魏人缘好，半辈子与人无争与世无扰，所以也没有人和他过不去。老魏二胎的事，厂里的人基本都知道，但大家都装着不知道。

师傅接过烟，鼻子底下嗅嗅，批评老魏：烟丝都干成这样了，才给人发。

老魏也把烟闻闻：不会吧，门口刚买的。

电厂的格局大致分了三处，大门进来后，一条大路分开办公区和生活区，大路直通到靠后的生产区。办公区靠山居北，生活区靠河居南，三者之间相距不到二里地。生产区占地最大，锅炉、汽轮机、发电机集中在机房里，是主建筑，四周的煤场、冷水塔、净化池错落铺开几十亩。生产区门口有个小卖铺，是车间主任老王的老婆开的。自去年年初传出电厂要分流关门的消息后，保卫科就放松了生产区的门卫管理。"有个毬！这么大的锅炉、汽轮机，谁能偷走？！"保卫科长都这么说，"倒是办公室和家里都有值钱东西，把办公区和生活区看好就行了。"上面一松劲，底下人得寸进尺，尤其保卫科手底下这十几个兵，基本上都是其他岗位干不了的，或者不要的"歪瓜裂枣"，或者太懒，或者太散，放到门卫室，好歹坐着也挣一份钱。其实电厂刚建成的时候，生产区的门岗是最强的，都是当兵的站岗。到了二十世纪七十年代末，新电厂越建越多，越建越大，黑金山电厂的影响和作用越来越小，生产区的门岗也就越来越不被厂里重视，到现在，门卫串岗溜号成了家常便饭。尤其冬天，门房再暖和也不如家里，所以基本上一到夜里十一二点，给老王老婆打个招呼就溜回家睡觉，直到第二天早上六点多才过来。当然老王老婆也不白操心，那是一个精明能干、能说会道的女人，传说小卖铺的收益不比老王的工资差。主管生产的副厂长和主管治安的工会主席也知道，大会小会上敲打过几句，什么要加强门卫管理呀，什么流浪汉溜进来取暖呀，什么又丢了几圈电缆呀……反正人心惶惶，大家都盼着电厂早日关停，也没人真把领导的训话当回事。尤其流浪汉，差不多成了电厂的常客，大家已经见怪不怪了。黑金山的冬天，夜里室外一般都是零下十几二十多度，但机房内就不一样了，有那么大的三台锅炉呼啦啦的烧着，有大大小小几十台设备轰隆隆转着，想不热都难。这样的一个好去处被乞丐、盲流口口相传，时不时地，就有长发乱须、臭气扑鼻的陌生人溜进来取暖。我在巡查时就发现过几次，躲在角落里，裹一床烂被子，睡得五迷三道，刚开始还上去踢一脚。师傅是个软心肠：你把他赶出去，不是冻死了吗？穷人也是一条命嘛！我也为难：那厂里发现了，要考核的。师傅说：简单，你把他赶到公共空间，别留在锅炉这边就行了；再说了，门岗不当回事，咱们有毬办法，咱的工作又不是门卫。话是这么说，锅炉这边最暖和，流浪汉最喜欢，常是一脚从这个角落踢到那个角落，好在天不亮，这些人就自行消失了。具体从哪来，又从哪走的，也没人追究。除了门房，背后的山体与生产区之间也没有隔墙，进入厂区不是多难的事。

师傅就说：毬！敢情老王又把抽不完的烟卖给你啦。

副班长高彦龙拿舌头把烟卷舔湿，点着抽一口，说：这个不能乱说。烟放得时间长了，都要干的。

师傅不接茬，眼睛看向虚空处，继续他的思路：这个小卖铺开得好啊，烟酒茶水是轮流转……

班长打师傅一拳：让你小子胡说！我明天就给老王告状，说你背后编排车间领导。

师傅做出认真的样子：你不告你是孙子，老王好久没找我喝茶了。老王特喜欢找工人谈心，话题很广泛，东西南北都能扯；态度很认真，不管说啥都是苦口婆心、语重心长，所以谈的时间都长，一壶浓茶直能泡成白开水。我去年刚分到车间时，老王就找我谈了快两个小时，他是意犹未尽，我是睡意蒙眬，后来看我实在撑不下来，才摆摆手放了我。

师傅也怕老王找他谈心，但师傅喜欢喝茶，尤其喜欢喝好茶，这会想起来：说真的，老王的茶叶真好，一点都不苦。哪像咱班上的，屁！哪是茶呀，那是树叶子。

班长骂：去你妈的！树叶子卖你五块钱一斤。

师傅大笑：五块钱还不是树叶子？又把大腿拍响了。

班组的经费有限，严格讲，只有获奖一条收入渠道，也就是哪年干得好了，得个厂里先进，才能领个三五百块钱。最害怕大前年，马厂长刚来那一年，一毛钱也没发，厂里所有的先进，不管是集体还是个人，都给个奖状了事。会一开完就炸了，锅炉一班的老雷从财务科骂到人事科，直吼到厂长办公室：弟兄们跟我苦了一年，好不容易得个先进，总得庆贺一下吧，这个鸡巴玩意——把奖状抖得筛糠一样——是能吃呀还是能喝？

马厂长脸拉得老长，一句话不说。办公室主任、秘书，还有闻讯赶来的车间主任老王几个人玩命地拉，好不容易把老雷拖走。第二天就把奖金补上了。马厂长拿老雷也没办法，这是个老班长，也是个老先进，进过省城上过北京的人物。

题外话，收回来。其实每个班组都有自己创收的渠道，基本上都是扣下来的奖金。按照厂里的规矩，请假是要报到劳人科的，到了月底按照出勤时间考核，请一天假，相应地扣一天的工资和奖金。但规矩到了班组，变通了一下，两天以内不往上报；再到车间，又放宽了一步，三天以内不往上报，但都要扣除相应的奖金。工资是发到本人工资卡上的，奖金是现金层层往下发。这样下来，对于当事人来说是个好事，最起码工资不受影响。对车间和班组当然也是好事，"互利共赢"，车间老王这样定性。

至于那些扣下来的奖金，就进了各自的小金库，主要用来召集大家喝酒。

苏小来每次都骂：我不喝酒我不喝酒，把我那份钱还我。作为班里唯一的女性，苏小来事最多，请假最多，扣的奖金也就最多。她是喝不成，一杯下肚就脸若桃花、两手通红，但她每次都要参加：我的钱我再不吃，就太亏了。大家也都喜欢有她的酒场。一帮大老爷们聚在一起，一喝多了，就有人在她身上胡摸，这个在腿上拧一把，那个在屁股上掐一下，一场酒喝下来，就听见小来的尖叫声了。

班里有三个人没有摸过小来，班长，老魏，我。班长是抹不开面子，他好歹是个领导，领导总得像个领导的样子。老魏是年龄太大，据他说他是看着小来长大的，总不能对着一个给自己叫"叔叔"的人下手吧。我是不敢，其实心里把小来作为性对象，不知摸了多少次。尤其在梦里，都不只是摸了，弄得午夜梦回，一手的污秽。

三

前面介绍了我们班六个人：班长孙道婆，安全员兼司炉老魏，我师傅副司炉刘水水，3号炉零米值班员苏小来，副班长兼司炉高彦龙。当然，还有我。

其余班里还有三个人，一个司炉两个副司炉，都是群众演员，在整个事件中没有太重的戏份，不必一一点名介绍，就记个代号吧：路人甲、路人乙、路人丙。

案件是这样开场的：1999年2月26日，农历正月十一，按照地方习俗，春节还没过完。那一天我班是后夜，也叫早班，就是从凌晨两点一直上到早上八点。这段时间，苏小来总要睡到凌晨五点左右才能上班，也就是接班的时候只有八个人。照例，班长和安全员提前十五分钟到，在接班前对所有管辖设备巡视一周。时令虽然已过了雨水，说起来是春天了，但黑金山地带还是天寒地冻，再加上前两天下了大雪，路上都结了冰溜子。我一步一滑到班上的时候，班长刚巡视完，正在查看上个班的运行日志，看我来了，从裤腰带上卸下钥匙扔过来：去，把茶泡上。

后夜是人最困的时候，全靠外力提神，夜班三件宝：酽茶、荤段和烟草。香烟和荤段子各人自备，茶叶班上提供。我到休息室，找到我班的柜子打开。柜子不大，靠里是零散的几件小工具，外面是几个文件夹，但今天多了件工衣。五块钱一斤的"茉莉花"就放在柜门口，我一把抓起来，发现工衣口袋里露出点花花绿绿的东西，好奇掏出来，什么呀这是——一串避孕套！

靠！上班的地方怎么会有这种东西？我正愣神的功夫，听见休息室的门响了，塞回去已不可能，我本能地一把将避孕套塞进裤兜，同时大脑在飞快地转动：谁的？这玩意是谁的？

还能是谁的！师傅说过，这钥匙只有一把，就班长拿着。我年龄最小，在班上资历最浅，所以运行日志呀、班组学习呀、各种记录呀，以及泡茶倒水等等，都是我来干。也就是说，这个柜子，只有我和班长两个人打开过。

但是，班长不是那种人呀？我一脑门官司，一边泡茶一边琢磨，忽然想到，问清工衣是谁的，不就知道了嘛。

给班长把茶倒好递过去，随便的样子问：班长呀，咱柜子里多了一件工衣，谁的？

班长正在接班日志上签字，头也不回：不会吧，柜子里脏兮兮的，工衣放那干吗？

真的。看起来还挺干净的。

不知道。班长抬起头来，检查仪表板：放就放着吧，只要他不嫌脏。

又再数数人头：高彦龙，又他妈迟到了！

师傅借机煽风点火：就是，还是副班长呢——扣奖金，扣他的奖金。

师傅刘水水和副班长高彦龙不对付，我去年刚来就发现了。两人当面说话都是阴阳怪气、指桑骂槐；背后更是相互攻击，逮住机会就"补刀"。相比较，高彦龙还更收敛一点，毕竟他是有职务的人——穿鞋的总比光脚丫子多点忌讳。

说来话长。老魏给我说过这两人的往事，他认为高彦龙不地道：人家刘水水已经谈好的对象，被他三翘两翘，翘到自己怀里去了。

我不认可。结了婚都能离婚，何况只是处对象，选择谁都是人家的自由。当然，这个话，我没敢和师傅说。他肯定打我。又一次在外面喝酒，师傅喝多了给高彦龙撒酒疯，谁都劝不住，班长无奈，和老魏合力把高彦龙拖走。攻击对象都不见了，他还在叽叽歪歪个不停。我说师傅行了吧，见好就收。

他一个巴掌抡过来：去你妈的×！你小子胳膊肘敢朝外拐！

搁以前上学时候的脾气，谁敢骂我，拳头早擂上去了，但在黑金山电厂不行。这是个小地方的电厂，和我的乡下老家风俗有点类似，同事就像邻里，四五百人的一个电厂，更像是一个村庄，当然，比农村多了好几级管理。在这样一个相对封闭的环境中，师徒关系非常传统。在大家的眼里，师傅打骂徒弟，就跟父亲教训儿子一样，没有什么不妥。再说了，我这半年来，人家师傅确实也费了不少心，帮了不少忙。

照班长的话说，刘水水不只是我的工作导师，更是我的性启蒙导师。我上学念的中专，那时学校管理也严，一帮十六七岁从农村出来的孩子们懵懵懂懂，看见异性脸都红，好不容易有了耍流氓的心思——毕业了。直到上班，连女孩子的手都没有摸过，对异性充满了强烈的好奇。

就是在师傅家里，我接触到了三级片，有时直接就是A片。也不只是我，班里除了苏小来都去，已经成了我们班的固定节目。一般是高彦龙先提起话头，又弄到新碟了，看不看？大家相互递个眼神，就定了的事情。听说苏小来刚分到班上的时候，好奇，也想去看：啥嘛，啥好东西嘛，为啥不给我看？大家呵呵笑着不吭声。班长忍不住了，骂她：傻呀！厕所还分男女呢，有些东西你就是不能看。师傅接上一句：你能用也不能看！大家伙哈哈大笑。苏小来明白过来，骂师傅一句流氓，扭身到三号机房去了。

黑金山电厂的三台锅炉，建于不同时期。一号锅炉是最老式的链条炉，建于五十年代末期。二号是风扇磨，建于六十年代中期。三号是煤粉炉，建于七十年代早期。虽然建设工期有先后，但整个机组都被一个大厂房严严实实地包裹着，厂房里边分开两处，锅炉单设，汽轮机和发电机一处，但控制室分别建在不同地方。相比而言，锅炉的环境最差，污染大，噪音大。一二号锅炉一个控制室，就建在两个锅炉中间，小而脏。三号锅炉控制室就舒服多了，和汽机控制室是一体的，整洁宽敞，还有几个长条凳，实在困得不行的时候，还可以躺下迷瞪一会。班长做事注重公道，除了苏小来，其他人，每两人一组，一轮班一换，到三号控制室上班。但我们班上，都愿意聚到一二号控制室来，因为三号控制室里，女的就更多了，不光说话不方便，烟抽的多了也不行。

其实苏小来也可以到汽机去上班，车间老王不止一次问过她，她不去。原因很简单，汽机上女人多，事多，她作为锅炉运行唯一一个女人，大家伙都宠着她，重活、累活从不让她干；工资呢，还比汽机运行多半岗。虽然说起来脏点，和一帮老爷们混在一起，但她愿意。"千金难买我乐意，怎么着？！"她给老王摇头晃脑。老王呵呵笑：好好，男女搭配，干活不累。老王真是这样想的，其他四个锅炉运行班，都给老王提过意见：瞧瞧人家四班，一个女人活泛了一个班，再看看我们，一色的光葫芦，一个个无精打采的。

看三级片时间不定，隔上一两个月，大家都有想法了，一般是早班后，八点多，在门口的大桥头一人吃一碗洋芋叉叉，一块钱素的，一块五带点荤腥，洋芋丝拌上面粉，在炝过葱花的油锅里一过，香气钻鼻，勾得喉咙里能伸出几只手来。一碗下肚，神清气爽，大家伙兴致盎然地晃悠到师傅家。他家离电厂不到两里地，过了桥，走过镇中学、邮电局、菜市场、工行，就到了。靠着路坢，一溜三排石窑洞，他家在最后一排边上，隐蔽，安全。师娘在镇供销社上班，孩子在镇中学上学，这个时候家中空无一人。师傅把门一关，窗帘一拉，大家伙眼巴巴看着他操作。碟片一般由高彦龙提供，他有个同学在城里开铺子，手头常有新货，都是西安康复路来的。

我还记得第一次看到这种片子，心跳加速，目瞪口呆。班长和老魏是呵呵笑，师傅和高彦龙，包括路人甲，也都是结过婚的人，还不失态。路人乙和丙也都是没结婚的年轻人，不过比我早几年参加工作，有没有男女经历不知道，但现场跟我一样，看得热血膨胀，心情荡漾，小腹胀痛，哈喇子长流。老魏说：整天看这些，把这些娃娃都害了。

师傅说：娃娃个屁，十八岁以上都叫成年人，都得懂这些。

高彦龙难得和师傅站在一起：这不是害，是学习，是教育。他们现在学会了，将来结了婚也不会抓瞎，洞房新婚夜里对个大活人，猴急燎爪的，还不知道从哪儿下手。

班长说：瞎扯。人老几辈没看过这个，还不生娃了？

高彦龙说：那咋是一回事？！这图的是个舒服，是个爽，生娃是捎带的副产品。

师傅说：就是，给年轻人看看这些，泻火清肝，通神明目，不然你看——他指我们几个人的头顶——一个个火苗呼呼的，都快把我这窑烧着了。

四

黑金山镇不大，整个镇子三山夹峙，两水分流，靠着水流的交汇处形成一个自然村落。因地域相对平整，离城区不远，也就是二十公里不到的路程，新中国成立以后，就成了城市的化工基地，陆续建了化工厂、钢厂、变压器厂，以及发电厂。镇上原住居民很少，只是这几个厂矿建起来后，人就越来越多了，有厂里的工人，也有附近几条川道里搬迁过来的村民。1999年电厂刑事案件发生后，那段时间我频繁进派出所接受盘查，无意中看到本镇的居民统计数，八千多人。

常住居民八千多，再加上流动人口，怎么着也上万了吧。人上一百，形形色色，何况是来自几个厂子的，年轻人又多，所以这个镇里的治安，比城里都乱。每年都会出几起案子，有失窃的，有强奸的，有打群架的，还有，死人的。我去年刚到厂里报到时，厂公安科给我们新进工人上的第一堂课，就是出去别惹事，处处要低调，别以为在电厂工作，比其他单位挣得多点，就在街上装逼，"人猖没好事，狗猖扎枣刺。"分到班上，师傅给我周易八卦地扯了一通，归纳为一点：这地方"邪性"。

我对风水不懂。师傅领我到两条川道交汇处，拿手比画：你看这水流，拦腰交叉；再看这山势，三面合围，山水搁到一起，是不是个"凶"字。

我左右看看，还真是那么回事。如何破解？我问。

师傅做出一副神秘的样子：大自然很神奇的，天造地设的东西，不可说不可说。

师傅的这副神秘样子到班上就装不出来了。我说起这个地形，大家都笑我：你师傅这套把戏都玩烂了，你还信。

师傅大笑，一副不值得辩解的架势。我说：这不是把戏，风水也是一门科学，还有大学专门开设这门课程的。

老魏也认真起来了：我好像也听人说过，咱们马厂长上任以后，每年大年初一都要到黑金寺上去烧香的，这一烧香，你看——这几年，咱厂里安稳多了吧！

黑金寺就在电厂背后的山上，是一个平缓的山头，半个小时就可以到顶。站在山上，整个镇子一览无余，还能清晰听到市井的繁华。我去年刚来的时候，闲着无聊，几乎每天都爬，坐在寺庙前的大石头上，看着电厂的三根烟筒，几乎和山头平齐，黑烟翻卷；稍远点的两个冷水塔，乳白色的蒸汽袅袅升腾。山上有几栋新翻修的殿宇和五间破旧的窑洞。看庙前的碑文介绍，明朝就有了这寺庙，挺灵验的，历史上几经兴衰，"文革"给了致命一击：庙宇被拆，窑洞被焚，和尚被赶走。这些年来，老百姓有需求，逐渐又兴盛起来。

大家伙聊起来，我才知道。前些年的电厂真的很"邪性"，几乎每年都有意外死亡的案例：被输煤皮带夹死的，被电打死的，被机器砸死的……这些还都是工伤，最奇怪就是那些"非工伤"的意外死亡：谁谁谁打麻将输了几十万，到城里住宾馆，半夜从顶楼把自个撂下去；谁谁谁夜里钻到净化池里偷鱼，多好的水性竟然能淹死；谁和谁好好在街上走，被一辆拉煤车端直从背后撞倒……

这些事例讲下来，听得我毛骨悚然。

说来也奇怪，自三年前马厂长上任后，无论因公因私，这些年厂里再没有出现过意外死亡的案子。高彦龙总结：咱们这个马厂长，德高望重，神鬼敬仰，坐在这个位置上，姜太公在此，百无禁忌，保了这一方平安。

屁！师傅兰花指翘起来，鄙夷不屑：就你这样拍马屁，神鬼都烦你。

高彦龙不服气：那你说说为什么？

因为烧了三炷高香！师傅说：马厂长到任后是不是修了一根烟筒？！咱厂原来只有两根，这一修，黑金山前就有了三根烟筒，这就是黑金寺的三炷高香。高香保佑，才能全厂平安。

高彦龙满脸的不相信：照你这么说，神就缺了这根香？

师傅肯定地把大腿一拍：对了。风水就是这么神奇，就是这一点点的变化，把邪气镇住了。古往今来，有好多地方，这儿修个塔，那儿弄块石头，干啥？不就是用来改风水的嘛。不是神缺这根香，是风水缺了这根香。风水缺了个口子，邪魔鬼怪可不就跑出来了嘛。

噢！大家恍然大悟。班长说：我就说嘛，修这第三根烟筒的时候，厂里好多人还不理解，说瞎折腾，白花钱，原来是这么个说头。这样看来，马厂长是请了高人看过的。

那当然。师傅肯定，请的这个高人，我也认识，论起来，还是我的师叔辈。

大家难得对师傅认真一回：那你说说，咱们电厂这日子，下一步咋走？

师傅眼睛又看向虚空处，兰花指"子丑寅卯"地掐，掐了半天摆手：天要下雨，娘要嫁人。说不得，不能说，不可说。

大家又不耐烦了，七嘴八舌地骂：麻溜的，少鸡巴装神弄鬼……班长端起茶杯，作势要泼过去。

师傅赶紧交代：我不是说得很明白了嘛——该活不得死，该死毯朝上。

电厂的前景是我上班这半年来大家最关心的话题。说起来，电厂机组老、装机小、能耗大，在国家层面，是建议关停的。听说在省上，已经出台了具体关停的方案。但是马厂长坚决反对，并通过关系找到省政府的主要领导，迫使上级单位改变了主意。马厂长的理由很充分：要停也不能在我手上停。针对鼎沸的民意和蜂起的流言，还在全厂打响了一句口号：以不变应万变，改革潮头埋头干。其实职工们都明白，马厂长说不出口的才是真想法，他离退休还有两年，厂子一关停，职工都分流走了，他这厂长给谁当呀？

三年前，那时的马厂长还是城区供电局的副局长，有水平，有能力，有资历，大家都以为他要接局长的班。不想一纸任命下来，到了黑金山电厂。据大家听来的小道消息，说是这个马厂长啥都好，就是太贪，上级也晓得，供电局油水大，怕他出事，放到清汤寡水的电厂来，再贪也出不了大事。师傅听完了，点评一句：上级也真爱护干部，费尽心思安置到电厂，算是把马厂长保护起来了。

高彦龙说：一听就是胡编乱造，上级的想法谁能知道？

师傅说：不管是不是胡编乱造，你凭良心说，咱这个厂长贪不贪？

高彦龙不吭声了。马厂长到任只有三年，但是贪婪的名声却是如日中天，一是厂里所有的工程必须他拍板；二是大小合同必须他签字；三是厂里的干部提拔基本上明码标价：正科一万，副科八千，部门助理七千，油水好一点的部门，比如燃料科、工程科、财务科、劳人科等，更贵。

老魏说：既然都知道他贪，为啥不把他拿下？班长笑一下，叹口气。苏小来说：傻呀？抓人是要讲证据的。那些掏了钱的，都得到了甜头，谁会把纸捅破。要我说，马厂长还是个好领导，拿钱就办事，比起有些吃肉不吐骨头、啃骨头不吐渣的干部好多了。

想想也真是的。估计大家都有过花钱没办成事的经历，一时都沉默下来。

因为马厂长这一闹，电厂的关停就黄了。岁末年初，"狼"终于来了，喊了几年的改革进入实质性操作阶段，省内其他几个小电厂陆续关停，人家的职工，整建制地一走，都到了大电厂，一来大电厂效益好，收入高了，待遇上去了。二来大电厂都注重基础建设，不论是工作，还是生活和环境也得到改善。反正是要关停，迟不如早，想着越往后越不占主动，从机关的管理干部，到一线工人，大家的心思都就乱了。

马厂长也知道大家的想法，但三年来的独断专行，在这个时候就显出了它的威力，背后怎么说都行，当面，大家都是一片拍马叫好声。我就听老王给锅炉分厂开会，传达厂里的会议精神，带回来厂党委会对马厂长的一致评价：有责任感，有使命感，有担当，黑金山人民不会忘记您。

师傅又不合时宜地放了个"炮"：说的好像马厂长不在了一样。

这个"炮"放的——锅炉分厂，连运行带检修工，一百多号人，掌声、口哨声、拍桌子声、跺脚声四起，老雷的声音最响亮。老王喊几声，看看压不住，端起杯子喝口水，指着我师傅，手指头点得像抽筋：他妈的就你长一张破嘴！

五

听说马厂长后来也反悔了。原因是刚开始分流整合，其他单位像他这样的老领导也有，数量虽然不多，闹腾起来能量却是很大，上级不胜其扰，在省城成立了个咨询部，把这些无处安置的老领导都放到省会城市，工作关系和户口一并解决。在咨询部上班，说起来也就是挂个名，钱不少拿，活是一点没有。国有企业到哪儿都一样，永远缺的是干活的人，不缺当官的。

这个消息是车间主任老王和班长谈心的时候透露出来的，他本来是提醒班长加强一下班组管理，一个是管管我师傅刘水水的嘴，别一天四处放炮、胡说八道，一个是有人反映苏小来近段时间迟到早退，尤其是早班，应该凌晨两点接班，她倒好，一觉睡到五六点才来。班长不接他的话，只是唉声叹气地诉苦：现在人心散了，兵难带，大家都盼着厂子早一天关门哩。

老王也难掩满脸的郁闷，就说出了上面的信息。班长问：他反悔啥？

老王说：去不了省城呀。要知道地方上的企业干部，能退到省城，可是最好的下场了。咱厂前几任一把手，不都退到黑金山城里嘛。

班长还是不理解：那怕啥！厂子虽然暂时关不了，那也是秋后的蚂蚱，蹦跶不了几天。到时候，他到省里再去当他的咨询，多好。

老王说：制度是你定的？！成立咨询部安置老领导，是省上落实国家"抓大放下、节能减排"的权宜之计。过两年，不让当咨询了，他可咋办呀？

班长很高兴：活该！咋办？凉拌！他妈的，为了一己私利，耽搁全厂几百人的前程，上级也是眼瞎了，让这号人当领导……

老王赶紧拦住：好歹也是个班长，瞧你那点觉悟……对了，话题都被你带到沟里去了。说说吧，苏小来是咋回事？

班长说：咋回事！还不是厂长闹的嘛，动不动凌晨就到生产现场来，还让不让人上班了？

吆嗬——老王拉着长腔：你上你的班，跟厂长来不来有屁的关系！

马厂长原来到生产现场来的不勤，自其他厂陆续关停的消息传来，他到生产区的频率越来越多，以前是一两个月来一次，现在是一两周来一趟；以前是白天来，现在是一大早就来。人老瞌睡少，有时候凌晨五点多，就见他在厂区转悠。马厂长中等身材，虽然五十多岁的人了，但一点也不显老，脊背挺得溜直，走路四平八稳，不苟言笑，不怒自威，看起来就有那么一股正气凛然的劲头。走进零米看一看，上到六米看一看，围着锅炉转一圈，围着汽轮机、发电机转一圈，进到控制室里，背着手，沉着脸，看看仪表盘，翻翻运行日志，一声不吭，看完就走。

夜里值班的人，总有忍不住打盹的时候，尤其熬了一夜的人，早上五六点是最难受的时候。以前值长和班长都是睁只眼闭只眼，自马厂长加强巡视以来，值长和班长都很紧张，看见迷瞪的就是一巴掌。马厂长也看见过，好在只是哼一声，当面不批评，背后也不翻账。

但大家总是不像以前那么舒服和自由，尤其像苏小来这种上班主要就是来睡觉的人，宁可选择请假在经济上损失点，也不愿熬夜伤神，尤其是，一帮女职工都吵吵，熬夜最受伤的就是子宫，子宫一受损，女人美貌不再、容颜变老。

班长说：当然有关系，他当着厂长，挣钱多少先不说，那份权力，可是最好的春药啊——看他那精神头。职工就不一样了，下了班柴米油盐地操劳，上了班毫无希望地应付，哪儿来的精神？一夜一夜不睡觉，陪他玩啊！

老王冷笑，"班长"也不叫了：孙道波，谁告诉你夜里上班可以睡觉？

班长嘿嘿嘿笑：王主任你又不是不知道，咱这后夜班上，睡觉打盹是个老毛病，多少年就是这么过来的……

老王想发火，想一想又发不起来，给班长摆摆手：给小来好好做做工作，都像她这样子，汽轮机不转了？发电机不发电了？拿啥给大家发工资？拿啥给大家养家糊口？

一语成谶。他俩都没有想到，竟然被老王说中了。

六

苏小来年轻时是黑金山的"镇花"，屁股后面跟着一帮小青年，常为了她争风吃醋打架斗殴，还有打伤打残的呢。看我一脸的无所谓，师傅把裤腿挽起来，露出大腿上的一道刀疤：这就是见证。

我恍然大悟：噢，你也追过苏小来。

追你妈的脚！师傅把兰花指翘起来：两帮人打架，我都认识，搁中间拉架，白白挨了一刀子。

哦，是挺冤枉。我为他抱不平：苏小来欠你一份人情。

师傅不认同：人家要打架，有她什么事。再说了，我住院的时候，她还专门到医院来看过我，第一回拉着我的手，哎呀皮肤那种柔、那种滑……跟你师娘真没有那感觉。

师傅家境贫寒，相貌平凡，那时想必把苏小来当"女神"一样敬仰，可望而不可即。有了这么一次零距离接触，成为他很长一段时间的情感慰藉。现在苏小来虽然不如当年火爆，但师傅还保持了当年的敬仰。我就发现，每次喝酒打闹的时候，高彦龙和路人甲乙丙是真下手，包括车间那几个副主任和技术员，腰上、屁股上都掐，师傅不是掐，是抱，抱还不敢正面抱，从背后、从侧面，轻轻地抱一下，还不等苏小来反抗，自己就松手了。

我问他：你和苏小来，有没有……听说她和好几个人有过那种关系。

师傅一巴掌招呼过来：去你妈的，咋跟个婆姨娘们家一样，背后说人长短。

我躲开：说的你好像多高尚似的，背后说长道短，都不是跟你学的。老实交代，有没有？

师傅很伤神：这个，真没有。

我也替他难过：师傅，这个应该有哇。你怕啥，苏小来看起来，对你还是挺有好感的。

师傅说：首先，小来不是那种人。其次，兔子还不吃窝边草呢，你师傅是那种人吗？

我先做好逃窜的准备：拉倒吧，你不是那种人吗？

师傅难得没有打骂我，忧心忡忡点颗烟：小来还年轻呀，长此以往也不是个办法。

苏小来是镇上的原住民，小时候就是一个美人胚子，所以从小就见惯了一帮傻小子围着她打打杀杀，养成了一副高冷的"范"，凡人不理常人不瞅的。21岁那年，和镇上的一霸白老三结了婚。白老三不光霸道，还是个土豪。也可以这么说，因为他的霸道，成就了他的土豪。从一个拉煤车起家，不到几年的工夫，办起来一个运输公司，养了一帮小兄弟，几乎承揽了镇上所有的运输业务，包括这条路上下的不少活。也有不知死活的外地司机，经过几趟，都被打得鼻青脸肿，有一个还被打成残疾人。警察来镇上抓人，直接参与的打手早跑了，都知道白老三是幕后主使，却都抓不住他的把柄，拖了一段时间，花了一些钱，也就压下去了。白老三在外面是狼，回到了家却是狗，前后围着苏小来摇尾巴。苏小来上班轻轻松松，下班舒舒服服，有钱有闲有派头，活得那叫一个滋润。不想好景不长，白老三也不知道得罪了哪路神，一天在城里办事，时到中午要了一碗羊杂碎，圪蹴在店门口吃，不防背后一把菜刀劈头砍下，用力之猛，多半菜刀都嵌入颅骨。白老三发一声喊，翻手把羊杂碎扣到那人身上，顶着菜刀摇摇晃晃追出十几步，跌倒在地，腿脚蹬了几下，就不动了。直到警察和急救车赶过来，也没见几滴血。

白老三这么惨烈的死法，成为黑金山地区的一个传说。我第一次听到的时候，浑身的鸡皮疙瘩。后来给别人转述，听到的人也一身不自在。

过了不到一年，白老三几乎就被人淡忘了，又有人开始打苏小来的主意。说起来，苏小来一朵花开得正盛，白老三死后又给她留了不少的家当，人们有想法很正常，但苏小来瞧上眼的就一个，马虎，城里的一个大老板，开了好几家KTV，说起来也是她以前的仰慕者和追求者。时间不长，两人就搬到了一起。苏小来当上了城里的老板娘，日子比以前还要滋润，直接在电厂请了长假，停薪留职，轻易都见不着人了。

二十世纪九十年代，KTV几乎就是各地黑社会的一个缩影。马虎也不能免俗，不光经营皮肉生意，还参与毒品买卖。自得了苏小来，感觉生活有了目标人生有了意义，就想着设法退出来过个正经日子。但人在江湖身不由己，这个场子不是想来就来想走就走的，几番斗争，后来人竟然彻底失踪了，活不见人死不见尸。树倒猢狲散，人走茶水凉，一个个债主登上门来，苏小来不想这么多年，马虎竟然是空手套白狼，说起来金碧辉煌、灯红酒绿的几处产业，背后竟是一个个大窟窿。

前后经历两任老公，都没有好结局，给了苏小来不小的打击。尤其第二次，跟马虎在一起的时间虽短，但打击比白老三还重，不光背负了一堆的债务，还落了个"命硬、克夫"的名声。

苏小来回到镇里消沉了一段时间，再出现的时候，性情大变，一改从前牛气哄哄的劲头，见人不笑不说话，完全是从"天上"回到了"人间"。短短几年里经历了这么多变故，但苏小来的身材几乎没什么变化，长腿细腰，凹凸有致，人样子比做姑娘的时候还更加耐看。这样的一个人物，毫无疑问就成了镇里的一个焦点。我去年刚到单位报到的时候，还不晓得厂长什么模样，就听到了苏小来的"艳名"。

半个月的入厂培训后，一分到车间下到班组，吆嗬，竟然就在一个班上。每天都有这么一个传奇式的"尤物"养眼，对二十出头、血气方刚的小伙子来说，是个挺折磨人的事。苏小来在一二号控制室转一圈走了，我的心情，就像被投入一块巨石的小池塘，颠三倒四地折腾。老魏看出来了，案件发生的前两天，也就是上轮班结束的晚上，专门叫我到他家里，说是喝酒，实为探口风，先是拐弯抹角说了一堆废话，看我都不耐烦了，才劝我别听别人瞎叨叨，苏小来是个好姑娘，他从小看着长大的，就是前半程命不好，但人不可能一辈子走霉运，这孩子心善，说不定以后的光景会越来越好。你是怎么想的？你俩年龄也差不了多少，就是个六七岁。俗话说得好，女大三，抱金砖，你不光抱两块金砖，媳妇年纪大还知道疼人的……

她这个寡妇也不是一天两天了，怎么不去疼别人呢？

老魏没有听出我话里的火药味，还继续上话：哎呀，你以为小来是将就的人吗，这孩子心气盛、眼界高，一般人都不在她眼里搁。这两年缠着她的人不少，但没有一个瞧上的。还就你们这些学生不一样，有文化，又在大城市待过，我看小来对你就跟别人不一样。

苏小来对我跟别人不一样？我倒真没注意到，但这句话满足了我的虚荣心。我虽然到这个山区电厂上班只有半年多，但给我介绍对象的已有好几个。现在想来，不是我有多优秀，而是这个镇相对落后、封闭，外面来的人对电厂，包括镇上的女孩子吸引力更大一点。当然，我能被苏小来"入眼"，想必还是在一个班上，接触较多的原因吧。去年我们一起分来了四个男的，我在其中，家境、个人条件并不算是最好的。

老魏是好心，可惜我当成了驴肝肺。公共汽车是好，有必要搬家里吗？对苏小来这么身世复杂、有争议的一个人，我虽然在后来的接触中，对她有了些微的好感，但更多是从生理本能出发，冷静下来我也告诫过自己：对这种女人，只可远观而不可亵玩，更不可能当真玩。

老魏竟然给我介绍苏小来！我是真没想到，说话也就一点不客气，给老魏撂了几句狠话，拍屁股走人。不过说起来，老魏也真是个好人，一点不生气，今天班上见了还给我悄悄道歉：哎呀，我就那么一说，纯粹是我个人的意思……

他不解释还则罢了，这么一说，我就明白，他这个"说客"是苏小来派来的，最起码，苏小来也是知情的。不知出于什么心理，今天这个班上，我比以往更想见到苏小来。

但师傅的想法就不一样，他认为目前的主要困难是他老婆："要不是你师娘，我早就把小来娶回家。"好像苏小来已经答应他了，"我要对得起你师娘，一穷二白的时候跟了我，咋能说散伙就散伙呢。"

想必有想法的人还有很多，真正行动起来的没有一个，然而说法却是一天比一天多，小来的名声也一天比一天大。厂子里外传得风生水起，但在班上，大家的态度恰恰相反，除了高彦龙，其他人都不认可这些说法。

班长就认为，像小来这种看起来大大咧咧、和大家打打闹闹的女人，其实真不是一个随便的女人。她是借这种闹腾来排解心里的症结和苦闷，想想一个女人，短短四五年时间里，经历了这么多的变故，谁能受得了……

班长对这些谣传总结为一句话：屁！都是吃不着葡萄说葡萄酸！

师傅跟上：就是！一个个过个嘴瘾！

老魏也说：现在的人啊，唉唉唉……

高彦龙左右看看：哎呀无风不起浪，这个也不能完全否定。

师傅逮住机会就开战：去他妈的，那还无风三尺浪呢。眼睛看向虚空处，一脸的义愤填膺。

一看战火即将燃起，其他人赶紧转移话题。班长问我：你今天的设备检查了没有？油加了没有？又踢我师傅一脚：好好带徒弟，别他妈好不容易给你分来一个，叫你带到沟里去。

师傅只得偃旗息鼓，拎起油壶，气冲冲地带着我往零米走。

师傅是当时电厂扩建时地方上招工进来的，没有多少文化，参加工作好几年了，一直是个零米值班员。和他一批进厂的，有的当了班长有的还当了值长，最不济的也坐到了司炉的位置。他还一直坚守在零米，去年年底才升为副司炉。只有我知道他的心思，因为小来是三号锅炉的零米值班员，三号炉在厂房外还有一台辅助设备，每个班上都要检查维护的，白天好说，到了夜里，小来一个人不敢去，师傅就陪着她去。

那台设备说起来是个辅助的，其实在三号机组系统里非常重要，是三号汽轮机的一个定时给油设备，前两台机组，汽轮机都是人工加油，因为转速慢，加油多了少了影响不是很大。但三号机不一样，转速高达每分钟三千多，人工给油不能满足要求，据说当时汽轮机厂家来人组装时，想在机房内安装这台机器，实在找不着地，后来就选定了厂房外二百多米远的一个小山包，在那里专门盖了一间小房，并且要求，每三个小时必须监护一次，确保油位处于正常值之间，确保给油管道畅通，确保给油阀门处于开放状态。油位处于正常值好办，也就是不高于上限不低于下限。给油管道也好办，建设时为了保险起见，管道架在空中，想破坏都找不着使劲的地方。给油阀门也好办，除了汽轮机大修时关闭一下，其余时间一直开着，都想不起它的存在。师傅刚开始带我熟悉设备时，到这就说了两字：加油。

加油还不由我加，这个设备是苏小来管辖的区域。我曾经问过师傅，你那么关心苏小来，机房外就别让她去了，不就是个加油的事嘛，一个人轻轻松松就把活干了。

师傅摇头：那不行，那个小房里有运行记录本，要本人签名的；以前有人代签，被厂里发现了，扣了两百块钱呢！

我不以为然：厂子管理这么松懈，一个给油房，有必要那么认真吗？

师傅头一扭：那不一样，关键设备嘛。

小房专门配了一把锁，一把钥匙就放在控制室里，挨班往下传。还有一把，和其他钥匙串在一起，由班长保管，也是逐班往下传。大约半个月前，老雷他们班上，控制室里挂的那把钥匙忽然丢了，找了半天也没找到，想着是不是打扫卫生的时候，不小心当垃圾处理了。老雷也没当回事，就又重新配了一把。

我跟了师傅三月以后，师傅基本上就不带我干活了，顶多口头上交代一下。但是陪苏小来到机房外加油这事，他一直亲力亲为。直到过年前，有一天苏小来拦住我师傅：水～你就别去了——指指我——让小刘跟我去。

苏小来这个"水～"的发音，比别人发出来的更加娇媚，师傅的骨头都轻了几分。他看看我，再看看小来，有点不甘心：还是我去吧。

苏小来小拳头擂在我师傅肩上：去去去，我嫌你臭！

师傅的工衣长期不洗，身上的味道是冲，但这话从小来嘴里出来，感觉比谁夸他香都爽。师傅想必浑身都酥软了，哈哈一笑，于是摆出一副严肃的样子给我：天黑路不平，要把小来保护好。

出了机房门，北侧二百多米就是黑金山，给油房就建在山脚下的一个小山包上。上山的小路，建设之初也铺上了水泥，但二十几年的时间里，这条路再没有维护，路面就变得坑坑洼洼，再加上机房外原有的照明设施都已破损，无人更换维修，只在山包上给油房的门口留了个小路灯，发出灰黄暗淡的光。黑金山的夜，黑得安静、彻底，别说苏小来是个女的，就是我，一个人走在这条路上也怕。

那是我第一次跟苏小来近距离接触，虽然相距两三米，还是能闻到她身上撩人的香味，惹得我春心荡漾，想难怪师傅喜欢跟她在一起呢，原来这是个美差呀。当天下班回去补觉，又做了一场苏小来为主角的春梦，醒来又是一手的污秽，一边擦拭一边回味，暗自埋怨醒得太早。

我一路心猿意马，跟在她身后沉默不语。加完油往回去的路上，苏小来侧过头笑我：怕我吃了你吗——离那么远。

我羞红了脸，无话可接。那是我和苏小来的第一次对话。虽然上班几个月了，我们俩之间没有说过话，只有眼神对接过几次。苏小来的眼神是那种挑逗的、魅惑的，我常是一触即溃，想看又怕看。

苏小来又说：你还年轻，别跟你师傅他们学坏了，整天喝酒抽烟说女人，没个正经。

我的心底泛起一丝暖意，对这个传闻很多的女人有了一丝的好感，点点头，以示谢意，但是马上想到机房外这么黑，她又走在前面，估计看不到，憋了半天，快到机房门口的时候才说：谢谢你。

苏小来又回过头，认真地看我一眼，笑一笑，头一低，秀发一甩，进了厂房。

万事开头难。以后的每个早班，基本上也都是由我陪苏小来去加油、签字。她一般睡到五点半才来，我那个时间点拎着油壶，等在机房门口，看见她裹一件大衣，睡眼蒙眬，香气扑鼻地晃荡过来，一路走一路聊，大多是她问我答。

家在哪儿呀？家里几口人呀？为什么毕业分到这儿呀？有一天她问：人家说现在的学生，上学的时候都谈恋爱，你对象呢？

我说没有。

她不信：有就有，怕什么？男大当婚女大当嫁，很正常的事嘛。

我于是告诉她，我们是中专，上学的时候年龄太小，有想法没行动，所以真的没有。

她又侧过头对着我笑：那你说说，标准是什么？姐给你挑一个。

对着自己的"性对象"说标准，我一时乱了方寸，也不知道咕哝了些什么，只记得小来在前面掩了嘴，花枝乱颤，笑得咯咯作响。每次看着这样一个美好的人物在眼前娇笑、发嗲、佯嗔，即便什么也不做，只是风摆杨柳一样在前面走，或者弯了小蛮腰在值班日志上签字，我就喉咙淤塞，胸腔憋着一股气，恨不能一把把她压碎，或者揽进怀里融入自己的胸膛。

不知道今天，还会不会有这样暧昧的聊天？我守在机房门口，看看表，还不到五点，往常我是不会下来这么早的。我一般五点下到零米，把自己管辖的所有设备检查一遍，也就差不多到了五点半，在机房门口等到苏小来，陪她到给油房检查完设备，签完字，她回三号控制室，我回一二号控制室，找个椅子迷瞪一会，或者聊天或者看书，熬到早上七点半，打扫卫生，写值班日志，八点就可以交班了。今天时间这么早，再回控制室吧，想着师傅和高彦龙剑拔弩张的阵势，回去还难堪，算了，索性在这等一会。我左右看看，从工衣口袋里掏出随身带的《鹿鼎记》，就坐在机房门内的台阶上，借着灯光看起来。有时候我嫌控制室里吵得慌，或者抽烟熏得慌，就一个人躲到零米看小说。黑金山的冬天，机房外天寒地冻，机房内暖意融融，尤其零米，无人打扰，正是一个人看书的好地方。正看到韦小宝和七个老婆在一张大被下胡天胡地的时候，就听得外面一阵呼啸的风声，机房门竟然被吹开了一条缝——谁这么不小心？这么冷的天竟然把门开着。我心里嘀咕着，赶紧站起来，伸手想着把门关上。

顺便的，从门缝里往外看了一眼。

七

尖利的警报声忽然响起来。不管是聊天的，还是睡觉的，大家几乎同时跳起来，怎么了！怎么了！一片惊呼。就看见控制室外，人们纷沓往三号汽轮机方向跑：哎呀，冒烟了，起火了，三号机烧瓦了！快，灭火器！打闸停机！关炉排气！

停机当然是关停三号汽轮发电机组，排气是把三号锅炉还在生产的蒸汽对空排掉。其他两个锅炉除留了两个司炉外，都跑到三号机抢险，班长临危不乱，迅速下达一个个指令，大家分头出去操作。"苏小来，苏小来，检查三号给油器！"喊了几声不见人，破口大骂，"他妈的，这个小娘们……"一回头看见我，"苏小来人呢？"我是第一次见这么大的场面，紧张得腿都软了，上下牙打得话都说不利索："刚刚出去……检查了。"

"到哪儿检查去了？"

我指指山上给油房的方向。

"往常不是你陪她去的吗？"

"她不让！"想必老魏已经把跟我谈话的情况，回复给了苏小来。今天的苏小来一反常态，一是来得早，五点刚过就到了；二是虽然睡意蒙眬，但是神色不对，少了往日的温柔和娇媚，从我手里一把把油壶夺去，拉开机房门就往外走。我跟了不到两步，她扭身怒斥：去！别跟着我！

操！好像我稀罕似的。我本来心里还有点歉意，想着应该给老魏留个活话，毕竟苏小来是那么让人放不下、抛不开的一个念想。听了她这句话，一股怒火直冲头顶，我又羞又臊，掉头就走，一口气回到控制室。师傅和高彦龙已经把刚才的矛盾搁置起来，大家又聊起三级片的话题，说是刚回来了一批新片，什么金瓶梅玉蒲团，都是香港货。师傅见我进来，扭身看看表，五点十分，想着还不到时间，继续他刚才的发言："最好还是日本货，香港都是些啥片子嘛——压根看不成。"班长不同意："你他妈就喜欢那种赤裸裸的，你看《动物世界》得了。"师傅又把大腿拍响了："哈哈哈，你还别说，《动物世界》都比香港片子好看。"刚说到这里，就听见警报响。

这个时候，三号锅炉排气阀已经打开，高温高压的蒸汽对着天空直排，发出令人心悸的呼啸。机房内人影穿梭，喊声此起彼伏，气氛紧张得如同影视剧里看到的战争场面。班长看看表，快五点二十，手一挥："去！赶快上山去，把给油管道关掉。"

我扭头往出冲，班长又喊："操你妈！两手空空干啥去，把扳手拿上。"

我三步并做两步，冲上机房外的小山包，老远就看见给油房的门大敞着，一步冲进去，同时喊着：苏小来——

我瞬间被惊呆了，浑身汗毛耸立：苏小来躺在机房地上，头部躺在一大摊血迹里，裤子被褪到膝盖处，私处就那么黑白分明地裸露着。我连近期细看的勇气也没有，踉踉跄跄退出给油房，趴在门口，嘶声高喊：救命啊！救命啊……

排气的声音排山倒海，整个夜空和大地都在颤抖，没有人听见我的声音。正是黎明前最黑暗的时刻，黑金山的夜里，除了机房窗户透出的灯光和给油房门口这盏路灯，我的身后和两侧是无边的黑暗。我感觉从那黑暗里伸出无数的手，想要把我抓住，也不知哪里来的力气，我"嗖"地窜起来，连滚带爬回到机房内，看见哪儿人多就往哪儿跑。一堆人正聚在三号汽轮器前忙着灭火，我奔跑过去，看见马厂长、王主任以及汽机班长等等一众人惊诧的面孔：快！快！苏小来！给油房……

后来班长告诉我，我当时像见了鬼似的，五官走形，头发发起，手指着山上的方向，说完那句话，我就晕倒了。

八

毫无疑问的，这起事件被定为刑事案件，当然是因为苏小来。还有一重原因，就是有人恶意关停了三号汽轮机给油阀门，也就是山上给油房里那个常年开启、几乎被人遗忘的阀门，导致三号汽轮机润滑油断油，大轴被严重拉伤，厂里的几个检修老师傅现场打眼一看就断定，这根大轴完了。要知道，三号机组总成本近千万元，这根大轴就占了三分之一强，几乎就是黑金山电厂四、五年的利润总和。

从企业的角度讲，很明显，这是一起严重的安全事故。上级电力主管部门成立了联合调查组，几乎与黑金山市公安局成立的专案组同时进驻电厂，三天以后，开全厂大会公布调查结果：人为因素导致的破坏事故。老雷没客气，会上就蹦起来：这还用调查吗？傻子也知道是人破坏的。你们怎么就不调查调查，为什么有人要搞破坏呀？会场上一哇声吵吵：还不是为了早日关停嘛！

会议到最后都没办法进行了，不管谁讲话，职工们异口同声，整齐地喊着口号：关停！关停！关停……马厂长喊了几声，看看止不住，和调查组成员面面相觑，只得草草收兵。第二天，调查组就打道回府了。

专案组就没有这么快了，总有半个多月吧，才拿出案情报告：一个流浪汉捅开给油房的大锁，躲在里面取暖，或者闲来无事乱动，或者有意搞破坏，把给油管道关掉。适逢苏小来检查到此，为了保护机组的安全，和流浪汉展开了搏斗，毕竟力有不逮，被其用扳手砸在头部，晕死在地。流浪汉看见躺在地上的苏小来，色心顿起，试图非礼，不想被他关掉的阀门引发汽轮机烧瓦，警报骤响，流浪汉仓皇逃走。关于具体嫌疑人，警方还在通缉中。

说起来这个破案，还和老雷有很大关系。警察为了方便办公，直接把审讯室设在了生产车间，每天把人叫进去盘查，查出了不少问题和线索，问题一个个交到厂里，顺着线索一个个去摸，摸到后来都断了。把当时上班的锅炉汽机电气三个班上二十多人轮番审了几遍没有结果，又审到其他班上，老雷第一次还配合，第二次就不高兴了，当面和警察"杠"起来：别他妈看谁都是贼！那不很明显的事嘛，运行工人都知道那个阀门动不得，肯定是流浪汉干的！警察问他，流浪汉闲着没事干，关你阀门干啥？嘿！老雷正色教训，这也不懂，流浪汉流浪汉，不是大烟鬼就是大混蛋——好人能沦落到那个地步？恰好是个阶级敌人搞破坏呢！

车间主任老王老婆的证词坐实了老雷的结论。她给警察描述：一个高高瘦瘦的年轻人，以前没有见过，好像是外地的流浪汉，披着脏兮兮的大单子，半夜溜进来的……警察打断，你为什么不拦他？

我凭什么拦？！我又不是门卫。

门卫说每个夜班给你十块钱帮他照应一下的。

老王老婆一推六二五：嘿！这话你也信？有什么证据？被叫来对质的门卫眼睛瞪得老大，无话可说，他从哪儿去找证据？本来就是违规的事。

其实线索摸到后来，我的嫌疑最大：身上装着避孕套；以前陪苏小来到案发地加油恰好事发那一次没去；遗留在现场的扳手上有我的指纹——而苏小来就是被扳手砸中头部的。警察审我也就最多最狠，有两次都上手揍我，马厂长都看不下去，上去把警察拉开：不像是他干的——刚参加工作的学徒工，哪有这么大胆子？

警察审我的时候，马厂长每次都坐在里边。警察办案，不得回避吗？我也不懂马厂长为什么能参加，但我要感谢他出手相救。同时为了洗清自己，我也是知无不言，言无不尽，把避孕套的来历、扳手是我事发后才带到现场的，以及我对苏小来的种种内心独白，都事无巨细，一一作了交代。

扳手最先洗白。遗留在现场的扳手，只有我的指纹，没有打砸苏小来的痕迹。至于那个避孕套，说起来也很简单，竟然是高彦龙随身装的，那件工衣就是高彦龙的，他作为副班长，私下配了一把钥匙。

警察拎着避孕套，问他：为什么随身带着这个？

高彦龙满不在乎：作为一个已婚男人，随身带这个怎么啦？

随身带这个说明你有嫌疑，心怀不轨！

高彦龙说了一句名言，后来广为流传：我还随身带着老二呐，咋办？把它割了！

好家伙！敢跟警察叫板。警察们也不管马厂长脸色好不好看，围上去三七二十一就是一通暴打，直打得高彦龙回话：我交代我交代，我对那个……苏小来有想法来着，但这伤天害理的事，真的不是我干的……

高彦龙是没有作案时间，大家都可以证明，但就因为他这个交代，厂里后来给记了个大过，把副班长也撤了。

班长和老雷的职务也被撤了，说来简单，这个案件的嫌疑犯没有抓到，却挖出来一堆破事：高彦龙随身带避孕套意图不轨；我班多次组织集体看三级片；老雷他们班竟然在上班时间打牌，还赌博，虽然钱不多，但马厂长一语定性：不是钱多少的问题，这个性质很恶劣。

最惨的，就是老魏二胎的事被人告发了。

按照厂里的规定，老魏是要被开除的。这个处分也太重了，马厂长也不忍心。老魏是他们家的唯一收入来源，老婆没有工作，还带着两个孩子，这一开除就是毁了一个家呀。后来还是折中处理了一下，老魏主动联系地方政府，缴纳了高额的社会抚养费，按照政府计划生育政策最高标准套，应该缴纳三万多元，但老魏直缴了五万多，才换来政府的不予追究。但即便这样，厂里也不能装着不知道，就给了个开除留用察看一年。

我师傅也背了个开除留用察看，说来简单，三级片都是在他家看的，高彦龙推了个干净。师傅本来还想争辩几句的，看看高彦龙鼻青脸肿的样，眼睛看向虚空处半天，兰花指一翘，大腿一拍：留用察看就是个死缓嘛，反正死不了，怕啥！

问题这么多，当然是管理的问题，所以追究到后来，王主任这个职位也保不住了。他老婆倒显得比王主任洒脱：不当就不当了，这个鸡巴主任，把我们老王累得半死，也不见多挣几个钱。

在整个事件后来的责任追究中，大家都表现出了难得的镇定和平和。因为，比起苏小来的遭遇，大家都算幸运的。

苏小来死了。

她那天被送到市医院的时候，已经变硬了，医院象征性的工作也不愿做：不是我们不抢救，这已经是个死人了，还怎么抢救？！

故事讲到这里，或者说小说编到这里，已经到了快收尾的时候，我回头检查了一下，发现几个问题。一是汽轮机主轴定时给油设备既然这么重要，为什么要放在机房外一个偏僻的小山包上？二是给汽轮机加油，应该属于汽机运行维护的工作范畴，为什么却是由锅炉运行工人负责管理？三是警察办案，其他人应该回避的，为什么马厂长能参加？四是把犯罪嫌疑人按到"流浪汉"的头上，非常牵强，毕竟没有更进一步的人证和物证。五是高彦龙随身带着避孕套，难道只是对苏小来"有想法"？好多人就猜测，两个人说不定……都有一腿了。

对这几个问题，我也没有答案。导致这个小说无法顺利地进行下去，无法收尾，放了总有半年多的时间吧，直到后来看到一句话，茅塞顿开：生活本身，是不需要答案的。

九

时间一晃过去了十八年。

那次事件以后我精神大受刺激，整个人恍恍惚惚，一夜一夜地失眠，头发大把大把地掉，宿舍楼上见了窗口就想往外跳，走在马路上看见汽车就想往上撞，或者一个人躲在角落里，说睡吧睡不着，说醒吧又感觉迷迷糊糊。没有办法，只好请了半年的长假休养生息。后来有一种病日渐流行，我才明白，我当时得了抑郁症。

我请假时，厂里正乱作一团，一方面是一号刑事案件的善后和处理，最重要的，因了这起事故，上级借机关停了黑金山电厂，把原有的职工，分作三处给予安置。职工们因祸得福，听说有人还私下里称那个找不着的凶手为"英雄"。至于小来，大家认为，她太倒霉了，刚好碰上那个人在关油门，使得一起生产事故，瞬间升级成了一桩命案。但也有人不这么认为，说不定苏小来就是那个英雄，她干完了这桩壮举，不想回身遇见了一个色心骤起的流浪汉。

假期到了病情不见好转，我也不想回去，还是师傅帮我办理了离职手续，并把我的个人东西打包寄回家。我从此就离开了黑金山，再也没有回去过。

等病情稍有好转，我就出去打工，七年前，落脚在省城的一家小房地产公司，还当上了一个部门的小头目。今年夏天有一天，我到朋友所在的一家医院去复检，还好，一切正常，出来的时候，大厅吵吵嚷嚷地涌了一堆人，朋友告诉我：这是电力系统的一帮老干部在体检——拿到这帮人的体检可不容易，检查项目多，检查费用也高。我说，油大膘厚，这可是一块肥肉啊。朋友呵呵笑，在人群中挤出一条路送我往出走。忽然，我大脑"嗡"的一声——

在那帮人里，我看见了一张永远忘不掉的脸：马厂长。

我已经好转的抑郁症再度复发，而且更加严重，什么工作也干不了，整天坐在家里面对着墙壁发呆，墙壁上总是慢慢地浮现出一个女子，她在前面走，我在后面跟，她时不时地会回过头，看着我，笑一笑，然后秀发一甩，继续前行。

我的睡眠障碍也越来越严重，只要一睡着，总是做一个同样的梦，总是大汗淋漓地从梦中惊醒：就在那天夜里，苏小来睡意蒙眬地往山上走的前几分钟，我从门缝里看见，马厂长轻快地穿过雪夜，踏上小山包，消失在小房里。

文学的质地与尊严

——读《二月里来好春光》

师力斌

艺术来源于生活。相信看完刘紫剑这部小说的朋友都会有如此感受。那种来自生活的扎实的质感征服了我。尽管我们追求高于生活的艺术，但艺术首先要来源于生活。这个环节必不可少。最近看国家博物馆中法建交50周年名画展，这种感受越发强烈。

在我以前的印象中，毕加索的画一定是《斗牛士》《格尔尼卡》那种抽象的、变形的、夸张的、晦涩怪诞的线条与构图组合，不成想，这位世界级的大师有着和普通人的生活情感完全一样的一面，那就是他的名画《读信》。这幅画非常简单，就是兄弟俩头挨着头读一封来信，神情专注，手足情深，画面正常，与常人无二。但那种人伦之美，别有一种亲切感和震撼力。这幅画感人之处纯在捕捉人物的表情和神态之准确传神。另几幅参展名画，法国罗浮宫、蓬皮杜艺术中心等5大世界知名博物馆的镇馆之宝，也有这种取材平凡、中正敦厚的特点，如亚森特·里戈的《路易十四》、雷诺阿的《煎饼磨坊的舞会》和《秋千》，都非常正常，没有我们在国内画展中常见到的那种千奇百怪的搞怪与晦涩，特别是对西方现代派绘画的拙劣模仿与僵硬照搬。雷诺阿的这两幅画，取材于日常生活场景，刻画转瞬即逝的瞬间和生活乐趣，矫正了我过去对伟大艺术的许多偏见。好的艺术并非总是与平凡作对，并非越怪越好、越离奇越好。艺术还是要从生活中来，要有生活的质地。刘紫剑这部小说重新让我体验到了艺术的这个规律。

小说没有什么宏大叙事，写的只是一对年轻夫妻讨生活的艰辛和情感波澜，但却写出当下许多来稿写不出的那种坚实的质地感。这部情节起伏跌宕的小说，其动力完全来自质感的生活细节。比如写丈夫钟良坚持年跟儿出车的理由："因为快过年，又加上下雪，路上难走，拉煤的车少了很多；电厂现在的存煤不够了，因为春节后煤矿还要放假到初五，就得多储备一些煤，所以就把运费提高了一倍，这两天拉一趟顶平常拉两趟的。"比如写妻子二月陪丈夫出车的苦："路面上的积雪，向阳处是不见了，背阴的地方还有，白天被车碾化了，夜里一上冻，成了冰溜子。就比往日走得慢，早上六点发车，过了夜里十二点还在路上跑。中间两次停下来吃饭，钟良是一吃完就躺到驾驶舱里眯一会。好不容易到了睡觉的地方，二月在车上已经睡得昏天黑地，跟上钟良摇摇晃晃地进了房间，一进门，那种脏乱和臭味又让二月清醒过来。钟良以前都是住大通铺的，现在二月跟着，只能住单间。单间也就五六个平方，墙壁上满是打死的蚊子尸体、乌黑的手印、说不出颜色的各种污渍，还有签名，写着马二保、苟芳芳到此一游。""乌黑的手印""到此一游"句，是最让我心动的质感句子，绝不是能凭空杜撰的。记得作家宗昊写一个富人有豪车时的困扰，出乎我的意料，这位富姐皱着眉头抱怨，"你看北京这破交通，走哪儿都堵。我这车停哪儿都招来一堆手印子，都是有人又看又摸的。"许多写作者不知道什么叫新生活，不知道怎么才算有时代感，"乌黑的手印"和"一堆手印子"便是最生动最鲜活的时代感，这是陶渊明写不出来的，也是曹雪芹没有经历过的。

许多来稿，包括有些取得了一定实绩的作家的作品，往往在叙述中会绕着走，越是需要写实写细的地方，越是落不到实处，只好打马虎眼，靠几招从经典或流行的叙事中山寨来的花拳绣腿蒙混过关。殊不知，它们反成了"不接地气""向壁虚构"的糟糕文学的典型。当然，刘紫剑这部小说更值得称道的是提炼出了人对自身价值和尊严的渴望，这是高于生活的地方。因此我更要说，文学的尊严不是来自向壁虚构，而是来自生活，来自扎实的质地感。

（师力斌，诗人，文艺评论家，《北京文学》副主编）

另一个版本的《午夜凶铃》
——读《午夜铃声》

张月华

　　《午夜铃声》两万多字的一个小中篇，血肉丰满，容量挺大。作者扎根生活，给我们带来了十多个鲜明的人物形象：奢华贪腐一身官僚做派的于总经理，满口仁义道德满腹私欲的牛主任、性格耿直又不得不随波逐流的周局长、踏实正直又四处碰壁的"我"和我的朋友，以及主人公雷无涯……很显然，雷无涯的形象最为立体而丰满，别的人物都在围着他转，为他服务。

　　作者在塑造这个人物时，巧妙地安排了明暗两条线索。

　　明线是，大家都知道雷无涯是省电力公司总经理于淳全的"朋友"。暗线是，"雷无涯有个很厉害的哥哥，是新华社的高级记者，可以通天的那种，因为一篇内参稿子，认识了国家能源局的高层，进而认识了省电力公司的于总。"明线受制于暗线，大家心照不宣。明线与暗线之间千丝万缕，织成一张人情关系的大网，由上至下，网内人皆因畏惧权力，害怕丢掉头上的那顶乌纱，所以丑态百出，最终都做了网中的鲋鱼，成了雷无涯手中的棋子。

这么多大权在握的"大"人物，为什么会被雷无涯这样一个"小"人物操控和摆布呢？答案只有一个：大家都认为他有绝对的权力，可以决断自己的仕途生死。那么，作者笔下，真正的雷无涯到底是一个怎样的人？他拥有什么巨大的魔力，才使得大家对他趋之若鹜呢？徜徉于作者的字里行间，在故事情节里仔细揣摩，答案十分耐人寻味。

首先，雷无涯是现代官场中的门子。门子是旧时在官衙中伺候官员的差役，"乃牙（衙）中侍茶奉衣之贱役也"（清赵翼《郊余丛考》）。读《红楼梦》第四回《薄命女偏逢薄命郎，葫芦僧乱判葫芦案》，贾雨村正欲秉公执法掷签拿人，门子使个眼色，到后堂递给他一纸"护官符"，权衡一二，思度再三，贾雨村决定弃法度而保乌纱。由此可见，门子虽然出身低微，但他们的作用不容小觑。因为身处底层，他最了解人的基本需求；因为地位特殊，关系直通高层，可以做到一言兴衰。恰如作者在文中所写的那样：所谓"成事不足，败事有余"就是指这种人，你想弄成一个事，他帮不了你；但他要想坏你这个事，绰绰有余。

雷无涯出身农村，不会做文章，摄影水平马马虎虎，却因为"关系"谋了个市报的摄影记者。他的过人之处，在于精通仕途各种"规则"，深谙各级官僚的心思，所以为所欲为，借机敛财混吃混喝。何况他"朝中有人"，比葫芦僧还多了一道更为炫目的光环，故能"北京、地方、电力系统通吃"。他的局限性，在于品质低劣、胸怀狭窄、自以为是、私欲太重。表面上看，他是风光无限的，但他的嚣张气焰依旧遮挡不住骨子里的奴性，他的卖弄恰恰暴露了自己的可怜与虚荣，他对权贵的巴结和讨好，滑稽露骨，令人作呕。所以他的结局，一如那个圆滑世故的葫芦僧。这点，作者在雷无涯的出场和结局上用笔不多，却入木三分，耐人寻味。

其次，雷无涯是官场体制内一条让人爱恨交加的蛀虫。爱，因为他能打通关节，为仕途升迁肃清路障；恨，因为他的行为必将导致是非混乱、黑白颠倒。用作者的话说，雷无涯完全是一个"虚张声势、胸无城府、唯利是图的小人"，这样一个流窜于省电力公司和白玉山供电局之间的市井无赖，为何总能找到猎物呢？答案也是唯一的，那就是我们的劣根性，即我们对权力的仰望和对名利的角逐，一次次对他进行了成全和包装。

"鱼，我所欲也；熊掌，亦我所欲也。"孟子要求世人做到"富贵不能淫，贫贱不能移，威武不能屈"，希望普世大众都能舍生取义，不丧失本心，不以利禄为重。但本心是什么呢？五柳先生那样的人太少了！利字当头，欲就是黑洞。雷无涯正是抓住了人人都有的这个弱点，揪住了人性欲望的小辫，熟练运用官场的各种交易和规则。所以"我"虽然应聘考试得了第一仍然会失去自信，仍然会不惜一切买下古铜镜，又一次次违心地逢场作戏，俯首听命。同样，性格耿直、工作认真负责、做事有底线的周局长也不得不违心地迎合，感叹"是庙都得烧香，是神都得磕头"。

最为巧妙有趣的是，作者在情节安排和人物交代上只提了一次雷无涯"新华社记者的哥哥"，却多次用了雷无涯深夜醉酒通话的举动。哥哥何许人？是否真有其人？接电话者到底是谁？不得知，亦无须知。我们却能从作者的精巧构思中体味到一丝寒意：正是对权力的畏惧，才使雷无涯拥有了巨大的杀伤力和威慑力。原来"午夜铃声"，是另一个版本的"午夜凶铃"，因为它牵掣着每个人的神经。

其三，雷无涯是一张狗皮膏药，致病也能治病，所以我们会

"贱贱地"需要。向上走、排外性和边缘化是体制之内每个人心中永远的痛，雷无涯虽令人生厌，却可以治愈这些群体的病。他的幌子是那个从未与读者见过面的哥哥，他的诱饵是色泽诱人的高官厚禄。在这副膏药面前，于总妥协了，张副市长隐忍了，牛主任是一丘之貉，周局长动摇了，朋友的心乱了……幸亏"我"还算清醒，在一场"交易"之后，认识到这是一张"狗皮膏药"，所以早早顺势而为，借机摆脱，给混乱不堪、利欲熏心的官场投射了一抹亮色。

集体的沉默、忍耐和无心抗拒是可怕的，雷无涯最终因非法集资携巨款潜逃被通缉。当"我"的电话铃声最后一次在午夜响起，失踪好久的雷无涯终于出现了，但他行踪隐秘，言辞闪烁……

小说就是讲故事，而人物是故事的灵魂，所以他必须是普世的、社会的，又是生活的、独一无二的。显然，"雷无涯"不负使命，他从一出场时的滑稽可笑到最后的下落不明，仿佛都在试图打乱一种固有的秩序，尝试用讽刺或者称之为游戏的方式对官场进行批判和揭露。我喜欢作者这种黑色的幽默。一篇好的文学作品，尤其是一篇小说，是必须要有担当的，要能直指和触碰到社会的一部分神经，要勇于闯入敏感地带，让人疼痛，并且惊醒。

不言而喻，《午夜铃声》的写作，值得赞佩和尊敬。

（张月华，中国电力作协会员，陕西诗词学会会员）

劳动者之路

——读《秦岭一日》

冀卫军

　　身为电力行业的一名作家，电力题材的小说，我却读得很少。一方面源于个人的工作和生活阅历，在电力行当里摸爬滚打了二十多年，特别是电网企业的多个业务领域，都或多或少经历过，已缺乏和丧失了好奇心和神秘感，甚至已经有点审美疲劳，熟视无睹了。另一方面源于电力题材的小说，能写得有味、有趣、出彩和让人眼前一亮、心头一震的精品力作实在是太少了。刘紫剑的小说《秦岭一日》，可谓是电力作家写电力行业的一篇难得的佳作。

　　首先，一篇好的作品，不是你给读者传递或灌输了多少信息，而在于给读者留下了怎样的思考。《秦岭一日》将全国劳模梁启红18年来爱岗敬业、创新奉献的成长经历和感人事迹，以及这18年来国家电力体制改革的重要节点、抗震救灾、抗冰抢险等一系列具有特定环境和时代意义的重大历史事件，用了不到三万字的篇幅，穿插在一天的巡线工作中，宏大的历史叙事和日常的细节描述，两者相辅相成，相得益彰。有了这样真实宏观的背景，使得人物形象和故事更加有血有肉、有骨有型。而这么一个主旋律故事，因为有了主人公的日常生活，让人读后不觉得脸谱化和程式化，反而有了由衷的亲切、感动和敬佩。

文学创作，不管是小说、散文还是诗歌，就如同盖一座房子，首先要有一个整体的框架布局，然后才是选材取料，最后才是创造性的劳动，赋予它实用、美观、舒适、精致等直观效果和社会价值。电力人写电力事，难的不是没有好的、足够的素材，而是要有一种架构故事的高超技艺和娴熟的语言表达能力，把那些司空见惯的人和事讲得通俗易懂、津津有味，而不是那种令人生厌的填鸭式的灌输和说教。这就好比要制作一串精美的项链，光有一些零散的珍珠是不够的，还要工匠拥有精湛的工艺，赋予它精妙的构思，方能珠联璧合，使零散的"珠子"身价百倍、光彩夺目。《秦岭一日》不是就电力写电力，它几乎囊括了电力人从新职工入职、人才培养成长、婚姻、家庭、生活等人生百科，一个社会人可能面临的各种人生问题和选择，都在其中得到呈现。整个小说读下来，真实可信，触手可及，有浓郁的烟火气息，把电力人的形象从文字和纸上立了起来，这让一个从没有与电力打过交道的人，或电力行业人自己读后，都能感到有劲道、接地气，就非常难能可贵，它彰显的是一个作家驾驭题材和文字的功力和火候。

其次，一篇好的作品，不在乎你写什么样的事，而在于你有没有新的发现。电力行业和社会其他行业一样，也有许多先进典型，这是文学创作一笔丰厚的宝藏。但是这么多年来，描写先进典型的报告文学、诗歌、影视等文艺作品，层出不穷，却没有几部能真正拿得出、叫得响的精品力作，不是读者不领情，而是这类作品粗制滥造的多，精雕细琢的少；高高在上的多，接地气的少；主题先行的多，潜移默化的少，无法吸引读者、打动读者、赢得读者，甚至导致了读者对此类作品的抵触心理和反感情绪。《秦岭一日》写的是一个劳模的心路历程和成长轨迹，但它同时也是一个普通电力职工柴米油盐的凡俗生活，以及喜怒哀乐的全方位展示。作者精妙的框架构思、层层递进的悬念设置、娴熟的语言运用，以及环境和人物心理变化的捕捉和铺垫，有序推进，让一个劳模，不再是用特殊材料做成、一个模子刻出来的高大全式的工作机器，也不只是整天被掌声和鲜花所环绕或不谙世事活在真空里的人，而是赋予一个普通人所应该有的酸甜苦辣，让读者从心灵深处觉得可信、可亲、可敬、可学，这才达到了一篇好的文学作品对社会应有的导向和教化作用。

再次，一篇好的作品，不单单是作者的主观表达，更重要的是能否引起读者的共鸣。很是凑巧，我刚参加工作，干的就是输电线路运行维护，所以读《秦岭一日》，就好像时光穿越到我刚参加工作的时候，一切既是那么熟悉，又是那么遥远。其实，伴随着电力技术日新月异的发展，电力人的工作环境、装备也正在经历和发生着变化，不断减少工人的劳动强度，逐步提升安全保障能力。《秦岭一日》所描绘的工作和生活状态，只会渐行渐远，或许在不久的将来，就可能成为一种永久的记忆，载入电力史册。

《秦岭一日》写了一个劳动者一天走过的路，也可以说是劳模之路，无疑是一篇正能量、主旋律的优秀作品。它的价值和意义，不只是向社会展现了电力工人的艰辛付出和奉献精神，更重要的是，它为包括老宁、梁启红、小关等一代又一代电力普通工人树碑立传，为后来者研究、评价这一时期电力发展历史，提供了鲜活的史料和证明。

（冀卫军，中国电力作协会员，陕西省作协会员，鲁迅文学院第24届学员）

自我救赎与工业女性的一曲挽歌

——读《其实我想说的是苏小来》

李 炜

　　刘紫剑是一位诗人，亦是一位颇有建树的小说家。诗人是怀着精神重荷观看生活的，正因为如此，他在诗歌创作不足以表达内心悲怆情怀时，找到了用小说来思考——这也是诗人心灵的玄想和冥思，穿越尘世的繁华与现代文明温情的脉脉面纱，以纯粹之心直面人类与这个世界的苦难，是刘紫剑小说呈现出来的独有特质。

　　《其实我想说的是苏小来》是十八年前工业时代电力改革的一个缩影，经济飞速发展，对电力行业环保要求日益严格，处于大时代改制下的高排放低功率小机组的关停成为必然。小火电机组的工人难免人心惶惶，何去何从成为当时焦灼与忧患的普遍心态。十八年后，作品中的第一人称"我"刘安阳，用一种"说是病态、实则成熟"的眼光与视角缓缓叙述整个事件，从困扰的心灵状态下挣脱出来，一点一点"交代"，达到自我突围、自我救赎后的内心澄明。从而，带领读者在纷乱的事件中看到一个多维立体、丰富的大时代下的工业背景。

　　作者用大量的语言描述黑金山电厂的背景，为最后"汽轮机烧瓦事件"做了细密的铺垫;而对女主人公——苏小来,用笔不多,甚至到了吝啬的地步,描述她的那些"幸与不幸"。苏小来的"幸",是她天生丽质,从小就被人关注;她的"不幸",是她命途多舛,美貌成为左右她人生命运的"负筹码"。连续两任丈夫出事以后,她从"天上"回到"人间",喜欢被异性环绕,释放暧昧的信号,其实不过是一个弱女子面临命运的无情捉弄,排解内心恐惧、重新接纳自己的无奈选择。作品中对苏小来的美几乎没有正面描写过,零星点过几笔:"一杯下肚就脸若桃花,两手通红……裹一件大衣,睡眼蒙眬,香气扑鼻地晃荡过来……头一低,秀发一甩,风摆杨柳一样进了厂房……"但苏小来的美无处不在。这种美,是正与邪相融、城与村结合、工厂的机械呆板与女性的活泼温柔之美的混合体,然而透明与真切,即使穿着臃肿的工装,行走在弯曲管道中的莞尔一笑,也玲珑别透,让"我"情愫暗涌,欲罢不能。如此说来,苏小来的最大"不幸",不是意外亡故,而是在她想重新开启新生活的憧憬时,却遇到"我"的无情拒绝。

刘安阳是一位刚从学校毕业,青涩的小伙子,步入电厂这个"大炼炉"中,他是孤独的,也是迷茫而敏感的。值班员就是对机器例行检查,做些简单的维护,日复一日枯燥的重复,这份没有任何前途的工作对于刘安阳来说是一种慢性自杀。所以,他把苏小来当作自己梦幻中的意淫对象和精神慰藉,也是一种必然。他内心时时刻刻都在渴望着苏小来,但行为上却在不断地排斥——这也是他个人的悲哀,无法跳出世俗的眼光,因为苏小来是大家眼中所谓的"破鞋、公共汽车",所以这样的女人,也就只能是茶余饭后的谈资、艳遇意淫的对象。

作者写电力工业题材,但读的时候没有一点隔阂和生疏,其原因,就在于刘紫剑坚持自己的表达方式,以理性冷静的思考进行叙事，对处于改革背景下的底层工人怀有的悲悯之心和关切之情。作者在作品中塑造了几个"熟悉的陌生人"——路人甲、乙、丙等，在一片纷乱中暗喻了对这场改制的迷茫，在迷茫中的各种不安和困惑。

小说在快结束时（见第八章后半部分）提出五个疑问，作为正常的推理，是难以解释的问题。谁能给予正确的解答？还是作者自己，一语峰回路转，点醒多少梦中人：生活本身，是不需要答案的。通往真理的道路都是单向的，人无法回到初始的状态，向善的本质一旦失去，就再也无法找回。"生活本身，是不需要答案的"，使得这部作品升华到了对改制本质的思考和对命运的思考，使人深感底层百姓生存的艰难和丰富的人性。生命何等脆弱，人是血肉之躯，怎能和坚硬冰冷的机器对抗？面对着时代的巨轮，苏小来不幸做了牺牲品，死得不明不白，而那些有可能掌握真相的人却是何其虚伪和残忍，他们以一种近乎荒诞的结论，仓促结束了这桩刑事案件。苏小来是死了，然而活着的人，也走向了精神上的灭亡。作者通过平白、冷静的叙事，思考现代文明带给人类便利生活的同时，随之而来的是道德的集体沦丧和精神上的信仰缺失。

作品的结尾尤为精彩，在主人公刘安阳的一场梦中结束。其实这早已在前面的章节中，有了伏笔（第六章节最后一段的描写）："就听得外面一阵呼啸的风声，机房门竟然被吹开了一条缝——谁这么不小心？这么冷的天竟然把门开着。我心里嘀咕着，赶紧站起来，伸手想着把门关上。顺便的，从门缝里往外看了一眼……"这时，我体会到作者作为一位诗人的梦幻情怀，在现实的地面上，走在空灵的缥缈里，他用梦境解析了困扰他多年的精神疾病和睡眠障碍，完成了十八年后迟来的自省与救赎，也正如作品中这样的叙述："墙壁上总是慢慢地浮现出一个女子，她在前面走，我在后面跟，她时不时地会回过头，看着我，笑一笑，然后秀发一甩，继续前行......"即便是虚妄的、绝望的，即使是梦中的活动，作者也赋予苏小来永远向生的活力，让她涅槃重生。作者并未明确是谁杀害了苏小来，给读者留下无限想象力的空间，并迫使读者回到作品的始初，停止下来，重新梳理回味，谁是凶手？是马厂长、孙班长、老魏、刘水水、高彦龙……来历不明的流浪汉？还是"我"刘安阳？抑或是一场集体谋杀......无解的结局！无解的命运！这样的处理使得整部作品有了完整存在的理由，也为处于工业处境下的女性苏小来，抒写了一曲有尊严的时代挽歌。

结构精致，文字平实，表述从容，整部作品悬疑迭起而波澜不惊，内蕴流动而光芒收敛，从中不难看出刘紫剑对于小说这一体裁的高超驾驭能力。同时，也不难看出刘紫剑作为诗人独有的"敏感特性"——语言凝练，对细节精准的描述和把握，以及克制的情感。但我想，更深层次的可能还是刘紫剑的真性情，我认识他这么多年来，他朴拙大雅、坦率真诚、富于童趣的个性一点也没有变化。他在最近几年小说写作中的突破和飞跃，对文学的执着追求，让人刮目相看。他不屑于眼前的名利，专心写好自己的作品，在这个"世相百态"的写作圈里，难得地修炼出了自己的定力，并且坚持了下来。

（李炜，笔名漱玉，中国电力作协会员，陕西省作协会员，鲁迅文学院第十五届学员）